À PROPOS DE L'AUTRICE

Avant de se lancer dans l'écriture, **Jenni Fletcher** a étudié la littérature à Cambridge et à l'université de Hull. Passionnée par le Moyen Âge et l'époque victorienne, elle les choisit généralement comme cadre de ses romans. Elle vit aujourd'hui dans le nord de l'Angleterre, où elle concilie sa vie d'autrice et de maman.

Noces à l'écossaise

JENNI FLETCHER

Noces à l'écossaise

Traduction française de
SARAH CHANTEAU

Les Historiques

HARLEQUIN

Collection : LES HISTORIQUES

Titre original :
THE HIGHLANDER'S TACTICAL MARRIAGE

HARPERCOLLINS FRANCE
83-85, boulevard Vincent-Auriol, 75646 PARIS CEDEX 13
Service Lectrices — Tél. : 01 45 82 47 47 - www.harlequin.fr
ISBN 978-2-2804-8773-3 — ISSN 1159-5981

Composé et édité par HarperCollins France.
Imprimé en avril 2023 par CPI Black Print (Barcelone)
en utilisant 100% d'électricité renouvelable.
Dépôt légal : mai 2023.

FSC
www.fsc.org
MIXTE
Papier issu de sources responsables
FSC® C159065

Pour limiter l'empreinte environnementale de ses livres, HarperCollins France s'engage à n'utiliser que du papier fabriqué à partir de bois provenant de forêts gérées durablement et de manière responsable.

Chapitre 1

Argyll, Écosse, fin de l'été 1360

— Non, mon oncle, vous n'y pensez pas. Pas lui ! N'importe qui, mais pas lui !

Coira Barron tituba en arrière comme si elle avait reçu un coup de poing dans le ventre. Elle avait les nerfs à vif depuis que la convocation de son oncle était arrivée, la veille, mais la raison pour laquelle il l'avait fait venir était encore pire que toutes les horreurs qu'elle avait pu imaginer pendant les huit heures qu'avait duré le voyage jusqu'à la forteresse. Au point qu'elle commettait l'impensable : se rebeller contre lui. Il n'y avait aucune chance que pareille désobéissance joue en sa faveur. Pourtant, les mots semblaient déferler de sa bouche, comme animés d'une volonté propre. Fergus MacMillan était bien le dernier homme en Écosse qu'elle avait envie de revoir, encore moins d'épouser !

— S'il vous plaît, mon oncle, je vous en prie.

Elle secoua la tête si violemment qu'une de ses tresses sombres s'échappa de sa coiffure et lui fouetta le visage. Du coin de l'œil, elle vit plusieurs membres de la famille de son défunt mari marmonner dans leur barbe en émettant des sifflements désapprobateurs. Ce n'était pas la première fois qu'elle était montrée du doigt mais, en cet instant, il y avait dans l'atmosphère une jubilation malveillante qui déclencha un frisson glacé le long de son échine. Elle savait pertinemment que, s'ils l'acceptaient encore parmi eux, c'était uniquement parce qu'elle était la mère de Gregor, mais leur antipathie n'avait jamais été aussi évidente ni aussi accablante auparavant.

— Tu feras ce qu'on te dit, un point c'est tout.

Brody MacWhinnie, le redoutable chef du clan et son oncle par alliance, possédait une voix aussi froide que l'affleurement de granit sur lequel son château était bâti.

— Mais il doit me haïr après ce que j'ai fait !

— Bah, rétorqua Brody en haussant les épaules. C'était il y a longtemps.

Visiblement, ce que son futur époux pouvait penser d'elle n'avait guère d'importance aux yeux de Brody.

— Je doute qu'il ait oublié, répliqua Coira avant de baisser la tête quand les yeux pâles de Brody lancèrent des éclairs dans sa direction.

Elle était allée trop loin. L'espace d'un instant, elle songea à se prosterner au sol et à l'implorer de revenir sur sa décision. Honnêtement, s'il avait voulu qu'elle rampe dans toute la salle, elle aurait été prête à le faire, mais de cruelles expériences passées lui avaient appris que Brody MacWhinnie n'envisageait le monde que sous un seul et unique angle : le sien. Une fois qu'il avait pris une décision, personne ne pouvait le faire changer d'avis, encore moins un membre de la gent féminine.

— Pardonnez-moi, mon oncle, répondit-elle en s'efforçant de paraître docile, une qualité que ce dernier appréciait particulièrement chez les femmes. Vous m'avez prise au dépourvu, c'est tout, et mon intelligence est bien piètre comparée à celle d'un homme.

Elle serra les dents après avoir prononcé ces mots, guettant à travers ses cils s'ils produisaient un quelconque effet.

— Peut-être pourriez-vous m'expliquer pourquoi je dois me remarier ?

— À cause de la menace que représentent les Campbell, pardi ! Les MacMillan et les MacWhinnie doivent tenir bon et leur résister ensemble.

— Mais il n'est pas trop tard. Un mariage n'est sans doute pas nécessaire, si ? Laissez-moi défendre le château Barron moi-même !

— Que connais-tu, toi, à la stratégie militaire ?

Les lèvres de Brody se retroussèrent en signe de dédain.

— C'était une chose de te laisser t'occuper du domaine au nom de ton fils tant que nous étions en paix, mais la situation est différente à présent. Ce bâtard d'Alexander Campbell tente de récupérer toutes les terres qu'il a perdues il y a vingt ans. C'est pourquoi nous devons nous tenir prêts à nous défendre. Nous sommes en guerre et Fergus MacMillan est l'un des guerriers les plus féroces des Highlands. Si quelqu'un peut défendre le château Barron, c'est bien lui. Je ne veux pas que l'armée des Campbell s'approche de mes terres.

C'était donc cela, pensa Coira en baissant les yeux au sol pour ne pas montrer à Brody qu'ils se plissaient de mépris. Tout chef du clan qu'il était, il voulait s'épargner le désagrément de combattre Alexander Campbell et son fils Calum par ses propres moyens. Il était de loin préférable d'avoir un MacMillan sous la main pour le faire à sa place. Et si cela signifiait sacrifier sa nièce en la mariant à un homme qui la méprisait, alors qu'il en soit ainsi. Et encore, « méprisait » était probablement une façon polie de formuler les choses…

— Mais pourquoi, lui, a-t-il accepté ce mariage ? Il ne sera jamais laird ; mon fils a déjà hérité du titre.

Elle se redressa alors qu'une nouvelle raison se dévoilait à elle.

— À moins qu'il ne prévoie d'écarter Gregor et de prendre sa place, une fois que la lutte contre les Campbell aura cessé. Les terres des MacMillan ne sont qu'à deux pas du château Barron. Comment savons-nous qu'il ne s'agit pas là de son véritable plan ?

— Parce qu'il m'a déjà donné sa parole sur ce point.

Brody se leva, signe indéniable qu'il commençait à perdre patience.

— C'est peut-être un barbare sans pitié sur le champ de bataille, mais c'est aussi un homme d'honneur. Bien plus que ne l'était mon neveu, en tout cas. Ce que vous avez fait tous les deux a jeté l'opprobre sur nos familles respectives et, depuis, la rancœur a terni nos relations avec les MacMillan. Cette union est le moyen d'y remédier enfin.

— Vous voulez dire que c'est déjà acté ?

Coira entendit la note de désespoir dans sa propre voix. La défaite semblait inexorable.

— *Aye.* D'après ce que l'on m'a rapporté, il n'était pas particulièrement ravi à l'idée de t'épouser non plus, mais l'accord est conclu. Il recevra ce qu'il reste de ta dot, ainsi que le château Barron pendant une bonne décennie, jusqu'à ce que ton fils soit assez grand pour lui succéder. Quant à ses raisons, il accomplit son devoir envers son clan, et j'attends que tu en fasses de même.

— Mais et si…

— Assez ! s'exclama Brody d'une voix forte. Je refuse de débattre de mes décisions avec toi. En tant que femme, tu dois apprendre à rester à ta place.

— Oui, mon oncle.

Coira afficha de nouveau un air soumis. Si l'accord était déjà conclu, alors elle ne faisait que gaspiller sa salive. Qu'elle était idiote de penser qu'elle avait voix au chapitre concernant son propre avenir ! Et encore plus idiote d'imaginer que son oncle aurait pu l'écouter.

Une vague de terreur la glaça jusqu'aux os, et elle se mit à frissonner, les membres soudain pris de soubresauts, dans un mélange de tension et d'angoisse. Elle balaya furtivement la salle du regard, désormais parfaitement consciente des airs satisfaits sur les visages qui l'entouraient. Nul doute qu'ils pensaient tous la même chose : elle recevait enfin le châtiment qu'une femme avec un passé comme le sien méritait.

— Je sais que tu n'auras pas été veuve longtemps, poursuivit Brody tandis que sa mâchoire crispée se détendait de manière presque imperceptible, mais mon neveu aurait voulu que le château Barron soit protégé pour son fils, quoi qu'il en coûte.

— Oui, mon oncle, répéta Coira en déglutissant avec peine, la mort dans l'âme.

Il avait raison sur ce point. Nevin aurait été prêt à sacrifier un bras et une jambe pour son fils. Peut-être une main pour sa fille, à la rigueur. Et pas beaucoup plus que le bout d'un doigt pour elle.

— Alors l'affaire est réglée. Tu épouseras Fergus MacMillan dès son arrivée au château Barron, probablement dans la semaine.

— *Aye.*

— Et tu ne pourras pas te dérober cette fois-ci, est-ce clair ?

— Très clair.

— Bien.

Brody s'approcha d'elle, la surplombant de toute sa

hauteur. Il était si près qu'elle sentit les relents de bière aigre de son haleine.

— Sois une épouse obéissante, apprends à tenir ta langue acérée et, qui sait, peut-être qu'il ne te détestera pas tant que ça, après tout.

Un éclat de joie sinistre brilla dans ses yeux à ces mots.

— Oui, mon oncle.

Elle lui fit une révérence et se détourna, avant de traverser la salle sous la rumeur des rires moqueurs.

— Que s'est-il passé ?

Grizel, sa servante dont les boucles souples d'un roux rubis ne manquaient jamais d'attirer l'attention des hommes, traversa la basse-cour en trombe dès que Coira émergea à la lumière du jour.

— Est-ce que tout va bien ? Vous êtes aussi pâle qu'un fantôme.

— J'ai l'impression que je viens d'en voir un ou que cela ne va pas tarder, répondit Coira. Viens, partons d'ici.

Elle s'empara du bras de sa servante et se dirigea droit vers leurs chevaux. Plus tôt elle s'échapperait de la forteresse de Brody, plus tôt elle pourrait laisser libre cours à ses émotions. Et si elle ne pouvait pas le faire en assommant ce MacWhinnie d'un coup de gourdin, alors hurler à pleins poumons dans le vallon lui paraissait une alternative extrêmement tentante. Étant donné l'ampleur de ce qu'elle ressentait, elle risquait de déclencher une avalanche.

— Vous m'inquiétez, dit Grizel en lui lançant un regard nerveux. Ce n'est pas si terrible que cela, si ?

Coira enfonça son pied dans l'étrier et passa si brutalement sa jambe par-dessus le dos de sa haquenée que l'animal fit une embardée sur le côté. Elle poussa un petit cri de surprise et reprit le contrôle de sa monture avant de répondre.

— Il m'a ordonné de me remarier.

— De vous remarier ? s'exclama Grizel d'une voix stridente chargée d'indignation. Mais l'accident de Nevin remonte à peine à six mois !

— Je sais, mais Brody affirme que c'est ce que Nevin aurait voulu.

Elle grimaça. Brody avait raison. Son mari avait toujours fait preuve d'un humour un peu tordu. La situation actuelle l'aurait certainement amusé, toute comme n'importe quelle autre fâcheuse posture dans laquelle elle se serait trouvée.

— Pense-t-il à quelqu'un en particulier ?

— C'est bien là le problème.

Coira fit signe à la demi-douzaine de cavaliers qui les escortaient d'avancer.

— Son choix s'est porté sur Fergus MacMillan.

— Non ! Vous me faites marcher !

Grizel semblait horrifiée, à juste titre.

— Malheureusement, non. Tout a été décidé il y a deux jours. S'il m'a fait venir ici aujourd'hui, c'était simplement pour m'annoncer sa décision.

Elle jeta un regard furieux à la forteresse de Brody par-dessus son épaule.

— Il pense probablement que je devrais me montrer reconnaissante qu'il se soit donné la peine de me le dire en personne. Quel lâche égocentrique ! Ce misérable vieux…

— Chut.

Grizel talonna légèrement son cheval pour se rapprocher d'elle.

— Attendez au moins que nous franchissions les portes.

— *Aye.*

Coira inspira profondément, puis expira lentement, ravalant au passage un chapelet d'injures.

— C'est juste que…

— Je sais. Fergus MacMillan, par-dessus le marché.

— Tout à fait.

— Alors que vous l'avez fui autrefois.

— Ce n'est pas exactement ce qu'il s'est passé.

— Et la veille de votre mariage, qui plus est.

— *Aye*, admit Coira en remuant sur sa selle, mal à l'aise. Mais seulement parce qu'il n'y avait pas d'autre moyen. Honnêtement, j'aurais préféré pouvoir m'entretenir avec lui de ce problème, mais il n'est pas le genre d'homme avec qui l'on peut discuter.

— Que voulez-vous dire ?

— Il ne parlait pas ! Pas plus que nécessaire en tout cas, et encore plus rarement avec moi. Nous n'avons pas échangé plus de quelques mots, et la plupart venaient de moi. Notre seul point commun était notre âge.

— J'ai entendu parler de sa réputation. Est-il vraiment si sévère ?

— *Aye !* C'est bien dommage, car sinon il est plutôt bel homme. Des cheveux noirs, des yeux sombres, des traits bien dessinés…

Elle s'interrompit en se rappelant à quel point il lui avait coupé le souffle lors de leur première rencontre, trois jours seulement avant leur mariage. Pour lors, sa nervosité prénuptiale avait presque laissé place à un étrange sentiment d'excitation.

— Mais il fronçait constamment les sourcils ! Il ne m'a jamais regardée autrement que d'un air menaçant. Comme cela.

Elle crispa le front si férocement que ses sourcils se rejoignirent en une barre sévère.

— Quoi que l'on en dise, ce n'était pas comme s'il avait désiré notre mariage, lui non plus. Il a bien su me le faire comprendre. Sa fierté a peut-être été blessée lorsque je me suis enfuie, mais ce n'est pas allé plus loin.

Elle pencha la tête sur le côté et réfléchit un instant avant de poursuivre :

— J'admets néanmoins que j'aurais pu mieux choisir le moment de mon départ.

— Vous pensiez prendre la bonne décision.

— *Aye*, murmura Coira, évasive.

En toute franchise, elle n'avait jamais envisagé les choses sous cet angle. Peu importait à quel point elle avait trouvé Fergus MacMillan taciturne ou intimidant, s'enfuir du château Sween au beau milieu de la nuit pour épouser Nevin Barron était une piètre façon de remercier la famille de son ex-fiancé pour son hospitalité, même si elle n'avait fait que suivre les ordres de son frère. Personne ne l'avait jamais su. Aux yeux de tous dans les Highlands, elle et Nevin étaient tombés amoureux au premier regard et avaient risqué une guerre des clans pour être ensemble. Même Grizel, sa seule véritable amie au cours de ces quatre dernières années, ne connaissait pas toute la vérité.

Coira poussa un soupir de soulagement quand leurs chevaux franchirent les portes de la forteresse pour emprunter le sentier sud, mais, contrairement à son habitude, son cœur ne se fit pas plus léger à la vue des cimes enneigées et des flancs de coteau revêtus de pins et de bruyère qui les entouraient. On était encore en août, mais certains arbres au creux des vallées se paraient déjà de nuances rouges et orangées, annonçant l'arrivée imminente de l'automne.

À cette pensée, un mauvais pressentiment l'envahit. Son printemps et son été de liberté touchaient bel et bien à leur fin. Après Nevin, elle avait espéré ne plus jamais devoir se remarier, mais si c'était vraiment nécessaire, alors Brody aurait certainement pu lui trouver quelqu'un d'autre, non ? Quelqu'un de gentil, dans l'idéal, capable de sourire de temps à autre. Quelqu'un qui aurait pu être un ami et un compagnon. Elle ne s'attendait pas à trouver l'amour, ni même ne le désirait, pas alors qu'elle n'avait aucunement l'intention de partager ces mêmes sentiments. Elle s'y était essayée une seule fois, et l'expérience l'avait meurtrie à jamais. Tout ce à quoi elle aspirait désormais était une vie paisible, sans histoire, dénuée d'amertume, de rancœur et d'insultes. Était-ce trop demander ? Au lieu de quoi, elle semblait destinée à enchaîner un mariage malheureux après l'autre.

Et si celui-ci se révélait encore pire que le premier ?

Sa poitrine se serra à cette pensée, comme prise dans un étau d'acier. Un an plus tôt, elle n'aurait pu imaginer un mari pire que Nevin, et pourtant, voilà qu'elle s'apprêtait à épouser un homme qu'elle avait publiquement rejeté et humilié. Un homme qui haïssait probablement la simple idée de penser à elle et que la situation devait rendre encore plus furieux qu'elle ne l'était elle-même. Cela avait tout l'air d'une farce cruelle ! Elle aurait presque soupçonné Brody d'avoir organisé cette union délibérément, si le raisonnement de ce dernier n'avait pas été aussi solide. La position du château Barron, à la limite du territoire des MacWhinnie, le rendait en effet vulnérable aux attaques, d'autant plus que Gregor, âgé de cinq ans, ne pouvait pas le défendre.

Elle se pencha en avant sur sa selle, poussant son cheval au galop. Au moins, Fergus était un homme d'honneur, comme l'avait affirmé Brody. Sa réputation le précédait sur ce point. Si rude guerrier soit-il, aucune rumeur de cruauté ou de brutalité ne circulait à son sujet. Il ne la blesserait pas physiquement, elle en était à peu près convaincue, mais il existait d'autres moyens d'infliger des souffrances à quelqu'un. Lesquels choisirait-il ? Au bout de combien de temps chercherait-il à se venger ? Et qui s'en soucierait, en dehors des murs du château Barron ? Personne.

— N'y a-t-il aucun moyen d'y échapper ?

Grizel était remontée à sa hauteur, mais sa voix sembla lui parvenir de très loin.

— À moins de m'allier aux Campbell et de déclarer la guerre à tous mes voisins…

Coira prit quelques secondes pour réfléchir à cette possibilité.

— Non. Je ne peux pas défier Brody, et mon frère ne fera rien pour m'aider. Je doute même qu'il réponde si je lui écrivais. Je suis livrée à moi-même.

— Dans ce cas, peut-être Fergus MacMillan ne sera-t-il pas un si mauvais mari ?

— Combien de guerriers sont-ils plus abordables à vingt-trois ans qu'ils ne l'étaient à dix-sept ? rétorqua Coira d'un ton sec, avant de secouer la tête d'un air confus. Pardon, Grizel. Je ne devrais pas m'emporter contre toi.

— Ce n'est pas grave, je comprends. Tout ce que je dis, c'est que la situation n'est peut-être pas aussi catastrophique que vous le pensez. Les gens peuvent changer, et six ans, c'est long. Aucun de vous deux ne sera la même personne aujourd'hui qu'à l'époque.

— *Aye*.

Coira sourit sans grande conviction.

Certes, de l'eau avait coulé sous les ponts – elle-même avait changé plus qu'elle ne l'aurait jamais imaginé, et probablement pas en mieux –, mais elle avait le sentiment que la mémoire d'un guerrier tel que Fergus MacMillan ne lui ferait absolument pas défaut.

Chapitre 2

Le lendemain

Ce n'était pas suffisant. Fergus MacMillan fronça les sourcils en direction de Ross, son frère aîné, qui chevauchait derrière lui. Une heure. Voilà tout ce que Ross lui avait accordé. Une heure en sa compagnie, sans autre arme que ses propres poings pour se faire pardonner d'avoir demandé, ou plutôt exigé, que Fergus épouse Coira Barron. Une heure passée à donner des coups ne serait jamais assez pour se débarrasser de toute cette rage qui bouillonnait au fond de lui, si tant était qu'il parvienne même à lever la main sur son frère. Et Ross, tout astucieux et fourbe qu'il était, savait parfaitement qu'il ne pourrait jamais s'y résoudre.

Le fumier !

— Prêt ? lança Ross au moment où Fergus se tournait vers les portes.

— Autant que faire se peut.

— Au revoir, Fergus, lança Elspeth, leur jeune sœur, en les saluant de la main. J'espère que…

Elle s'interrompit en croisant son regard et décida de ravaler les mots qu'elle avait à l'esprit.

— *Aye*, grommela-t-il en guise d'assentiment avant de talonner sa monture. Moi aussi.

Ross mit quelques secondes avant de le rattraper.

— Quel malotru tu fais !

— Ce n'était pas mon intention.

— C'est une chose de passer tes nerfs sur moi, mais Elspeth n'y est pour rien.

— Je t'ai déjà dit que ce n'était *pas* mon intention, rétorqua Fergus en contournant Ross. Elle me connaît suffisamment et, pour ta gouverne, elle partage mon avis au sujet de ce mariage.

— Je suis au courant. Elle m'en a parlé.

— Alors tu ne peux raisonnablement t'attendre à ce que je fasse bonne figure aujourd'hui.

— Certes, mais tu as l'air encore plus sombre que d'ordinaire, et ce n'est pas peu dire. Mon offre tient toujours, d'ailleurs. Une heure à mains nues, sans arme ni bouclier. Tu sais tout comme moi que tu es bien meilleur combattant que moi.

— Cesse de me tenter.

— Fergus, reprit Ross d'un ton plus doux. Je sais que ce n'est pas facile.

— *Pas facile ?* s'exclama Fergus en serrant les poings pour se retenir de pousser son frère pour le désarçonner et le voir s'étaler par terre. Comment oses-tu dire une chose pareille après avoir humilié notre famille et m'avoir traîné dans la boue de la sorte ?

— N'est-ce pas toi qui as affirmé ne pas désirer de vengeance ?

— Entre ne pas souhaiter me venger et vouloir l'épouser, il y a un monde.

— Je sais, je suis désolé. Si j'avais trouvé une autre solution, je l'aurais choisie volontiers.

— Alors continue à chercher.

— Je me torture la cervelle depuis des semaines. Nous avons besoin d'alliés et le château Barron a besoin d'être défendu. C'est un point stratégique vers l'une des plus importantes routes en direction du nord.

— Alors demande à Brody MacWhinnie de le défendre.

— Impossible. Notre accord est trop récent, je ne lui fais pas encore suffisamment confiance. Tu sais pertinemment que nos frontières sont en proie à des tensions depuis…

— Depuis que son neveu m'a volé ma fiancée ? termina Fergus en lui décochant un regard noir. Il a publiquement condamné les actions de Nevin, non ? Que veux-tu de plus ?

— Le fait qu'il ait exprimé sa désapprobation ne signifie pas pour autant qu'il ignorait les intentions de ce dernier, même s'il affirme le contraire. C'est la raison pour laquelle j'ai besoin de toi là-bas. MacWhinnie est peut-être dans notre camp pour le moment, mais c'est un véritable chacal. En cas de menace, il agira dans son propre intérêt et je ne peux pas prendre le risque de le voir courir dans les bras des Campbell à la première occasion. Vois plutôt les choses du bon côté : tu récupères le château Barron. C'est un lieu prometteur.

— Qui a déjà un laird à sa tête. Au mieux, je serai désigné gardien des lieux.

— Le garçon n'a que cinq ans. Tu régneras sur le château pendant plus de dix ans. Sans parler de la fortune de ton épouse.

— Ou plutôt ce qu'il en reste. Je me fiche de ses richesses comme d'une guigne. Je ne m'y suis même jamais intéressé.

— *Aye*, j'en ai bien conscience, répondit Ross d'un air bien trop perspicace à son goût.

— Alors pourquoi m'escortes-tu ? s'enquit Fergus pour changer de sujet.

Il lança à son frère un autre regard glacial.

— Tu sais parfaitement que je ne me battrai pas contre toi, ajouta-t-il, même si tu le mériterais amplement. Est-ce une manière de t'assurer que je ne reviendrai pas sur ma parole ? Auquel cas, je me sens insulté.

— Bien sûr que non. Je n'ai pas l'intention de t'accompagner jusqu'au château Barron, de toute manière. J'ai d'autres affaires à régler.

— D'autres affaires à régler ? Avec qui ?

Ross mit un instant avant de répondre.

— L'abbaye.

— L'abbaye ? s'étonna Fergus en stoppant sa monture. Pourquoi donc ?

— Pour éloigner Elspeth de Sween. Elle a besoin d'un lieu sûr en attendant que Leith MacLachlan revienne d'Édimbourg pour l'épouser.

— Tu n'as toujours pas abandonné cette idée.

— *Aye*, c'est un bon mariage.

— Ils ne vont pas ensemble. Elspeth est bien trop énergique pour un homme tel que lui.

— Les gens nous surprennent, parfois.

— Pas MacLachlan, rétorqua Fergus en passant une main dans ses cheveux sombres. Et tu sais pertinemment que cet arrangement ne convient pas à Elspeth.

— *Aye*, mais elle en comprend les raisons. J'ai juré de protéger le clan et cette responsabilité passe avant tout, à commencer par nos propres désirs. Ce n'est pas comme si je vous demandais à tous les deux de vous plier à un accord que je serais moi-même incapable d'accepter. Mes perspectives de mariage ne m'enchantent guère non plus, mais ce sont là des alliances nécessaires si vous voulons défendre notre terre contre les Campbell, déclara Ross en relevant le menton d'un air fier parfaitement représentatif du formidable chef de clan qu'il était. J'ai bien conscience que c'est beaucoup demander, mais tu peux au moins laisser une chance à Coira Barron.

— Je la lui ai déjà donnée, il y a six ans, répondit Fergus en sifflant entre ses dents. Je ne crois pas aux deuxièmes chances.

— C'est ici que nos chemins se séparent, annonça Ross en tirant sur ses rênes alors que la route devant eux se divisait en deux, de part et d'autre d'un orme noueux. Es-tu sûr de ne pas vouloir que l'un de mes hommes t'accompagne ?

— Certain. Je préfère voyager seul, répondit Fergus en laissant son regard se perdre sur les collines à l'horizon. Avec un peu de chance, je croiserai la route d'un des bataillons de guerre de Campbell et ils me tueront avant que je n'atteigne le château Barron.

— Fergus, voyons…

— *Aye*, je sais, c'est pour le bien du clan. Si cela peut te rassurer, je promets de faire de mon mieux pour rester en vie.

— C'est tout ce que je demande, dit Ross en tendant un bras pour lui donner une tape dans le dos. Sache que je te suis reconnaissant.

— Encore heureux. Et ne t'attends pas à ce que je te donne des neveux. J'épouserai cette femme s'il le faut, mais je ne veux rien avoir à faire avec elle. Ce n'est pas négociable. Je consoliderai les défenses du château et le protégerai jusqu'à ce que les Campbell aient été vaincus, mais je ferai mes bagages dès que cette tâche sera terminée.

— Et pour quoi faire ? lâcha Ross d'un air surpris.

— J'y réfléchirai le moment venu. Honnêtement, peu m'importe du moment que je suis loin d'elle.

— As-tu fait part de tes intentions à Brody ?

— *Aye*.

— Et ?

— Il semble s'en ficher comme d'une guigne.

Ross acquiesça d'un signe de tête.

— Très bien. Alors l'affaire est conclue.

— Parfait. Va rejoindre l'abbaye, dans ce cas. Nous nous reverrons… Quand nous reverrons-nous, exactement ? s'enquit Fergus en haussant un sourcil.

— Probablement lorsque les Campbell nous obligeront à reprendre les armes.

Ross lança un coup d'œil par-dessus son épaule comme s'il s'attendait à ce qu'une armée soit à leur trousse.

— Envoie-moi un messager, si tu as besoin de moi.

— Pareil pour toi.

— Une dernière chose, ajouta Ross d'un air sombre. Quoi que tu puisses ouïr, ne mets pas les pieds hors du château Barron à moins que l'ordre ne te vienne directement de moi. J'ai besoin de toi là-bas. Alexander Campbell est connu pour ses talents de manipulateur, et il est hors de question qu'il nous roule dans la farine. Tu dois me promettre de rester au château.

— Tu as ma parole.

Fergus salua son frère d'un signe de tête et prit la direction du nord-est, vers le territoire des Barron. Il lui restait une bonne journée et demie de chevauchée avant d'atteindre sa destination. Une journée et demie qu'il passerait à broyer du noir en se demandant quel genre de fiancée il allait bien pouvoir trouver au bout du chemin. La Coira Barron de ses souvenirs, qui portait encore le nom de Roy, à l'époque, était une femme de taille moyenne, mince, aux hanches étroites, dotée d'une chevelure noir de jais et d'une magnifique paire d'yeux bleu chardon. Son frère, Niall, était à la tête d'un clan de taille modeste mais à la réputation notoire. Il était aussi connu pour avoir trempé dans des affaires louches et des histoires de vol de bétail… Niall était néanmoins prêt à payer le prix fort pour une union avec la puissante famille des MacMillan, même si cette alliance devait passer par un simple fils cadet. Dès qu'il avait posé les yeux sur Coira, Fergus avait été envoûté.

Malgré les antécédents de son clan, elle lui avait semblé être une princesse tout droit sortie d'une des histoires d'Elspeth. Il avait été frappé par son apparence, mais également par l'intelligence qui brillait dans ses pupilles. Sa voix grave avait résonné à ses oreilles tel un chant d'oiseau et les paroles qui s'étaient déversées de ses lèvres avaient été si réfléchies, si observatrices, qu'il s'était senti comme le dernier des imbéciles en sa compagnie, incapable d'aligner plus de deux mots à la suite. Elle méritait mille fois mieux qu'un guerrier rude et taciturne comme lui, qui avait toujours trouvé les études fastidieuses. Visiblement, elle partageait cet avis puisqu'elle avait pris la fuite la veille de leur mariage avec l'un de ses propres invités, Nevin Barron.

La tension entre les deux clans s'était rapidement intensifiée, l'un exigeant réparation pour l'offense tandis que l'autre proclamait haut et fort ne jamais avoir été au courant du plan des deux tourtereaux. Fergus s'était alors interposé. Il avait beau ne pas croire un seul instant que le frère de Coira ignorait tout de la fuite de sa sœur avec Nevin – Brody MacWhinnie, en revanche, lui avait paru plus convaincant –, le fait qu'elle l'ait abandonné devant l'autel de son plein gré, ce dont plusieurs témoins avaient attesté publiquement, avait suffi à mettre un terme à sa toquade. Si tentant soit-il de se venger des fuyards, il avait été suffisamment humilié pour le restant de sa vie et s'était promis de ne pas leur tenir rancœur, prenant leur acte comme une leçon à retenir pour ne plus se montrer aussi naïf à l'avenir.

Il aurait dû s'en douter. L'amour, la romance et les sentiments n'étaient pas faits pour les hommes comme lui. Il n'était rien de plus qu'une paire de poings et un bras tout juste bon à brandir une épée, un guerrier féroce mais pathétique, dont le cœur avait été brisé dans l'ignorance la plus totale. Personne n'avait su ce qu'il avait ressenti, pas même Ross.

Depuis cet incident six ans plus tôt, il avait passé chaque jour à s'efforcer d'oublier Coira Barron mais, il devait bien l'admettre, n'y était jamais vraiment parvenu. Il arrivait de temps à autre à la repousser dans un coin de son esprit, parfois même jusqu'à deux ou trois jours d'affilée, mais son image était toujours là, quelque part, hantant ses pensées et lui rappelant la cruelle humiliation et le rejet dont il avait été victime.

C'était à cause d'elle qu'il avait décidé de ne jamais se marier, malgré les occasions qui n'avaient pas manqué. Jamais il n'aurait cru se retrouver dans cette situation : en route pour aller épouser l'unique femme qu'il aurait voulu éviter jusqu'à la fin de ses jours. La seule à qui il ne pourrait jamais faire confiance.

Un grognement mécontent remonta dans sa gorge à cette idée. Peut-être aurait-il dû tout raconter à Ross, après tout, mais la perspective de mettre des mots sur ses sentiments l'horrifiait. De toute manière, cela n'aurait certainement pas changé grand-chose. Quand la sécurité du clan était en jeu, Ross était implacable et Fergus se devait de prendre exemple sur lui. Il ferait son devoir et s'accommoderait de son épouse, pour le bien de sa famille, mais tant que ce serait absolument nécessaire. Après cela, il prendrait ses jambes à son cou de manière définitive.

Le plus important, songea-t-il, était que cette fois, ce serait *lui* qui la quitterait, et le cœur encore en un seul morceau. Il se tiendrait à distance et pas une seule seconde il ne baisserait sa garde.

Coira Barron, la femme qu'il avait autrefois aimée de toute son âme, ne signifierait plus jamais rien à ses yeux.

Chapitre 3

— En êtes-vous sûre ? demanda Grizel d'une voix paniquée en se précipitant sur les talons de Coira.

— Non, répondit celle-ci sans la moindre hésitation, en traversant la basse-cour du château d'un pas déterminé en direction de sa haquenée qui l'attendait, déjà sellée. Enfin, oui… Peut-être. Je ne sais pas. Une chose est certaine, si je reste sans rien faire, je vais devenir folle.

— Mais pourquoi partir seule ? insista Grizel en la fixant intensément comme si elle envisageait de la plaquer au sol pour l'empêcher de s'enfuir. L'union fait la force, et il ne va plus tarder. Les éclaireurs l'ont aperçu à une heure d'ici.

— Je préfère éviter les regards indiscrets. Traite-moi de froussarde autant que tu le souhaites, mais je refuse que l'on me crie dessus et que l'on m'admoneste en public pour me reprocher un fait qui s'est passé il y a six ans.

— Vous êtes loin d'être une froussarde, rétorqua Grizel en lui serrant la main. Vous êtes la femme la plus courageuse que je connaisse et personne n'a le droit de vous crier dessus. Ce n'est pas juste. Rien de tout cela ne l'est.

— Mais le tort sera réparé, la rassura Coira en affichant un air faussement confiant. Après ce que j'ai fait, la moindre des choses est de regarder Fergus MacMillan dans les yeux et de lui présenter mes excuses. S'il refuse de les accepter…

Son estomac se noua à cette idée, et elle ne termina pas sa phrase.

— S'il refuse de les accepter, poursuivit-elle, il faudra que je vive avec. En allant à sa rencontre, au moins l'épreuve la plus dure sera derrière moi… du moins je l'espère.

— Il va pleuvoir. J'ai entendu le tonnerre.

— *Aye*, moi aussi, mais c'est le cadet de mes soucis en ce moment, rétorqua Coira en secouant la tête alors que Grizel s'apprêtait à protester de nouveau. Crois-moi, c'est la meilleure chose à faire.

— Si vous le dites.

— J'en suis sûre, dit-elle en grimpant sur le marchepied pour enfourcher sa haquenée. Maintenant, cesse de te ronger les sangs et souhaite-moi bonne chance. J'en ai bien besoin.

— Bonne chance, milady.

Coira se redressa sur sa selle et franchit les portes du château, droite comme un piquet, en essayant d'ignorer les nœuds qui lui tordaient l'estomac. Elle se sentait tout à la fois d'humeur contestataire, pleine d'appréhension et excédée, un mélange étrange qui lui donnait envie, au choix, de taper du poing jusqu'à ce que mal s'ensuive, de s'enfuir au galop sans jeter un seul coup d'œil en arrière ou de s'effondrer au sol en sanglotant entre deux éclats de rire hystériques. Après trois jours passés en proie à une hantise permanente, elle doutait d'être capable de surmonter un autre bouleversement émotionnel, mais elle avait l'impression que la fin se profilait à l'horizon, de plus en plus proche à mesure que les heures s'écoulaient.

Elle n'était certaine que d'une chose : elle ne pouvait pas rester patiemment dans son cabinet devant sa broderie en attendant que Fergus MacMillan refasse irruption dans sa vie. Elle ne tenait plus en place. Mieux valait sortir et agir. L'idée de se faire disputer ne l'enchantait guère, mais si elle allait à sa rencontre et lui donnait l'occasion de déverser sa colère sur elle en tête à tête, alors le pire serait passé et ils pourraient démarrer la journée d'un bon pied, ou du moins s'efforcer de ne pas l'empirer. Puisque visiblement il n'y avait pas moyen d'éviter ce mariage, alors ils se devaient de s'entendre un tant soit peu. Peut-être pourraient-ils même un jour se lier d'amitié.

L'espoir était mince. Minuscule, même. Mais elle n'avait rien d'autre à quoi se raccrocher pour le moment. Avec un peu de chance, son nouvel ancien futur mari serait de son avis.

Chateau miremont Gorge du Sioule

Le soleil avait déjà amorcé sa descente derrière les collines en ce deuxième jour de voyage, plongeant le sentier qui se déroulait devant Fergus dans l'ombre. Son cheval venait enfin de poser un premier sabot sur le territoire des Barron. Le château n'était plus qu'à quelques kilomètres, ses parapets crénelés et sa tour de pierre grise déjà visibles à l'horizon. Ross avait raison : le lieu était prometteur, dressé à la lisière d'un loch et surplombant la vallée. Mais si belle soit la vue, elle ne méritait pas qu'il la paye au prix de sa liberté et de son avenir. Si seulement Ross l'avait autorisé à défier Alexander Campbell en duel public plutôt que d'écarter cette proposition qu'il considérait comme trop dangereuse. Pour lors, Fergus aurait peut-être pu sauver ce qu'il était sur le point de sacrifier.

Il leva les yeux vers le ciel. Le vent s'était levé et un roulement de tonnerre gronda au loin, à l'image de son humeur. Il avait beau retourner la situation dans tous les sens, le futur s'annonçait bien morne. Même s'il parvenait à accomplir son devoir envers son clan le plus rapidement et le plus efficacement possible avant de prendre ses jambes à son cou, il resterait lié à cette femme qu'il aurait voulu oublier jusqu'à la fin de ses jours. Des trois, elle, Ross ou Brody, il n'aurait su dire contre lequel il était le plus en colère.

Il broyait encore du noir quand il aperçut l'objet de sa furie au bout du sentier, à cheval sur une haquenée baie, sa capuche baissée sur ses épaules révélant deux tresses d'un noir chatoyant qui lui encadraient le visage. *Coira Barron.* L'avait-il fait apparaître par la force de ses pensées ? De toute évidence, elle l'attendait, l'air aussi sombre que si elle était en route pour la potence. Un autre long roulement de tonnerre vint exacerber l'ambiance lugubre. Visiblement, le manque d'enthousiasme qu'il éprouvait pour cette union était réciproque.

Il arrêta sa monture à quelques mètres d'elle sans lui offrir le moindre mot de salutation et l'observa attentivement. Ce n'était plus la femme de ses souvenirs. Même pour une veuve qui devait certainement encore porter le deuil de son mari, elle avait considérablement vieilli au cours de ces six dernières années. Les joues rondes et rebondies qu'il avait autrefois admirées étaient désormais pâles et émaciées, leur éclat épuisé plutôt que terni, et sa silhouette, bien que toujours aussi svelte, était empreinte d'une rigidité nouvelle, comme si tous ses muscles étaient crispés. Peut-être était-ce d'ailleurs le cas. Elle avait l'air aussi tendue qu'un arc. Il ne l'aurait probablement pas reconnue s'il n'y avait eu ses yeux, et même ces derniers avaient changé. L'étincelle dont il était tombé amoureux s'était éteinte et le bleu chardon de ses iris avait pris une teinte grise.

Elle ouvrit la bouche mais il n'entendit pas les mots qu'elle prononça d'une voix trop basse. Une vague de soulagement le traversa. À présent qu'il l'avait dans son champ de vision, il se rendait compte qu'au fond de lui il avait eu terriblement peur de retomber aussi éperdument amoureux d'elle qu'au premier regard. Fort heureusement, il était resté de glace et se félicita d'avoir évité une telle humiliation.

— Coira, la salua-t-il enfin froidement en inclinant légèrement la tête. Vos éclaireurs vous ont-ils annoncé mon arrivée ?

— Mes éclaireurs ? croassa-t-elle d'une voix rauque avant de toussoter pour s'éclaircir la gorge. Les avez-vous aperçus ?

— Aperçus et entendus. L'un d'entre eux respire bien trop fort.

Il désigna un petit monticule au bord du chemin, derrière lequel se cachaient les deux hommes.

— Ils manquent cruellement de discrétion, ajouta-t-il. Je veillerai à ce qu'ils reçoivent un meilleur entraînement.

Pendant un instant, il crut discerner un éclair de colère dans les yeux de Coira, puis elle battit des cils et l'étincelle disparut.

— Si vous le souhaitez.

— Parfait, dit-il en se penchant délibérément pour jeter un regard au château dans le dos de celle-ci. Vous rendiez-vous quelque part ? Ou bien êtes-vous venue à ma rencontre ? Il me semble que nous n'avons pas eu l'occasion de nous dire au revoir, la dernière fois.

Elle releva légèrement le menton et ignora sa remarque.

— J'ai pensé qu'il serait utile que nous échangions quelques mots avant votre arrivée.

— Pourquoi cela ?

— Parce que nous avons beaucoup à nous dire. Peut-être pourrions-nous descendre jusqu'au loch, suggéra-t-elle en décochant un rapide coup d'œil au monticule derrière lequel se cachaient les deux hommes. Nous y serons plus tranquilles.

Fergus fronça les sourcils. Son premier réflexe fut de refuser sa requête, juste pour la forme. Le fait qu'elle ait chevauché seule laissait entendre qu'il était important pour elle d'avoir une conversation privée, probablement pour expliquer ses agissements passés et lui présenter ses excuses. Des excuses et explications qu'il n'avait nullement l'intention d'écouter, ce qu'il valait mieux faire comprendre à Coira le plus tôt possible. Pourtant, l'expression de cette dernière le fit hésiter. Ce n'était pas de la tension, plutôt une sorte de méfiance. Presque de la crainte. Autant il lui en voulait et n'éprouvait rien que de l'antipathie et de la rancœur à son égard, autant il ne voulait pas que sa future épouse ait peur de lui.

— Alors ? Vous venez ?

Elle s'était exprimée d'une voix incertaine cette fois, et deux petites taches roses lui colorèrent les pommettes.

Fergus laissa la question en suspens un instant en se grattant le menton, avant de céder à contrecœur.

— *Aye*, je vous suis.

Coira mit pied à terre avec précaution. Ses mains tremblaient tellement qu'elle avait du mal à tenir ses rênes et le sang battait si fort dans ses oreilles que son ouïe s'en trouvait affectée. Sa jument commençait à montrer des signes de nervosité, probablement en réponse aux émotions erratiques de sa maîtresse.

Malgré tout, Coira était soulagée que sa première

rencontre avec Fergus soit derrière elle et que celle-ci se soit passée loin des oreilles des curieux. Au moins, la longue attente dans le froid n'avait pas été vaine. L'attitude revêche de Fergus n'avait pas tellement changé au cours de ces six dernières années. Il affichait même un air encore plus sévère. Mais elle devait admettre qu'il était tout aussi beau que le premier jour où elle avait posé les yeux sur lui. Peut-être même plus. Comme si cet air renfrogné qui ne convenait pas à un jeune homme de dix-sept ans était devenu parfaitement adapté à un guerrier de son âge. Il avait pris un peu de poids, ses épaules et sa taille s'étaient élargies, et sa carrure était plus imposante que jamais. S'il lui restait encore quelques traits juvéniles à l'époque, ces derniers avaient désormais complètement disparu. Et il était apparemment devenu plus loquace, prononçant même plusieurs phrases d'affilée en moins d'une minute… Contrairement à elle, il avait bien vieilli, un fait qui ne faisait qu'empirer la situation des deux côtés. Elle était loin d'ignorer l'air hagard et éreinté qu'elle affichait ces derniers temps, un fait qui, de toute évidence, n'avait pas non plus échappé à Fergus. La façon dont il l'avait balayée du regard de la tête aux pieds avec dédain, comme s'il n'y avait rien à admirer chez elle, lui avait donné envie d'enfouir son visage entre ses mains pour se cacher de son examen critique.

— Alors ? dit-il dans son dos lorsqu'ils furent arrivés sur la plage de galets qui bordait le loch.

Coira se retourna. Fergus s'était arrêté et la fixait, les bras croisés sur la poitrine. Sa musculature avait clairement gagné en volume en six ans.

— De quoi souhaitiez-vous discuter ? Vous feriez bien de vous hâter. Il va pleuvoir.

Face à lui, Coira remercia intérieurement la brise qui

soufflait sur la rive et rafraîchissait la traînée de sueur qui lui descendait entre les omoplates. La réponse à la question de Fergus n'était-elle pas évidente ? Ils avaient tellement de choses à se dire qu'elle ne savait guère par où commencer. Au fond d'elle, elle avait espéré, ou plutôt s'était attendue à ce qu'il mène l'échange, mais visiblement ce n'était pas son intention. Elle prit une grande inspiration et releva les yeux pour les plonger dans le regard sombre de Fergus en s'efforçant de dissimuler sa nervosité.

— J'ai pensé qu'il serait bon que nous parlions de ce qu'il s'est passé.

— Ce qu'il s'est passé ?

Coira laissa échapper un petit hoquet de surprise. De tous les scénarios qu'elle avait imaginés en préparant cette conversation, jamais elle n'avait envisagé qu'il puisse faire mine d'avoir tout oublié.

— Il y a six ans, la veille de notre mariage, quand je me suis…

Elle se mordit la lèvre et décida de ne pas terminer sa phrase.

— Je voulais vous dire que j'ai mal agi et j'en suis désolée. Et puis…

Elle releva le menton et redressa les épaules, se préparant au pire.

— Je me suis dit que vous auriez peut-être des questions à poser ou des accusations à porter.

— Non.

— Aucune ? lâcha-t-elle, bouche bée.

— C'était il y a longtemps.

— Mais… Vous avez certainement dû être en colère.

— Ah bon ?

Légèrement désorientée, elle s'efforça de soutenir son regard. Si elle avait voulu s'entretenir avec lui en privé, ce n'était pas pour justifier sa conduite. Le fait était qu'elle s'était effectivement enfuie avec Nevin. Après avoir humilié Fergus et le clan des MacMillan tout entier, elle s'était attendue à ce qu'il saisisse cette occasion pour lui faire des reproches. Visiblement non.

Au lieu de quoi, il se tenait devant elle, la mâchoire tendue, les lèvres serrées et le visage impassible, comme s'ils se rencontraient pour la première fois et qu'il n'éprouvait absolument rien à son égard. Peut-être était-ce bien le cas, songea-t-elle. Peut-être avait-elle laissé courir son imagination sans raison. Peut-être avait-il été tellement opposé à l'idée de l'épouser, six ans plus tôt, qu'il avait été secrètement soulagé qu'elle ait convolé avec un autre. Mais quand bien même c'eût été le cas, il avait certainement été contrarié que sa famille soit ainsi insultée. Il ne pouvait pas ne rien avoir ressenti *du tout*.

Elle le dévisagea avec attention mais son expression resta indéniablement impassible, ce qui ne fit que le rendre encore plus impressionnant. Réservait-il ses reproches pour l'accuser ultérieurement devant témoins ? Ou bien son absence de réaction présageait-elle leur avenir commun, un futur dans lequel il était hors de question de parler du passé ? Des deux hypothèses, elle n'aurait su dire laquelle était la pire. Une chose était évidente, néanmoins : il n'avait pas la moindre envie de se trouver là, avec elle. Au fond, c'était bien suffisant comme condamnation.

— J'ai cru que… que vous alliez m'insulter, conclut-elle en humectant ses lèvres sèches.

— Vous insulter ? dit-il en fronçant les sourcils. Et pour quelle raison ?

Pour avoir été une « traîtresse sans cœur ». Une « traînée sans mœurs ». Une « harpie volage ».

Tels étaient les qualificatifs dont Nevin avait usé à son égard. Et il ne s'agissait pas des plus vils.

— Je ne sais pas, prétendit-elle. Ce qui vous serait venu à l'esprit.

— Vous imaginez-vous que je ne suis encore qu'un jeune garçon ? Un enfant qui invective gratuitement ?

— Non, loin de moi cette idée. J'ai simplement pensé que…

Elle déglutit avec difficulté avant de reprendre :

— Je me suis dit que si vous vouliez m'injurier, il était préférable que vous le fassiez en privé.

— Loin des oreilles de vos domestiques ?

Coira plissa les yeux face au ton accusateur.

— Non, de mes enfants.

Il sembla hésiter un instant, avant de se renfrogner encore davantage.

— De vos enfants ? Je croyais que vous n'aviez qu'un fils.

— Un fils et une fille. Gregor et Ailis.

— Brody n'a fait mention que d'un garçon.

Rien d'étonnant, pensa Coira en serrant les lèvres pour ne pas prononcer ces mots à voix haute. Le chef du clan MacWhinnie n'envisagerait jamais de parler d'une simple fille.

— Ailis n'est qu'un bébé. Elle n'a même pas un an. J'imagine que ça lui a échappé.

Un éclair d'espoir la frappa soudain.

— Mais si des enfants vous gênent, alors…

— Alors peut-être devrais-je reconsidérer notre union ? l'interrompit-il en haussant un sourcil. Désolé, milady, je le ferais si c'était aussi simple, mais je suis ici conformément aux ordres du chef de mon clan. Ce qui me dérange importe peu.

— Je vois.

Détournant la tête, elle embrassa du regard les profondeurs vert sombre du loch. Elle avait toujours aimé cette plage et y était souvent venue pour trouver un peu de réconfort pendant les jours sombres de son mariage, laissant au clapotis des vagues et à la vue de l'eau le soin de calmer son âme troublée. Malgré les gros nuages lourds qui approchaient indéniablement, annonciateurs de pluie, elle aperçut son propre reflet à la surface, debout à côté de celui de Fergus. Elle fixa pendant un moment la silhouette de son futur mari, le temps de digérer tant bien que mal l'amère vérité qui était sortie de sa bouche.

Ses craintes avaient été fondées. Il était là sous la contrainte, en dépit de sa volonté, et n'avait pas l'intention d'échanger avec elle ne serait-ce que quelques mots de salutation. Bien que légèrement plus communicatif que six ans auparavant, il restait toujours aussi laconique et taciturne, seulement cette fois ce n'était pas uniquement par manque d'envie de l'épouser. Désormais, il éprouvait du mépris et de la rancœur à son égard. C'était peine perdue. Autant essayer de se lier d'amitié avec la montagne.

— Était-ce là tout ce dont vous vouliez parler ? demanda-t-il d'une voix encore plus sévère que plus tôt.

Coira releva la tête. Elle envisagea un instant de faire une dernière tentative, mais le regard glacial qu'il lui rendit la découragea. Il ne semblait pas s'intéresser le moins du monde à ce qu'elle pouvait avoir à l'esprit. Les mots gelèrent dans sa gorge et ses lèvres s'engourdirent. Pour un peu, elle se serait transformée en bloc de glace.

— Oui, lâcha-t-elle dans un souffle tandis que ses épaules s'affaissaient. C'était tout.

— Bien. Allons-y, dans ce cas.

Au loin, un grondement de tonnerre sembla acquiescer à ces paroles.

Chapitre 4

La pluie se mit à tomber au moment où ils pénétraient dans l'enceinte du château ; rien de plus qu'un petit crachin, mais suffisant pour éteindre la dernière étincelle d'espoir que Coira entretenait d'arriver à une entente amicale avec Fergus. Le seul point positif de leur rencontre était que, désormais, le pire était derrière eux et qu'elle savait à quoi s'en tenir. Cette idée l'apaisa légèrement, jusqu'à ce qu'elle se rende compte que la grisaille de l'après-midi faisait ressortir les murs de pierre effrités et l'état de délabrement général du château Barron, résultat de plusieurs années de délaissement et du refus catégorique de Nevin de dépenser le moindre sou dans tout ce qui ne lui servait pas personnellement.

Ces derniers mois, Coira avait fait de son mieux pour le faire restaurer, mais la tâche n'avait pas été facile car Brody refusait de lui confier le reste de sa dot, estimant qu'une femme serait de toute manière incapable de la dépenser à bon escient. Que pouvait bien penser Fergus à la vue de sa nouvelle demeure ?

Elle lui décocha un regard en biais alors qu'il mettait pied à terre pour tenter de jauger sa réaction, mais son visage était tout aussi inexpressif qu'avant. Hormis un haussement de sourcil de temps à autre, il n'avait rien laissé transparaître depuis leur rencontre.

— Milady ?

Coira grimaça en reconnaissant la voix qui l'appelait. Le chef de la garde de Nevin, ou plutôt *son* chef de la garde désormais, avait le don d'apparaître n'importe où sans prévenir, aussi silencieux qu'un chat.

— Iver, le salua-t-elle d'un signe de tête sommaire, non sans remarquer les taches sur sa tunique et son haleine avinée. Fergus, je vous présente Iver. C'est lui qui s'occupe des gardes… et des éclaireurs.

Elle n'avait pu résister à l'envie d'ajouter cette précision.

— Alors il faudra que je vous parle à la première heure demain matin, à vous et à vos hommes, annonça Fergus en toisant l'homme de pied en cap. Rendez-vous une heure après l'aube.

Coira se raidit, s'attendant à entendre l'un des habituels commentaires acariâtres d'Iver mais, pour une fois, ce dernier se contenta d'acquiescer en marmonnant.

— Bon…, commença-t-elle en repoussant une mèche de cheveux humide de son visage, irritée de voir le chef de la garde se plier aux ordres d'un inconnu, alors qu'il avait pour habitude de rétorquer lorsque c'était elle qui était aux commandes. Allons nous sécher, puis je vous ferai faire le tour de la propriété.

Elle se dirigea à grands pas vers le donjon, Fergus sur ses talons, gravit les quelques marches de pierre et traversa l'antichambre qui débouchait sur la grande salle. Désireuse d'impressionner Fergus par ses talents de maîtresse de maison, à défaut d'autre chose, elle avait ordonné que l'on polisse les tables, que l'on change les joncs au sol et que l'on prépare une carafe de vin près de l'âtre avant leur arrivée. Au lieu de quoi, ils furent accueillis par une scène des plus chaotiques.

Horrifiée, elle se figea sur le seuil de la pièce. Une demi-douzaine de bancs en bois avaient été basculés sur le flanc et plusieurs garçons de cuisine couraient entre les rangées, sautant par-dessus les tréteaux qui faisaient office de table, dans l'hilarité la plus totale. Deux bonnes se tenaient sur le côté et gesticulaient furieusement au milieu d'un concert de rires, de sifflets et de cris.

— Coira ! Dieu soit loué, vous êtes de retour ! s'exclama Grizel en se précipitant vers elle.

La servante s'arrêta brusquement en apercevant Fergus dans son dos et s'inclina en une petite révérence.

— Je veux dire, pardonnez le désordre, milady.

— Que s'est-il passé ? s'enquit Coira en tendant le cou pour jauger la scène. Oh non, ne me dis pas que…

— La chienne s'est encore échappée !

— Maman !

Gregor émergea de sous une table et vint se blottir dans ses jupes.

— Je suis désolé. J'ai ouvert l'enclos le temps d'une seconde, mais Duncan a trébuché sur elle. Elle a pris peur et s'est enfuie. Regardez, la voilà ! dit-il en pointant le chiot du doigt.

— Attendez-moi ici, ordonna-t-elle à Fergus en retroussant ses manches.

Elle lui lança un bref regard en biais, se sermonnant d'avance pour le manque de classe dont elle s'apprêtait à faire preuve devant lui, puis se dirigea vers le centre de la salle.

À en juger par les mouvements sous la table, l'animal rebelle était occupé à se régaler des restes du déjeuner.

— Gentille petite, viens par là. Je ne vais pas te faire

de mal. C'est qui, la chienne à sa maman ? C'est toi. Allez, viens...

Coira s'accroupit et tendit le bras sous la table tout en murmurant des mots doux à l'intention de la bête. Si elle parvenait à l'attirer un peu plus près et à lui passer une main sous le ventre, elle pourrait peut-être... Malheureusement, la chienne avait d'autres idées en tête et à peine les doigts de Coira eurent-ils effleuré sa fourrure qu'elle s'enfuit dans la direction opposée en poussant un petit jappement de joie.

— Oh ! non ! Pas question !

Coira plongea sur le côté au même moment, se cognant l'épaule contre un pied de la table au passage, et s'empara de la petite créature qui lutta pour se libérer.

— Aïe ! Je l'ai ! s'exclama-t-elle dans un cri de triomphe en grimaçant.

L'épaule lui élançait à présent, sa manche était humide et, à en juger par l'odeur, Coira préférait ne pas savoir dans quoi elle avait trempé.

— Tiens, dit-elle en confiant l'animal gigotant à Gregor. Sois plus prudent, la prochaine fois.

— Oui, maman, acquiesça allègrement le petit garçon en laissant le chiot lui lécher vigoureusement le visage.

— Et désormais...

Elle était sur le point de lui faire une remontrance lorsqu'elle aperçut la silhouette sombre de Fergus derrière elle. Pendant un instant, elle avait oublié sa présence. Le chien avait du bon, après tout.

— Toutes mes excuses, déclara-t-elle en se tournant vers lui. Fergus, permettez-moi de vous présenter...

— Tu dois être Gregor, dit-il en s'accroupissant pour se tenir à hauteur du petit garçon. J'imagine que c'est ta chienne ?

— *Aye*, fit l'intéressé en lui lançant un regard curieux. C'est maman qui me l'a offerte.

— Comment s'appelle-t-elle ?

— Blacky.

— Cela lui va bien.

— Mais elle ne cesse de s'enfuir et ne vient jamais quand je l'appelle.

— Elle est encore jeune.

— Peut-être qu'elle ne m'aime pas.

— Je doute qu'il s'agisse de cela, intervint Coira en sentant son cœur se serrer aux mots de son fils.

Fort heureusement, Fergus ne sembla pas relever le commentaire.

— Regarde un peu comme elle te mordille l'oreille. Blacky, arrête !

— Vous êtes venu pour épouser ma mère ? demanda Gregor en affichant soudain une moue suspicieuse.

— *Aye.*

— Faut-il que je vous appelle « père » ?

— Non.

— Oh ! laissa échapper l'enfant, la lèvre tremblotante. Comment dois-je vous appeler, dans ce cas ?

— Mon nom est Fergus. Tu peux m'appeler ainsi, si tu le souhaites.

Fergus tendit une main et caressa le crâne soyeux de la chienne.

— Tu sais, j'avais un chien de chasse comme celui-là quand j'étais enfant. Il était sauvage et galeux, alors, pour l'apprivoiser, je l'appâtais avec des morceaux de viande séchée que j'emportais partout avec moi dans une bourse. Avec le temps, il a appris à me faire confiance.

— L'avez-vous amené avec vous ? s'enquit Gregor en jetant des coups d'œil alentour.

— Non, il est mort de vieillesse, il y a quelques années.

Fergus releva la tête et croisa brièvement le regard de Coira.

— Ta mère l'a rencontré, une fois.

— Vraiment ? Était-ce un gentil chien, maman ?

— *Aye*, répondit-elle en souriant au souvenir du vieux terrier qui suivait Fergus à la trace.

Malgré son apparence pour le moins hirsute, il était gentil, mille fois plus amical que son maître, et lui avait même léché la main quand elle lui avait gratté les oreilles.

— Pourrais-je avoir une bourse comme la vôtre ?

— C'est une excellente idée. Je t'en ferai une. En attendant, pourquoi ne pas aller jouer dehors avec ta chienne ?

— Je garderai un œil sur eux, milady, annonça Grizel en posant une main sur l'épaule du garçon pour l'éloigner avec tact. Si vous voulez bien nous excuser.

— Merci, répondit Coira en lui adressant un sourire reconnaissant. Et merci à vous également, Fergus, reprit-elle sans cesser de sourire une fois Grizel et son fils partis. Gregor était inquiet à l'idée de faire votre connaissance.

— Nul besoin. Ce n'est qu'un petit garçon.

— Bien sûr, loin de moi l'idée de…

Elle se mordit la lèvre, hésitant un instant avant de poursuivre. Tout ce qu'elle disait semblait le contrarier.

— Je suis contente que votre première rencontre se soit bien passée. Blacky n'était peut-être pas la plus brillante de mes idées.

— Pourquoi cela ?

— Elle est tellement indisciplinée, répondit-elle en haussant les épaules. Gregor était très proche de son père et quand ce dernier nous a quittés… Je voulais lui redonner le sourire. J'ai pensé qu'un animal lui occuperait l'esprit et l'aiderait à se sentir mieux, mais je ne suis pas certaine que ce chien soit d'une quelconque assistance.

Elle soupira, puis toussota pour reprendre ses esprits. Elle était censée lui faire faire le tour du propriétaire.

— Cela étant dit, voici la grande salle. Elle n'est pas des plus présentables, mais… Oh ! Duncan ! s'écria-t-elle en apercevant le vieux domestique qui clopinait en direction de la porte, soutenu par un garçon de cuisine. Est-ce que ça va ?

— Rien de cassé, milady. Cette sale bestiole m'a fait trébucher.

— Venez vous asseoir près du feu. Je vous accorde le reste de la journée. Jamie ira vous quérir une bière.

— Merci, milady.

— Bien. Par ici, dit-elle à l'intention de Fergus en se dirigeant à la hâte vers l'escalier avant qu'une autre catastrophe ne survienne. Si vous voulez bien me suivre, je vais vous montrer vos appartements.

— Très bien.

— Voici le cabinet, commenta-t-elle en arrivant en haut des marches.

Elle poussa la porte, qui s'ouvrit sur une grande pièce douillette aux murs recouverts de tapisserie, meublée d'une méridienne, de deux bancs, d'un petit bureau poussé dans un coin et d'un gigantesque coffre en chêne au couvercle gravé de chardons.

— Les enfants dorment là, dit-elle en désignant une autre porte. Ils ont leur propre bonne, et Grizel, que vous venez de rencontrer, dort avec eux.

— La jeune fille aux cheveux roux ?

— *Aye.*

Elle lui décocha un regard soupçonneux, puis traversa la pièce jusqu'à la galerie des ménestrels.

— Et, par là, nous atteignons ma… je veux dire, notre chambre, mais je vous ferai préparer un lit dans le cabinet pour ce soir.

— Non.

Coira sursauta et fit volte-face.

— Que voulez-vous dire ?

— Je ne dormirai pas ici.

— Dans ce cas, je coucherai avec les enfants.

— Non, vous dormirez avec moi.

— Il n'en est pas question ! s'exclama-t-elle, indignée, en croisant les bras. Je ne partagerai pas ma couche avec vous avant de vous avoir épousé.

— Je sais. Nous nous marierons ce soir.

Il passa devant elle en quelques enjambées, ouvrit la porte de la chambre à coucher et déposa ses affaires à l'intérieur sans même y jeter un coup d'œil.

— Mais c'est impossible ! protesta-t-elle en bafouillant. Nous ne pourrons pas nous marier d'ici ce soir !

— Pourquoi pas ?

— Parce que c'est trop tôt. Vous avez vu la grande salle : nous ne sommes pas en mesure d'y accueillir qui que ce soit, ni d'y organiser un festin.

— Tant mieux.

— Comment cela, tant mieux ?

— Il n'y a rien à célébrer, dit-il en plongeant ses yeux noirs dans ceux de Coira. Notre union n'est qu'une formalité, autant s'en débarrasser le plus vite possible. Nul besoin d'invités ni de repas. Tout ce qu'il nous faut, c'est une cérémonie en bonne et due forme qui me transférera le droit d'agir au nom de votre fils.

Il fit un pas vers elle et poursuivit d'un ton glacial :

— Je suis ici pour m'assurer que vos défenses peuvent

résister à une attaque des Campbell. Et d'après ce que j'ai vu, j'arrive juste à temps.

— Que voulez-vous dire par là ? répondit-elle d'un ton offusqué.

C'était la tirade la plus longue qu'elle l'avait jamais entendu prononcer et elle aurait préféré qu'il se taise.

— Premièrement, le mur est en piteux état. Il est branlant par endroits. La moitié des pierres auraient besoin d'être restaurées, voire changées. Vos éclaireurs ne sont qu'une bande d'incompétents et le chef de la garde est une honte ambulante.

Coira se mordit la lèvre, incapable de nier ces dires. Les remparts menaçaient de s'écrouler, les hommes étaient des incapables, quant à Iver… Il était au service de Nevin depuis des années et elle n'avait jamais réussi à s'en débarrasser. Pourtant, ce n'était pas l'envie qui lui avait manqué. Tout de même, il était difficile de ne pas prendre ces commentaires comme une attaque personnelle.

— Quoi qu'il en soit, j'aimerais disposer d'au moins une journée pour me préparer. Brody ne m'a annoncé cet arrangement qu'il y a quelques jours et…

— *Non,* l'interrompit-il d'un ton catégorique. Plus vite nous serons mariés, plus vite je pourrai commencer mon travail. Et pour ce qui est d'attendre, pardonnez-moi, mais rien ne me dit que vous serez encore là demain.

— Vous ne me faites donc pas confiance, dit-elle en relevant le menton avant de le regretter presque aussitôt quand Fergus fit un pas en avant.

— Pourquoi le devrais-je ?

Bien que flageolante, Coira plissa les yeux, refusant de se laisser intimider.

— Parce que, même si ce château n'appartenait pas

à mon fils, je me vois mal tenter de m'enfuir alors que vous dormirez dans la pièce d'à côté !

— Peu importe. Je ne ferai pas la même erreur deux fois. J'imagine que vous avez un prêtre dans ce château.

— *Aye*.

— Alors mandez-le.

Il recula légèrement, puis la toisa de la tête aux pieds, s'arrêtant un instant sur la tache mouillée au niveau de sa manche.

— Après réflexion, il est préférable que j'aille le quérir moi-même. Je vous suggère de vous changer.

— Vraiment ? lança-t-elle d'un ton sarcastique en portant les poings à ses hanches dans un geste de défi. Êtes-vous certain que je doive me donner tant de mal ? Je ne voudrais pas que l'on m'accuse de faire de cette union un événement spécial.

— Honnêtement, je m'en moque, dit-il en lui tournant le dos. Mais dépêchez-vous car il va bientôt faire sombre.

Sinistre, morne et sans joie. Des mots qui résumeraient à merveille sa nuit de noces. Coira fixa longuement la porte après qu'il fut parti en essayant de ne pas sombrer dans le désespoir.

Chapitre 5

Voilà. Ils étaient unis pour la vie. La brève cérémonie était achevée et Coira était de nouveau une jeune mariée, l'alliance à son doigt scintillant comme un petit maillon d'or. Mais peut-être qu'un mariage à la hâte était préférable, après tout, songea-t-elle en balayant la salle du regard depuis le siège qu'elle occupait à la table d'honneur. Ce matin-là, elle s'était réveillée les nerfs déjà mis à rude épreuve à l'idée de revoir Fergus. Si elle avait su qu'elle serait mariée à la tombée de la nuit, elle se serait cachée sous les couvertures et aurait refusé de sortir. Au lieu de cela, elle avait rencontré Fergus et l'avait épousé en l'espace de quelques heures. Ou plutôt, elle avait accompli son devoir et s'était débarrassée de cette formalité, pour reprendre les mots si galants de Fergus. Elle était désormais Coira MacMillan, comme cela aurait dû être le cas six ans plus tôt. À la différence près que la situation était cent fois pire à présent.

Elle se mordit l'intérieur des joues en jetant un regard en coin à son mari, troublée de se retrouver assise si près de lui. Lui, en revanche, semblait complètement indifférent à sa présence, le regard dirigé droit devant lui, le visage toujours aussi austère et impénétrable, comme il l'avait été tout au long de la cérémonie. C'était à se demander s'il était capable d'afficher une autre expression.

Il avait néanmoins raison à propos d'une chose : cette célébration n'avait rien de spécial. Tout comme l'avait été celle avec Nevin, songea Coira. Il était difficile de ne pas comparer les deux événements, même si Coira peinait à dire lequel des deux elle avait apprécié le moins. Dans les deux cas, personne ne l'avait vraiment forcée à donner son accord, mais elle n'avait pas non plus agi de son plein gré. Les deux unions avaient été précipitées, mais Nevin avait au moins tenté de la courtiser après qu'on l'avait sortie du lit et fait grimper sur un cheval au beau milieu de la nuit. Il lui avait déclaré son dévouement éternel et avait insisté pour qu'ils prononcent leurs vœux sitôt arrivés au château Barron. Il avait dit ne pas supporter l'idée d'attendre, au risque de donner une chance aux MacMillan de la récupérer, ce qui l'avait rendu si charmant aux yeux de Coira à ce moment-là. *Trop* charmant, elle s'en rendait compte à présent, mais, à l'époque, l'attitude de Nevin lui avait apporté un changement bienvenu face à un Fergus renfrogné en permanence. Nevin était son aîné de plusieurs années, il affichait un air empreint d'une maturité séduisante, ayant hérité de son titre et de ses terres à l'âge de dix-huit ans, et il avait su la flatter. Elle ne s'était pas entièrement bercée d'illusions, ayant entendu assez de ragots pour deviner que sa dot avait bien plus d'attrait que sa personnalité, mais recevoir quelques compliments lui avait plu et elle avait songé qu'au moins Nevin serait un mari avec qui elle pourrait parler.

Et pendant un moment, il l'avait été. Elle avait cru que la chance lui souriait et qu'elle avait épousé un homme capable de lui inspirer de l'amour. Trop jeune et manquant de perspicacité, elle s'était abandonnée à lui corps et âme.

L'intérêt que Nevin lui portait, en revanche, avait diminué au fil des jours. Au bout d'une semaine à peine, il avait commencé à se plaindre de l'infériorité de sa lignée. Peu importait que son frère soit riche, lui avait-il dit. « Et n'allez jamais vous imaginer qu'une dot élevée fera de vous mon égale ! » Il répétait à l'envi que la famille Barron ne l'accepterait jamais – une affirmation qui s'était révélée tout à fait vraie – et que Brody était le seul à blâmer pour leur mariage, car c'était lui qui, depuis le début, avait refusé de lui concéder l'argent nécessaire pour restaurer le château Barron et lui redonner sa gloire d'antan.

Avant la fin de leur premier mois ensemble, Coira avait compris que la motivation de son mari pour s'enfuir avec elle avait été double : un moyen de s'enrichir tout en narguant son oncle. À ce moment-là, il était bien trop tard pour faire machine arrière. Dès lors, leurs conversations s'étaient cruellement résumées à l'échange de quelques mots, et la situation n'avait fait qu'empirer progressivement et inexorablement.

Depuis, elle avait eu tout le loisir de se demander si sa vie aurait pu être différente si elle avait refusé d'obéir aux ordres de son frère lors de cette nuit fatidique. Un seul cri, et elle aurait pu réveiller tous les hommes, femmes et enfants du château Sween. Alors, elle aurait épousé Fergus comme prévu et… Et puis quoi ? Aurait-elle eu une vie plus heureuse avec lui ? Elle avait cessé de se poser la question après la naissance de Gregor mais, ironie du sort, elle était sur le point de découvrir la réponse malgré tout.

— Milord, milady…

Iver se leva de la place qu'il occupait à l'extrémité d'une table en chancelant légèrement, sa coupe dressée à bout de bras devant lui, un geste qui ne tarda pas à être imité par l'ensemble de l'assemblée.

— À un mariage long et heureux !

— Merci, Iver, répondit Coira, alors que son mari demeurait silencieux, visiblement plus intéressé par le contenu de son gobelet que par ce qui l'entourait, encore moins par elle.

Il n'avait pas prononcé le moindre mot pendant tout le banquet que l'on avait organisé à la hâte, comme si, après avoir clairement exprimé ses sentiments avant la cérémonie, il n'avait plus rien à lui dire. Comme s'il voulait montrer à tout le monde à quel point ce mariage lui avait été imposé. La seule consolation de Coira résidait dans le fait que Grizel avait emmené Gregor à l'étage pour le coucher de bonne heure. Son fils, au moins, n'avait pas eu à assister à ce simulacre de célébration. Si seulement elle avait pu s'échapper, elle aussi. Après deux nuits blanches consécutives, elle était épuisée. Penser à son lit lui donnait envie de bâiller, tant et si bien qu'elle dut soulever sa coupe pour cacher sa bouche.

— Fatiguée ?

— Pardon ?

Elle s'était tellement habituée au mutisme de Fergus que le son de sa voix la fit sursauter et elle renversa son vin sur la table, manquant d'éclabousser sa robe de mariée.

— Oh… oui. La journée a été longue.

— Allez vous coucher. Reposez-vous.

Son estomac se noua à ces mots. C'était leur *nuit de noces*. Même si elle ne l'attendait pas avec impatience, la tradition voulait qu'ils soient escortés à l'étage et mis au lit ensemble. Nevin n'avait pas perdu de temps pour consommer leur mariage. Pourtant, son nouveau mari ne montrait pas le moindre désir de quitter la table. Il n'avait même pas tourné la tête pour la regarder. Et il venait de lui suggérer d'aller dormir ! Devait-elle se sentir soulagée ou insultée ?

— Et vous ?

— Je vais rester ici un moment. Vous pouvez monter.

— Je vois.

Elle reprit sa coupe et but une longue gorgée pour avaler les mots de Fergus en même temps que le vin. Bien qu'elle soit éreintée, le manque d'enthousiasme manifeste de son époux rendrait encore plus évident aux yeux de tous le peu d'envie qu'il avait de se trouver ici et le peu d'attirance qu'elle lui inspirait. Comme si son air sévère ne parlait pas déjà de lui-même ! Elle ignorait s'il s'agissait d'une suggestion ou d'un ordre, et ne voulait pas attirer davantage l'attention sur eux en le découvrant ! Tout ce dont elle était sûre, c'était qu'il tentait de l'insulter publiquement et qu'il y parvenait à merveille !

— Très bien, dit-elle en se levant pour lui offrir un semblant de révérence. Si c'est ce que vous désirez, je vous souhaite la bonne nuit.

— Bonne nuit.

Elle garda le dos droit et le menton haut, et se dirigea vers le centre de la salle, consciente de la rumeur des conversations qui s'affaiblissait autour d'elle, laissant place à un silence embarrassé. Les têtes pivotèrent dans sa direction mais elle les ignora. Elle savait qu'elles afficheraient de la pitié, ou de la raillerie dans le cas d'Iver, et ne voulait voir ni l'une ni l'autre. C'était curieux mais, après des années à avoir essuyé les insultes de son premier mari, elle aurait cru être devenue insensible aux humiliations. Visiblement, ce n'était pas le cas. Soit. Elle n'avait pas laissé Nevin la briser, du moins pas complètement ; elle ne donnerait pas non plus l'occasion à Fergus de le faire. Ni lui ni personne ne verrait à quel point elle était mortifiée.

La salle semblait s'étirer à l'infini, mais elle finit par atteindre l'intimité de l'escalier et gravit les marches de pierre, tête baissée. Elle envisagea brièvement d'aller embrasser les enfants pour leur souhaiter bonne nuit, avant de se raviser. Grizel se trouverait avec eux, et elle n'avait pas envie de devoir lui expliquer pourquoi elle montait se coucher toute seule le soir de sa nuit de noces. Avec un peu de chance, elle serait capable d'affronter la situation plus vaillamment le lendemain matin mais, en cet instant précis, elle craignait de se mettre à pleurer.

Elle traversa le cabinet sur la pointe des pieds et émergea dans la galerie des ménestrels en veillant à rester dans l'ombre, non sans s'arrêter un instant pour observer Fergus en bas. Il n'avait pas bougé de place, ce qui n'était pas une surprise en soi, cependant elle s'aperçut soudain qu'en dépit de la fréquence à laquelle il avait porté sa coupe à ses lèvres ce soir-là il ne l'avait remplie qu'à deux reprises. En fait, plus elle le regardait, plus il lui donnait l'impression de quelqu'un qui prenait discrètement la mesure de son environnement. Contrairement à la plupart des hommes dans la salle, il ne s'était pas enivré. Ce qui rendait son comportement envers elle d'autant plus délibéré et blessant.

Elle fit volte-face, se précipita dans sa chambre à coucher et s'adossa contre la porte, accablée par un sentiment de détresse profonde. Était-ce là une sorte de vengeance ? L'un des moyens qu'il comptait employer pour la punir, après ce qu'elle lui avait fait subir six ans auparavant ? Ou ne voyait-il simplement pas l'intérêt de coucher avec elle ? Elle aurait dû se sentir soulagée, elle le savait. Et elle l'était, du moins en partie. Mais au fond d'elle, elle était surtout lasse, rongée par les soucis et bien trop jeune pour se sentir si vieille.

En dépit des commentaires qu'il avait émis plus tôt, elle

s'était efforcée de s'apprêter pour la cérémonie, enfilant sa plus belle robe de velours bordeaux et sa coiffe de soie crème ornée d'une chaîne de perles d'ambre. Elle s'était félicitée de paraître à peu près présentable mais, à présent, un coup d'œil dans son miroir à main lui montrait à quel point elle s'était bercée d'illusions. Sa peau semblait terne et blafarde et des ombres violacées lui cernaient les yeux. Pas étonnant que Fergus n'ait pas envie de consommer leur mariage. Nevin avait raison : sa beauté s'était flétrie depuis longtemps.

Lentement, elle ôta ses vêtements et s'aspergea le visage d'eau, avant de grimper sur le lit et de se glisser sous les couvertures. Son second mariage allait-il se dérouler ainsi, dans un mépris glacial parsemé d'insultes tacites ? Après tout, peut-être était-ce préférable aux injures exprimées à voix haute. Tout compte fait, son nouveau mari aurait pu se comporter de façon bien plus abjecte.

Et puis, de toute manière, pourquoi se souciait-elle de ce qu'il pensait d'elle ? Ils ne s'étaient mariés que pour une seule raison : défendre le château Barron contre les Campbell. Même si elle détestait l'admettre, Brody n'avait pas tort lorsqu'il affirmait que leurs chances de ne pas perdre la forteresse étaient bien meilleures avec Fergus de leur côté. C'était ce qui l'avait finalement poussée à accepter ce mariage. L'héritage de son fils importait bien plus que ses propres sentiments. Et au moins, Fergus s'était montré gentil avec Gregor. Cela valait bien n'importe quelle insulte.

Si seulement… Elle serra les dents, interrompant sa pensée avant d'avoir une chance de découvrir où elle pouvait mener. Les idées chimériques n'avaient pas de raison d'être. C'était son lit conjugal. Tout ce qui lui restait à faire était de trouver une façon supportable de s'y allonger.

Fergus gravit lentement l'escalier en traînant les pieds. Malgré l'insistance dont il avait fait preuve plus tôt, il n'avait aucun désir de partager sa chambre, et encore moins sa couche, avec sa nouvelle épouse, mais dormir dans la salle aurait suscité encore plus de commentaires, sans compter que l'endroit grouillait encore de monde lorsqu'il avait pris congé. À la réflexion, envoyer Coira seule à l'étage avait été une erreur qui avait sonné comme une insulte délibérée plutôt qu'une simple suggestion. Du moins celle-ci l'avait-elle manifestement pris comme telle, à en juger par l'expression de mortification qui s'était fugacement affichée sur son visage. Étrangement, humilier Coira devant l'ensemble de ses domestiques avait été loin de lui procurer la satisfaction escomptée. Au contraire, il avait l'impression d'être en tort.

À sa décharge, il n'avait pas cherché délibérément à la rabaisser. Une fois la cérémonie passée, il avait simplement désiré se retrouver seul avec ses pensées. Se tenir côte à côte tandis qu'ils prononçaient leurs vœux l'avait affecté beaucoup plus profondément qu'il ne l'avait prévu, comme s'il était redevenu le jeune homme de dix-sept ans qui épousait la femme de ses rêves. Il avait dû s'efforcer de se rappeler, à maintes reprises, qu'elle était une femme différente qui devait désormais lui inspirer de la rancœur et de la méfiance, pas de l'adoration. Mais entre le savoir et l'accepter, il y avait un monde. Et cela n'avait aidé en rien de la voir porter cette robe d'un bordeaux sombre qui faisait ressortir l'éclat satiné de ses cheveux noir corbeau et rehaussait ses lèvres d'un rouge profond délicieusement alléchant.

Lorsqu'ils s'étaient rencontrés au bord du loch, il pensait alors s'être libéré de son attirance charnelle pour elle. Il avait même été très clair avec lui-même quant à ses sentiments à son égard : de la colère, du ressentiment et du mépris. Mais maintenant qu'il avait passé un peu de temps en sa compagnie, plusieurs réminiscences troublantes de la Coira Roy dont il se souvenait lui étaient revenues à l'esprit. La manière dont ses yeux s'adoucissaient lorsqu'elle regardait son fils rendait incroyablement difficile la dissociation entre la jeune fille magnifique dont il était tombé amoureux autrefois et la femme hagarde qu'il avait été obligé d'épouser aujourd'hui. Pire encore, il lui devenait difficile de s'accrocher à son ressentiment. Un ressentiment dont il avait pourtant cruellement besoin s'il comptait conserver une once de bon sens.

Il s'arrêta net au milieu du cabinet lorsqu'une personne sortit brusquement de la chambre des enfants, se hâtant précipitamment vers l'escalier comme si elle ne s'attendait pas à rencontrer quelqu'un venant dans l'autre sens.

— Oh !

C'était la servante dont il avait fait connaissance un peu plus tôt dans la grande salle, celle au joli visage et aux cheveux roux vif. Grizel, avait dit Coira.

— Excusez-moi. J'étais juste…

Elle baissa les yeux, mais pas assez vite pour dissimuler son air coupable.

— … en chemin pour les cuisines.

— À cette heure-ci ? fit-il en arquant un sourcil. Il est bien tard.

— Vous avez raison. Ma besogne peut certainement attendre jusqu'au matin.

Elle croisa son regard, les sourcils froncés, comme si elle ne comprenait pas ce qu'il faisait là, avant d'exécuter une rapide révérence.

— Bonne nuit, milord.

— Bonne nuit.

Il inclina la tête, attendant qu'elle se retire avant de continuer sa route et de traverser le cabinet et la galerie des ménestrels pour venir ouvrir la porte de sa nouvelle chambre, qu'il referma doucement derrière lui. La lumière du feu faiblissait, ses flammes mourant dans une lueur terne orangée. De près, elles diffusaient encore une chaleur relativement ardente. Il s'assit devant l'âtre et fixa une bûche carbonisée d'un regard lointain pendant plusieurs minutes, avant d'enlever son tartan, de retirer ses bottes et d'aller s'allonger sous les couvertures. Coira était couchée sur le flanc, dos à lui, mais, à la raideur de son corps, il devina qu'elle ne dormait pas.

Il tenta de trouver une position confortable, mais la chaleur qui s'insinuait entre eux et réchauffait le côté gauche de son corps le distrayait, le maintenant bien trop conscient de sa présence, de chaque parcelle d'elle. Le doux son de sa respiration, sa chevelure étalée sur l'oreiller, son subtil parfum de lavande et de clou de girofle, sans parler de ses longs membres graciles sur lesquels il avait trop souvent fantasmé, même – à sa grande honte – après qu'elle eut convolé avec un autre. S'il fermait les yeux, peut-être serait-il en mesure de prétendre que les six dernières années n'avaient jamais existé. Peut-être pourrait-il la tenir dans ses bras, la toucher et la caresser, comme il l'avait maintes fois imaginé à l'époque.

Cette idée lui donna des frissons et tout son corps se mit à vibrer d'un désir inassouvi, mais peu importait combien il brûlait d'envie de la toucher, il savait que c'était une mauvaise idée. Certes, cela rendrait leur mariage plus officiel mais, en fin de compte, elle était veuve, ce serait donc sa parole contre la sienne si le sujet de la consommation de leur union venait à être abordé. Tant qu'ils donnaient l'impression de partager leur couche, personne ne connaîtrait la vérité, quelles que soient les rumeurs que son comportement un peu plus tôt avait pu provoquer. En outre, si elle lui cédait, il ne s'agirait que d'une union des corps, et non des cœurs. Il ne la prendrait pas par colère ni par vengeance. Bien qu'il ait affirmé que leur mariage ne signifiait rien pour lui, le souvenir de la personne qu'elle avait été autrefois serait toujours particulier à ses yeux. Il aurait simplement souhaité qu'il en soit autrement.

Il serra la mâchoire et roula sur le côté droit, loin de Coira, hanté par un sentiment de culpabilité. Il s'était comporté comme un goujat en l'envoyant se coucher, même si cela n'avait pas été intentionnel. Comme si leur situation n'était pas assez grave comme cela, il devait à présent composer avec sa conscience en plus ! Il lui devrait sans doute des excuses, tôt ou tard, mais, pour l'instant, il n'était pas d'humeur à discuter et elle faisait semblant de dormir. Au matin, il essayerait de trouver un moyen, si minime soit-il, de faire amende honorable, mais d'abord il devait la chasser de son esprit et se reposer.

Si seulement le sommeil ne tardait pas tant à venir…

Chapitre 6

— Debout !

Fergus attendit deux secondes avant de retourner le seau d'eau qu'il venait de remplir en personne au puits et d'en déverser le contenu sur le corps endormi du chef de la garde.

— Nom de… !

Iver bondit en poussant un rugissement et secoua ses membres avec une telle frénésie qu'il manqua de s'écrouler par la même occasion. Il avait l'aspect et l'odeur d'un chien errant crasseux.

— Je vous avais dit d'être prêt une heure après l'aube.

Fergus soutint son regard sans sourciller.

— Où sont vos hommes ?

Iver ne répondit pas, ses épaules s'affaissèrent, mais il serra les poings comme s'il se préparait à attaquer. Fergus durcit le regard. Si l'homme voulait se battre, il ne demandait pas mieux, mais il aurait été préférable de commencer à réparer les fortifications sans attendre. Maintenant plus que jamais, le temps pressait. Si les Campbell choisissaient de marcher vers le nord, leur armée pourrait être aux portes du château Barron dans quelques jours à peine.

— Je vais aller les chercher.

L'air rebelle d'Iver se dissipa sous le regard perçant de Fergus, laissant place à une colère sourde.

— Bien. Dans ce cas, je m'en vais inspecter le mur est. J'ose espérer que tout le monde sera rassemblé dans la cour à mon retour. Et je me fiche de savoir s'ils ont la gueule de bois.

Il jeta le seau sur le côté, puis sortit de la salle des gardes et gravit les marches de la guérite pour mieux examiner le mur. Il ne put retenir un claquement de langue désapprobateur devant l'absence de sentinelles. Si les Campbell avaient choisi d'attaquer ce matin-là, les habitants du château Barron n'auraient pas eu la moindre chance.

Il s'arrêta à mi-chemin des remparts et se caressa la mâchoire en observant, pensif, la vue qui s'offrait à lui. Depuis cette hauteur, il distinguait au centre du mur une large section incurvée vers l'intérieur, telle une pustule sur le point d'éclater. Un bélier aurait tôt fait d'y ouvrir une brèche. Il n'en faudrait peut-être même pas tant. Un jour de grand vent pourrait suffire à faire s'effondrer la structure tout entière. Quiconque se risquait à emprunter le chemin de ronde mettait sa vie en péril. À dire vrai, le désastre leur pendait au nez. Autant ouvrir les portes du château et laisser les Campbell entrer sans résister.

Fergus secoua la tête de désapprobation et, inconsciemment, laissa son regard dériver vers la fenêtre de la chambre de Coira. Si étrange que cela puisse paraître, c'était également la sienne à présent, se rappela-t-il. Était-elle toujours endormie là-haut, ses cheveux noir corbeau étalés sur l'oreiller comme une couverture soyeuse ? Se réveiller à ses côtés avait été une expérience profondément troublante, un mélange déroutant de désir furieux et d'aversion fermement ancrée. En ouvrant les yeux, il avait découvert leurs deux corps blottis l'un contre l'autre au milieu du lit, leurs visages à quelques centimètres l'un de l'autre et leurs souffles chauds mêlés. Il avait failli revenir sur sa résolution de la veille.

Une irrépressible envie de la prendre dans ses bras s'était emparée de lui, si irrésistible qu'il avait dû se rappeler la profondeur de son humiliation, six ans plus tôt, avant de s'écarter vivement, puis de se verser un demi-pichet d'eau froide sur la tête pour faire bonne mesure. Au moment où il s'était échappé de leur chambre, Coira s'était retournée et avait murmuré quelques mots inintelligibles dans son sommeil, des paroles incompréhensibles et pourtant terriblement attirantes. Il avait donc démarré cette première journée au château d'une humeur massacrante et en proie à la plus grande frustration.

— C'est dans un triste état, n'est-ce pas ?

— *Aye*.

Soulagé d'être interrompu dans ses pensées, Fergus tourna la tête vers le vieil homme qui se dirigeait vers lui en longeant les remparts. Une barbe grise et touffue dissimulait la moitié inférieure de son visage et une grande partie de son cou. Malcolm, si ses souvenirs du banquet étaient exacts, était l'intendant du château et, par chance, le seul homme à qui il voulait parler, celui-là même chargé de l'entretien des murs.

— Je sais ce que vous pensez, déclara Malcolm. Nous n'aurions jamais dû laisser la situation se dégrader à ce point. Nous avons fait de notre mieux pour réparer le pire, mais bon…

— Mais quoi ?

— Nous manquons d'argent.

Le vieillard s'éclaircit la gorge, visiblement gêné.

— Sans parler de la main-d'œuvre, ajouta-t-il. Iver

trouve toujours un prétexte pour que ses hommes n'aient pas à travailler.

— Cela cessera à partir d'aujourd'hui.

Fergus enfonça les pouces dans sa ceinture et examina l'intendant de pied en cap. Il avait une tête d'honnête homme, du moins en ce qui concernait la moitié qui était visible.

— Qu'en était-il du laird précédent ? Ce mur est en mauvais état depuis un certain temps.

— Les réparations ne lui tenaient pas non plus à cœur. Il avait d'autres priorités.

— Vraiment ? demanda Fergus en arquant un sourcil.

À en juger par son ton, l'intendant ne semblait guère avoir apprécié Nevis Barron.

— *Aye.* Si quelqu'un a maintenu ce château sur pied, c'est bien Lady Coira, déclara Malcolm en hochant la tête d'un air grave comme pour étayer ses propos. C'est une brave femme. Une bonne mère, aussi. Elle ne méritait rien de tout cela.

— De tout cela ?

Fergus le toisa et ses yeux s'étrécirent avec férocité. Si l'intendant avait l'intention de le réprimander pour son comportement de la veille, il allait le regretter.

— Seriez-vous en train de parler de moi ?

— Que nenni ! s'exclama Malcolm, surpris. Je voulais simplement… C'est-à-dire que…

— Quoi donc ?

— Pardonnez-moi, je ne voulais pas vous offenser. J'aurais peut-être mieux fait de me taire, ajouta-t-il en commençant à s'éloigner. Si vous voulez bien m'excuser, j'ai du travail qui m'attend.

— *Aye.*

Fergus suivit du regard l'homme qui se retirait précipitamment, en essayant de donner du sens à leur conversation.

L'intendant avait semblé sincèrement étonné par son interprétation, mais si ce « tout cela » ne faisait pas référence à lui, alors qu'est-ce que cela pouvait bien signifier ? Il ne s'agissait pas uniquement des murs de pierre en ruine, Fergus en était certain. À part cela, qu'est-ce que Coira n'avait pas mérité ?

Fergus fit tambouriner ses doigts sur les remparts puis jeta un nouveau coup d'œil à la fenêtre de sa chambre par-dessus son épaule. Peut-être que le mariage de Coira n'avait pas été aussi idyllique qu'il l'avait imaginé. Il avait toujours supposé qu'elle et Nevin avaient été comblés de bonheur après leur fugue, qu'elle se réjouissait de cette résolution heureuse et qu'ils se moquaient tous les deux de lui dans son dos.

Il secoua la tête pour chasser cette pensée de son esprit. Mieux valait ne pas y réfléchir, ni trop songer à Coira. Qu'elle ait été heureuse avec Nevin Barron ou non importait peu. Cela ne faisait aucune différence pour lui et, en toute honnêteté, son séjour au château Barron se révélerait beaucoup plus simple s'il cessait de perdre son temps à se poser des questions inutiles et se contentait de s'atteler à la tâche qui lui incombait. Avec un peu de chance, il ne demeurerait ici que quelques semaines tout au plus. Après quoi, il pourrait quitter cet endroit et recommencer à essayer de l'oublier.

Il hocha la tête avec conviction, ses intentions plus fermes que jamais, et redescendit les marches des remparts. Il avait un travail à faire et il était temps qu'il s'en occupe. Pourtant, la question subsistait dans un coin de sa conscience, refusant de le laisser en paix. Qu'est-ce que Malcolm avait voulu dire ? Qu'est-ce que Coira n'avait pas mérité ? Et, étant donné combien la dot de son épouse avait fondu entre le début et la fin de son premier mariage, à quoi tout cet argent avait-il bien pu servir ?

— Milady ?

Coira leva les yeux de la collection de perles colorées dont elle se servait pour apprendre à Gregor à compter et découvrit le chef de la garde, debout de l'autre côté de la table, trempé de la tête aux pieds. Voilà qui était des plus étranges. Non seulement il était encore tôt, et Iver n'était pas connu pour être très matinal, mais, la dernière fois qu'elle avait jeté un coup d'œil dehors, le ciel était lumineux et dégagé, un fait pour le moins surprenant compte tenu des intempéries de la veille.

— Iver ? commença-t-elle en se retenant de sourire face à son apparence débraillée. Est-ce qu'il pleut ?

— Non, milady.

Ses narines se dilatèrent et une pointe d'agacement flotta sur ses traits.

— Pourrais-je vous parler un moment ? En privé.

— Bien sûr. Tiens, Gregor, continue à t'entraîner.

Elle fit glisser les perles vers son fils et indiqua à Iver de la rejoindre au coin du feu.

— De quoi s'agit-il ?

— D'un problème sérieux, milady. J'ai pensé que vous voudriez savoir ce qu'il se passe.

— Au sujet des Campbell ?

Elle pressa une main contre sa gorge, l'angoisse resserrant subitement ses griffes autour de ses entrailles.

— Non, milady, c'est à propos de votre mari.

Iver jeta un regard furtif par-dessus son épaule avant de poursuivre.

— Il est probablement déplacé de ma part de dire

quoi que ce soit, mais je ne pouvais pas me taire. Son comportement suscite du ressentiment parmi les hommes. Cela a toujours été un plaisir de servir une brave femme comme vous et je sais que vous écouterez.

Il se pencha en avant avec un air de conspirateur.

— Surtout après la manière dont il vous a traitée hier soir, ajouta-t-il.

— Vraiment ?

Rassérénée, Coira jaugea de nouveau le chef de la garde. Venir se plaindre auprès d'elle à propos de Fergus ne le faisait pas remonter dans son estime, lui rappeler son humiliation était pire, mais faire appel à elle en tant qu'alliée la laissait tout simplement bouche bée. Après l'insolence dont Iver avait toujours fait preuve à son égard, était-il vraiment naïf au point de croire que quelques compliments hypocrites suffiraient à la rallier à sa cause ?

Apparemment oui.

— Racontez-moi, dit-elle en joignant les mains devant elle, un air d'inquiétude feinte sur le visage. Qu'a-t-il fait exactement ?

— Il s'agit de sa façon de parler, milady.

Iver bomba le torse, visiblement convaincu que son charme douteux opérait.

— Il semble croire qu'il est responsable de l'entraînement des hommes alors que c'est mon travail.

— Ne deviez-vous pas commencer par restaurer le mur est, ce matin ?

— En effet, mais il prend des petits groupes à part pour éprouver leur aptitude au combat.

— Cela me paraît être une bonne idée.

— Milady ?

— Il est important de connaître leurs capacités, ne croyez-vous pas ?

— C'est moi qui veille à leur formation, déclara Iver en affichant un air supérieur qui jurait quelque peu avec son allure détrempée. Votre premier mari était heureux de me laisser m'en charger et personne ne s'est jamais plaint de mes services.

— Vraiment ?

Elle pinça les lèvres. Ces derniers mois, elle se rappelait clairement avoir entendu plusieurs conversations au sujet du manque d'entraînement récurrent des gardes.

— Et que voulez-vous que je fasse ?

— Parlez-lui, milady. Expliquez-lui comment les choses se passent ici. Votre fils est le laird. Cela vous confère une certaine autorité.

— Ah bon ? dit-elle en haussant les sourcils. Vous m'en voyez ravie. Je suis occupée avec mon fils pour le moment, mais je compte sortir d'ici peu. Peut-être pourrais-je alors parler à mon mari, si cela vous fait plaisir.

— *Aye*, milady, répondit Iver d'un air satisfait. Je savais que vous seriez de mon avis.

— Oh ! vous avez mal interprété mes propos. Pour tout vous dire, je pense qu'il est grand temps de procéder à quelques changements sous ce toit et j'ai comme l'impression que mon époux a très bien pris les choses en main. J'irai m'entretenir avec lui prochainement. En attendant, je vous suggère de vous changer avant d'attraper froid. Vous pourrez ensuite vous remettre à l'entraînement.

Elle afficha un sourire mielleux en réponse à l'expression indignée d'Iver, qui tourna brusquement les talons et sortit de la pièce en trombe. Cette conversation avait été jouissive et avait aussi eu l'effet inverse de celui escompté par le chef de la garde. Fergus l'avait peut-être insultée la veille, mais Iver lui rendait la vie impossible depuis des années. L'idée qu'il avait enfin rencontré plus fort que lui la fit rire aux éclats pour la première fois depuis des jours.

Gregor lui adressa un regard curieux.

— Il y a quelque chose de drôle ?

— Oh ! j'étais simplement en train de penser que les hommes pouvaient se montrer tellement hilarants, parfois.

— Je trouve qu'Iver n'est pas très drôle. Il a essayé de frapper Blacky, l'autre jour.

— Vraiment ? J'espère qu'elle lui a mordu la cheville.

— Maman ! Vous m'avez dit de ne pas la laisser mordre qui que ce soit !

— Pour Iver, je peux faire une exception, souffla-t-elle en se penchant vers Gregor pour lui donner un petit coup de coude dans les côtes. Heureusement, j'ai l'impression que les choses vont changer à partir de maintenant.

— À cause de Fergus ?

— *Aye.*

Elle ramassa une des perles colorées et la fit rouler entre ses doigts, pensive. Si austère et implacable soit-il, son nouveau mari lui réservait peut-être quelques bonnes surprises après tout.

Chapitre 7

Coira patienta deux bonnes heures avant de céder à sa curiosité et de suivre les bruits de coups et de métal qui lui parvenaient du côté est de la cour. L'endroit grouillait d'activité. Certains hommes étaient en train de scier des poutres, d'autres se chargeaient de les empiler, tandis qu'un troisième groupe érigeait un échafaud fait de cordes et de planches. Stupéfaite, elle s'arrêta pour les regarder. Les progrès qui avaient été faits en l'espace d'une matinée étaient phénoménaux.

Discrètement, elle balaya la basse-cour du regard à la recherche de son mari et finit par l'apercevoir, debout face à une douzaine de soldats alignés en demi-cercle. En dépit des dires d'Iver, rien dans l'atmosphère ne laissait entrevoir la moindre trace de ressentiment. Bien au contraire. La plupart des hommes observaient Fergus avec grand intérêt pendant que ce dernier, un bâton à la main, s'adonnait à ce qui ressemblait fort à une démonstration de combat à l'épée, soulevant le bout de bois au niveau de sa taille et l'arrêtant d'un geste net, le bras tendu devant lui, avant de se déplacer d'un quart de tour en position de fente pour le planter dans le corps d'un adversaire invisible.

Elle l'observa un moment, impressionnée malgré elle par la rapidité et la précision de ses mouvements. Il porta soudain son arme factice à son épaule et pivota dans sa direction. Surprise, Coira sursauta et tourna brusquement la tête vers le mur. Il ne fallait surtout pas qu'il la surprenne en train de le fixer. Encore moins qu'il s'imagine qu'elle était sortie pour le voir. Le rempart était bien plus intéressant que lui ! Et probablement plus loquace. Elle pria le ciel pour qu'il continue de vaquer à ses occupations et la laisse inspecter les travaux en paix.

— Coira ?

Elle ferma les yeux en entendant la voix de Fergus dans son dos. Comment avait-il pu traverser la cour et la rejoindre aussi vite ? La veille, il avait clairement montré qu'il ne souhaitait pas discuter avec elle en l'envoyant se coucher comme une enfant. S'il venait lui adresser la parole, cela ne pouvait être que pour lui donner des ordres, faire usage de son autorité en tant qu'époux ou lui reprocher d'être là. Elle serra les poings de colère à cette pensée. N'avait-elle pas le droit de se promener dans l'enceinte du château sans sa permission ? Elle était chez elle, après tout. Elle s'était inclinée et lui avait obéi, la veille au soir, une mauvaise habitude qu'elle avait prise au contact de Nevin pour éviter que la situation ne dégénère. Mais ce temps était révolu. Peu importait le nombre de témoins, elle ne laisserait pas Fergus l'humilier de nouveau en public sans rétorquer.

— Qu'est-ce que… ?

— J'ai le droit de regarder, non ? cracha-t-elle d'une voix ferme en pivotant pour lui faire face, surprise par sa propre véhémence.

— Cela va de soi, répondit Fergus, le visage impassible, hormis un léger haussement de sourcils. Je me demandais simplement ce que vous en pensiez.

— Ce que j'en pense ?

Elle le fixa un instant, médusée. Ainsi, il n'avait pas l'intention de la réprimander, de lui donner des ordres ou d'asseoir son autorité.

— De quoi parlez-vous ?

— De nos travaux, répondit-il en levant un bras pour désigner le mur.

— Oh ! souffla-t-elle en sentant ses joues s'empourprer devant ce malentendu. Cela m'a l'air d'avancer.

— *Aye.* Nous préparons les supports.

— Les supports ?

— Pour soutenir les pierres. Nous ne pouvons prendre le risque de démonter tout le mur pour le remonter, du moins pour le moment. Rien ne nous dit que les Campbell ne nous observent pas déjà. Nous allons donc le renforcer de l'intérieur. Avec un peu de chance, nous serons en mesure de remettre certaines des plus grosses pierres en place pour dissimuler cette faille.

— Je vois, dit-elle en battant des cils pour se donner une contenance. Cela me semble être un plan judicieux. J'aurais aimé y avoir songé moi-même.

— Vous approuvez donc ?

Perturbée, elle examina le mur en silence. Le changement de comportement soudain de Fergus était suspect. La veille, il refusait de lui adresser la parole et voilà qu'il se mettait à lui demander son avis et à chercher son approbation. Néanmoins, il semblait sincère. S'il s'était agi d'un homme autre que lui, elle aurait pensé qu'il cherchait à se racheter pour son comportement de la veille. Même ses sourcils n'étaient pas aussi froncés que d'habitude. Elle aurait pu aisément glisser la largeur d'un index entre les deux.

— *Aye.* Et plutôt deux fois qu'une, dit-elle en hochant la tête avant de faire un pas en arrière pour se retirer.

Elle réfléchirait à l'attitude de Fergus au calme. Ailis et Gregor devaient commencer à avoir faim. Les enfants, eux au moins, étaient constants dans leur manière de se comporter.

— Désolé pour le bruit, poursuivit Fergus en posant une main sur son avant-bras comme pour l'empêcher de partir. J'espère que cela ne vous importune pas trop.

— N… Non, pas le moins du monde, bafouilla-t-elle en baissant les yeux.

Voilà qu'il s'excusait, à présent. Et la touchait, en plus de cela. Il s'agissait à peine d'un frôlement mais le geste était tellement inattendu qu'elle eut l'impression qu'il venait de la prendre dans ses bras. Elle attendit qu'il se retire, mais il serra un peu plus les doigts sur son poignet, réchauffant sa peau à cet endroit et déclenchant un fourmillement déconcertant, bien que vaguement familier, au creux de son ventre. La sensation était étrange, vestige fantomatique d'un souvenir dont elle avait presque oublié l'existence mais qu'elle avait pourtant ressenti en présence de Fergus, il y avait fort longtemps, quand elle avait posé les yeux sur lui pour la première fois et qu'elle en avait eu littéralement le souffle coupé. Elle toussota pour chasser son émoi et dissimuler sa confusion.

— Les travaux sont nécessaires. Alors peu importe que cela me dérange.

— Au contraire.

Il soutint son regard un moment, puis la relâcha brusquement et fit un pas en arrière, les yeux légèrement dans le vide, comme s'il ne comprenait pas bien ce qu'il venait de se passer.

Coira toussota de nouveau pour s'éclaircir la gorge.

— Je vois que vous entraînez les hommes.

— *Aye*, répondit-il d'une voix rauque. Ils ne sont pas

trop mauvais mais ils peuvent encore s'améliorer. J'ai besoin que chaque soldat soit au meilleur de sa forme si nous voulons battre les Campbell.

— Pensez-vous que les choses en arriveront là ?

— Peut-être, je ne sais pas. Nous devons nous tenir prêts, juste au cas où.

Il lança un regard en direction du donjon.

— Il me semble avoir vu Iver aller vous rendre visite, un peu plus tôt.

— Effectivement, mais je crois qu'il aurait préféré que cela reste un secret.

— Voilà qui explique pourquoi il ne pouvait pas former les éclaireurs, dit-il en poussant un petit grognement désapprobateur. Je me doutais bien qu'il irait se plaindre auprès de vous, mais ce fut plus rapide que je ne l'imaginais.

— Iver n'est pas le genre d'homme qui souffre en silence.

— J'en ai connu d'autres comme lui. Est-ce contre moi qu'il a à redire ou contre le fait de devoir obéir à mes ordres ?

— Les deux. Il semble penser que je vais me ranger de son côté.

— Est-ce pour cela que vous êtes sortie ? s'enquit Fergus en fronçant un peu plus les sourcils. Pour me rapporter les reproches d'Iver ?

— Non. Si j'avais un commentaire à vous faire, ce serait plutôt un remerciement. Iver est un fainéant incompétent. Il l'a toujours été. Il vous causera des soucis dès qu'il en aura l'occasion.

— Rien que je ne puisse gérer.

— En le poussant dans le loch, par exemple ?

Une vague expression amusée traversa le visage de Fergus, adoucissant ses traits le temps d'une fraction de seconde.

— Il ne s'agissait que d'un simple seau d'eau. J'avais besoin de le réveiller.

— Oh ! souffla-t-elle en sentant ses lèvres s'étirer en un sourire à cette image. En ce cas, je vous remercie.

— Il n'y a pas de quoi, répondit-il en inclinant la tête. Coira, à propos d'hier soir…

Elle se raidit à ce souvenir.

— Oui ?

— Je n'aurais pas dû vous dire d'aller vous coucher. Ou alors, j'aurais dû vous accompagner. C'était un faux pas de ma part.

— Ah.

Elle pinça les lèvres, surprise par cet aveu. En six ans de mariage, jamais Nevin ne s'était excusé pour quoi que ce soit. Les mots sonnaient tellement étrangement à ses oreilles qu'elle ne sut pas comment réagir.

— J'espère que votre petite vengeance vous aura permis de vous sentir mieux, dit-elle.

La mâchoire de Fergus tressaillit.

— Il ne s'agissait pas de cela.

— Vraiment ? demanda-t-elle sans parvenir à dissimuler une pointe de scepticisme dans sa voix. De quoi s'agissait-il donc, alors ?

— D'une erreur. J'avais l'esprit occupé et je voulais me retrouver seul avec mes pensées pour réfléchir. Je n'ai pas pris en considération l'image que ma conduite renverrait. Je ne voulais pas vous insulter, je vous présente mes excuses.

— Je vois, dit-elle en déglutissant avec peine.

La conversation avait pris un tour pour le moins inattendu. Où était passé le guerrier glacial au visage dur qu'elle avait épousé ? En l'espace d'une nuit, il semblait transformé. Certes, ce n'était pas un homme radicalement différent qui se tenait devant elle, mais il était clairement beaucoup moins froid.

— En ce cas, je les accepte. Avez-vous réussi à mettre de l'ordre dans vos pensées ?

— Non, admit-il en fronçant de nouveau les sourcils. Pas tout à fait.

— Fergus n'est pas venu me voir, dit Gregor d'une voix plaintive quand Coira le borda ce soir-là.

— Il est très occupé avec les réparations du mur.

— Mais il a promis de me tenir au courant de l'avancement des travaux.

— Vraiment ? Quand cela ?

— Quand je jouais dehors avec Blacky. Il a aussi dit qu'il m'aiderait à la dresser, ajouta le petit garçon tout sourire. Malheureusement, il n'a pas dit quand.

— Il y a beaucoup de choses importantes à régler.

— Parce qu'on va nous attaquer ?

Coira se figea.

— Quoi ? Qui t'a raconté une chose pareille ? s'exclama-t-elle.

— Personne, confia Gregor d'un air penaud. J'ai entendu des hommes en parler. Ils ont mentionné un certain Campbell.

— J'espère que nous n'en viendrons pas là, mais même si cela devait arriver, nul besoin de t'inquiéter. Nous avons des murs solides et des guerriers féroces.

— Et Fergus. Il nous protégera, n'est-ce pas ?

— Il fera de son mieux.

— Fergus ! s'écria Gregor en bondissant hors des couvertures quand ce dernier apparut sur le seuil de la porte. Vous êtes venu !

— Comme promis, répondit l'intéressé en inclinant la tête vers Coira d'un air circonspect. À moins que ta mère n'estime qu'il soit trop tard.

— Cela ne me viendrait même pas à l'esprit. Tenez, prenez un siège, proposa-t-elle en se levant pour lui donner son tabouret tandis qu'elle s'installait au bord du lit.

— Avez-vous fini le mur ? s'enquit Gregor tout excité.

— Pas encore, admit Fergus en esquissant un léger sourire. Nous progressons vite mais nous n'aurons pas terminé avant la fin de semaine, au mieux. N'aie crainte toutefois, car les remparts sont bien gardés.

Il balaya la chambre du regard.

— Où est Blacky ?

— Elle est là, dit Gregor en pointant du doigt un petit monticule de couvertures sur le sol. Elle aime bien se cacher pour dormir, tellement qu'on ne voit que le bout de son museau. Maman a failli trébucher sur elle, l'autre soir.

— Vraiment ? demanda-t-il en se tournant vers elle.

— Malheureusement, oui, avoua Coira en repoussant une mèche de cheveux sous sa coiffe, soudain mal à l'aise sous le regard de son mari. J'ai eu une belle frayeur.

— Maman s'apprêtait à me raconter une histoire.

— Une histoire ? À quel sujet ?

— Euh…

Coira se creusa la cervelle à la recherche d'un récit, mais rien ne vint, comme si elle venait d'oublier tous les contes et fables qu'elle connaissait jusqu'alors par cœur.

— Je n'ai pas encore décidé, prétendit-elle.

— Racontez-moi celle avec les *kelpies*, l'une de ces créatures mythiques résidant dans les profondeurs de l'eau dont parlaient les légendes, suggéra Gregor, enchanté, en les observant l'un après l'autre. C'est ma préférée.

— Fergus a certainement mieux à faire que d'écouter une…

Un pleur l'interrompit, et Coira remercia Ailis d'avoir choisi le bon moment.

— Ta sœur a besoin de moi.

— Pff, grommela Gregor en levant les yeux au ciel. Elle a *toujours* besoin de vous. J'en ai assez de partager ma chambre avec une fille.

— Peut-être préfères-tu descendre dormir dans la grande salle avec tout le monde ? le sermonna Coira en lui adressant un regard sévère, avant de tirer le rideau qui séparait la chambre en deux pour venir se pencher au-dessus du berceau.

Les yeux grands ouverts, Ailis tétait dans le vide.

— Avez-vous une sœur ? demanda Gregor dans son dos.

— *Aye*. Et elle est encore plus bruyante que la tienne.

— C'est vrai ? Est-ce que vous étiez obligé de partager votre chambre avec elle, vous aussi ?

— Non, avec mon frère.

— Comme j'aimerais avoir un frère.

— Tu apprécieras davantage ta sœur une fois qu'elle sera assez grande pour jouer avec toi, crois-moi. Pour lors, vous deviendrez bons amis.

Coira étouffa un petit rire sceptique tout en prenant Ailis dans ses bras. Bons amis ? Ce n'étaient pas exactement les mots qu'elle aurait choisis pour décrire sa relation avec son propre frère. Voilà cinq ans qu'elle n'avait pas posé les yeux sur Niall ni eu le moindre contact avec lui. Il ne lui avait même pas envoyé un mot de condoléances après le décès de Nevin.

— Comment s'appelle la vôtre ? poursuivit Gregor, visiblement jamais à court de questions.

— Elspeth.

— Vous ressemble-t-elle ?

— Dieu soit loué, non. Fort heureusement pour elle, c'est une vraie beauté.

— Comme maman ?

— Cesse donc de dire des sottises ! le houspilla Coira en revenant derechef vers le lit. Il est l'heure de dormir, Gregor.

— Et mon histoire ?

— Je te raconterai celle des *kelpies* demain. Pour l'instant, je dois m'occuper d'Ailis. Recouche-toi. Grizel viendra te border.

— D'accord. Bonne nuit, maman.

— Bonne nuit.

Elle se pencha en avant en serrant Ailis contre sa poitrine, et déposa un baiser sur le front de son fils.

— Bonne nuit, Fergus, ajouta Gregor.

— Bonne nuit, mon grand.

Coira observa son mari en coin tandis qu'ils sortaient ensemble du cabinet. Si elle n'avait pas assisté à cette scène de ses propres yeux, jamais elle n'y aurait cru. Non seulement il était venu rapporter à Gregor l'avancement des travaux comme promis, mais il n'avait pas froncé les sourcils une seule fois.

— C'était très aimable de votre part, dit-elle en lui adressant un sourire hésitant.

— C'est un gentil garçon. Et puis il est le laird de ce château, il est tout à fait normal de le tenir informé de nos progrès.

— Je suis d'accord. Avez-vous faim ? s'enquit-elle en décidant de redonner à la conversation un tour pragmatique.

À présent qu'ils s'éloignaient de Gregor, les manières de Fergus redevenaient de plus en plus renfrognées.

— Je n'ai grignoté qu'un morceau mais je suis trop

fatigué pour davantage, dit-il en se frottant la nuque. Je tombe de sommeil.

— Très bien. Je vais nourrir Ailis. Je tâcherai de ne pas vous déranger en venant me coucher. Dormez bien.

Il acquiesça d'un signe de tête mais, plutôt que de poursuivre sa route vers la chambre, il tourna son attention vers Ailis.

— C'est un beau bébé.

— N'est-ce pas ?

— Elle vous ressemble.

— Oh ! lâcha-t-elle en écarquillant les yeux, surprise par ce compliment indirect. Il paraît, oui.

— Gregor aussi, même s'il a les cheveux blonds de son père.

Il se remit à froncer les sourcils, comme perturbé par ses propres paroles.

— Votre bonne, Grizel. Est-ce elle qui s'occupe des enfants ?

— La plupart du temps, oui. Je me contente de les coucher.

Coira observa Fergus du coin de l'œil, vaguement troublée. Beaucoup d'hommes s'intéressaient à la belle et jeune domestique. Elle espérait que son mari ne serait pas l'un d'entre eux, quel que soit le peu d'attirance qu'il éprouvait pour sa nouvelle épouse. Elle ne supporterait pas de refaire face à la situation que Grizel et elle avaient connue avec Nevin.

— Lui faites-vous confiance ?

— À Grizel ? Entièrement. Pourquoi ?

— Simple curiosité.

Il jeta un regard vers la galerie des ménestrels, comme s'il hésitait à prendre congé.

— Au fait, j'ai discuté avec votre intendant, aujourd'hui.

— Malcolm ? dit-elle en souriant, soulagée de changer de sujet. Vous pouvez vous fier à lui également. C'est l'homme le plus honnête que je connaisse.

— Il semble penser que vous avez été mal traitée.

Coira se figea, alarmée par le regard insistant de Fergus qui semblait jauger sa réaction.

— Vraiment ?

— *Aye*. C'était étrange. Au début, j'ai cru qu'il faisait référence à notre mariage, mais j'ai compris qu'il parlait d'autre chose. Du passé, peut-être ? De votre première union ?

Coira prétendit être distraite par Ailis et lui tapota le dos en la berçant dans ses bras. Elle évitait de mentionner Nevin autant que possible, et Fergus était bien la dernière personne à qui elle avait envie de raconter combien son premier mariage avait été misérable. Il ne s'en réjouirait probablement pas, mais il y avait peu de chances qu'il éprouve de la sympathie à son égard. Et puis, il lui restait encore un peu de fierté.

— Qu'importe le passé, finit-elle par répondre sans lâcher Ailis du regard. C'est vous, mon mari, désormais.

— C'est vrai.

Il attendit un long moment avant de se diriger vers la chambre à coucher.

— Bonne nuit, Coira.

— Bonne nuit, Fergus.

Chapitre 8

Debout, les pieds bien plantés dans le sol, les bras croisés et les yeux plissés, Fergus balaya les remparts du regard pendant une bonne minute avant de hocher lentement la tête en signe d'approbation, déclenchant de nombreux sourires empreints de fierté et plusieurs acclamations teintées de soulagement parmi l'assemblée.

— Vous avez fait du bon travail, dit-il en remerciant chacun des hommes à tour de rôle. Vous avez bien mérité un peu de repos pour le reste de la journée, mais soyez prêts à reprendre demain à l'aube. Il nous faut encore nous entraîner.

Il y eut une autre brève vague d'applaudissements, puis les hommes se dispersèrent, le laissant seul en compagnie de Malcolm.

— Quelque chose ne va pas ? s'enquit Fergus en arquant un sourcil.

Le vieil homme regardait le mur d'un air préoccupé.

— Nullement. J'ai simplement du mal à croire que nous ayons fait autant de progrès, et tout cela en une semaine seulement.

— *Aye.*

Fergus poussa un soupir de satisfaction. Peut-être y était-il allé un peu fort avec les hommes, mais cela en avait valu la peine. Le labeur avait été une distraction bienvenue pour lui aussi, l'épuisant suffisamment pour détourner son esprit d'autres sujets. Des sujets auxquels il n'aurait pas dû s'intéresser, mais sur lesquels il se surprenait pourtant à s'interroger.

— Ce n'est pas parfait, mais c'est beaucoup mieux. J'aimerais bien voir les Campbell essayer de renverser ce mur, tiens !

— Si vous permettez, je ne préférerais pas, répondit Malcolm en frémissant. J'espère qu'ils choisiront d'attaquer un autre endroit – non pas que je souhaite malheur à quiconque.

— Je comprends parfaitement.

Fergus leva les yeux pour contempler, par-delà le haut du mur, la beauté sauvage du paysage tourmenté à l'horizon. Une légère couche de neige recouvrait les sommets les plus éminents ce jour-là, leur conférant un aspect encore plus majestueux que d'ordinaire, telles des sentinelles silencieuses annonçant l'arrivée imminente de l'automne, auquel succéderait l'hiver.

— Ce serait dommage de souiller ce lieu avec un bain de sang.

— Vous commencez à vous plaire ici, alors ?

Le regard de Malcolm se fit un peu trop inquisiteur.

— Assez, oui, répondit Fergus en tournant la tête en direction du donjon. Allons boire une bière ensemble. Il y a d'autres sujets que j'aimerais aborder avec vous. Avez-vous dressé un inventaire complet de nos provisions, comme je vous l'avais demandé ?

— *Aye*. Nous avons assez de nourriture pour une semaine, mais nous aurons du mal à tenir plus longtemps.

— Dans ce cas, nous devrions…

Fergus s'interrompit au son d'un cri enthousiaste et

jeta un coup d'œil par-dessus son épaule. De l'autre côté de la basse-cour, Gregor courait, flanqué de Blacky, sous la surveillance attentive de Grizel et d'un jeune garde qui venait de s'arrêter pour leur parler. À sa crinière de cheveux blonds, Fergus reconnut Euan, l'un des travailleurs les plus acharnés du groupe et un guerrier prometteur.

— Tout compte fait, donnez-moi une heure, dit-il à l'intendant. Je dois d'abord m'occuper d'une autre affaire.

— Prenez tout le temps qu'il vous faudra.

Fergus posa une main sur l'épaule de Malcolm en guise de salut, décelant son sourire sous sa barbe, avant de traverser la cour intérieure vers son beau-fils. La bière attendrait. Il avait une promesse à tenir et un chiot indocile à dresser.

Coira leva les yeux des draps fraîchement lavés entassés sur le lit qu'elle était occupée à plier, puis sourit en voyant apparaître sa servante sur le pas de la porte.

— Comment fais-tu, Grizel ?

— Quoi donc, milady ?

— Pour avoir toujours l'air aussi ravissante ?

Elle porta les mains à ses reins et s'étira.

— Nous sommes toutes les deux debout depuis l'aube, poursuivit-elle, pourtant on dirait que tu viens à peine de te lever.

Grizel protesta avec modestie en secouant la tête.

— Vous me faites marcher. Par ailleurs, vous semblez déjà vous porter beaucoup mieux qu'il y a une semaine. Non pas que vous ayez mauvaise mine alors, bien sûr, corrigea-t-elle rapidement.

— Si mon apparence reflétait ne serait-ce que la moitié

de mon mal-être, alors c'était assurément le cas, s'exclama Coira en pouffant de rire.

Le fait que ses traits étaient plus détendus ne lui avait pas non plus échappé. Le soulagement en était évidemment la cause. Malgré un mauvais départ, la première semaine de son second mariage s'était beaucoup mieux déroulée qu'elle ne l'avait espéré. Il était toujours évident que Fergus ne l'appréciait pas, ou en tout cas ne désirait pas se trouver là, mais au moins il ne s'en prenait plus à elle, et à personne d'autre non plus. Le sillon entre ses sourcils faisait certes partie intégrante de sa physionomie et ses manières auraient suffi à geler le loch, mais, au lendemain de la célébration de leur union, il ne l'avait plus insultée, ni tacitement ni d'aucune manière. Elle l'avait surpris en train de la fixer d'un air étrange à plusieurs reprises, la haïssant sans doute en silence, mais c'était tout.

— Je suis soulagée pour vous, milady, dit soudain Grizel comme si elle lisait dans ses pensées. Il m'a l'air d'être un homme très différent de Nevin. Et bien plus beau que vous ne le disiez.

La domestique accompagna ces mots d'une petite moue taquine.

— J'imagine que oui, répondit Coira en sentant ses joues s'empourprer.

Fergus était en effet bel homme, malgré ses sourcils froncés et un nez qui semblait avoir été cassé plus d'une fois. Et quand bien même… « Beau » n'était pas le mot juste. Nevin avait été beau, mais Fergus était plus attirant. Il dégageait une masculinité brute, un air d'autorité mêlé à une absence d'artifices qui la saisissait de manière bien plus puissante que ne le pouvait un simple visage harmonieux.

— Mais il ne s'agit pas de cela. Nous ne sommes pas… Nous n'avons pas… Tu vois ce que je veux dire.

Grizel écarquilla les yeux.

— Vous ne l'avez pas fait ?

— Non.

— Mais… Vous partagez le même lit, non ?

— *Aye*, bien que nous nous couchions rarement en même temps.

Coira ouvrit le couvercle du coffre pour dissimuler son embarras. L'un d'eux s'endormait généralement avant que l'autre n'aille se coucher, et Fergus était toujours parti quand elle s'éveillait le matin. Elle le voyait rarement la journée. Il était toujours occupé, débordant apparemment d'énergie, l'exact opposé de son premier mari à cet égard. Nevin aurait volontiers dormi tout l'après-midi, alors que Fergus ne semblait demeurer assis qu'au moment des repas.

— Nous sommes courtois l'un envers l'autre, expliqua-t-elle en hochant la tête. Ce n'est pas de l'amitié mais c'est suffisant.

— Et c'est bon signe. Peut-être un jour finirez-vous par éprouver de l'affection l'un pour l'autre.

— Non ! s'exclama Coira plus durement qu'elle ne l'avait voulu. Je veux dire… Je ne pourrai jamais plus ressentir cela pour un homme, pas après Nevin. Cette sorte d'amour vaut pour les jeunes filles naïves et les idiots qui se bercent d'illusions. Les choses sont bien mieux ainsi, crois-moi. J'espère que Fergus et moi pourrons devenir amis, mais rien de plus.

Grizel fit la moue. Pendant un instant, elle sembla vouloir ajouter autre chose avant de se raviser et d'ouvrir l'un des coffres pour en sortir une robe jaune.

— Pourquoi ne pas porter celle-ci, ce soir ? La couleur vous va si bien. Elle vous donne l'air d'un soleil.

Coira tendit la main et fit doucement glisser ses doigts le long du col brodé de fils d'or qui formaient des méandres complexes de fleurs et de feuilles, parsemés de quelques abeilles butineuses. Qu'en penserait Fergus ? Cette robe faite de laine finement filée et ceinte d'une ceinture bleue à glands assortis était l'une de ses préférées et elle lui seyait à merveille, mais elle était bien trop somptueuse pour un simple dîner.

— C'est tentant, mais cela pourrait sembler étrange de porter quelque chose d'aussi beau sans raison.

— Mais ce n'est pas sans raison ! s'exclama Grizel avec un grand sourire en enfouissant la robe dans ses bras. Nous avons quelque chose à fêter ce soir !

— Vraiment ? dit Coira en fronçant les sourcils, confuse. Et quoi donc ?

— Le mur ! Il est terminé. Ou en tout cas, il est bien étayé.

— Comment le sais-tu ?

— L'un des gardes me l'a dit. Et puis je l'ai vu. J'étais dehors avec Gregor et Blacky.

Grizel gloussa à ce souvenir.

— Quand votre mari est venu jouer avec eux, c'était tout un spectacle.

— Jouer ? répéta Coira bouche bée. Fergus a joué avec Gregor ?

— *Aye.* Il a appris au chiot toutes sortes de tours, ou du moins il a essayé car cette bestiole représente un défi de taille ! Vous auriez dû voir ça, milady. Gregor et moi riions aux éclats.

— La prochaine fois, peut-être.

Coira se força à sourire, réprimant une pointe de jalousie à l'idée que sa jeune et séduisante servante puisse rire et s'amuser avec son époux. Les choses se seraient-elles passées de la même manière en sa présence ? Cela semblait peu probable. Même s'ils étaient très civils l'un envers l'autre, elle et Fergus étaient bien loin de folâtrer ensemble. Dès qu'ils se retrouvaient seuls dans une pièce, la tension était palpable.

Grizel lui adressa un regard interrogateur.

— Milady ? Quelque chose vous tracasse ?

— Non.

Elle secoua la tête, une pointe de culpabilité dans le cœur. Grizel n'y était pour rien si elle était aussi jolie.

— Je réfléchissais.

— Au sujet de la robe ?

— Je ne sais vraiment pas quoi faire.

— Mais les hommes font déjà la fête. Vous ne voudriez pas qu'ils pensent que vous n'êtes pas satisfaite de leur travail, n'est-ce pas ?

Grizel lui lança un regard malicieux.

— De plus, si vous vous habillez bien, cela me donne une excuse pour le faire aussi. Il en va de même pour toutes les autres domestiques. S'il vous plaît ?

— Très bien, si tu insistes. Mais c'est uniquement pour toi.

Coira esquissa un sourire. Elle trouvait cela étrange de s'apprêter, mais puisqu'il s'agissait d'une sorte de fête… Quant à Fergus, il lui avait déjà clairement fait comprendre ce qu'il pensait de son apparence, alors nul besoin de se soucier de son avis. De toute manière, il ne remarquerait probablement rien.

— Nous devrons aussi prendre des dispositions pour les gens du village, au cas où ils devraient venir se réfugier ici, dit Fergus en tambourinant des doigts sur la table.

Malcolm et lui partageaient un pichet de bière dans la grande salle. Les hommes autour d'eux étaient de bonne humeur, à l'exception d'Iver qui s'était retiré dans un coin et décochait des regards noirs à quiconque était assez stupide pour s'aventurer dans les parages.

— Il est peu probable que les Campbell nous assiègent, mais cela reste une possibilité qu'il ne faut pas négliger. Nous devons être en mesure de résister et de subvenir à nos besoins.

— Pendant combien de temps ?

— Pas plus de deux semaines, espérons-le. Cela devrait suffire pour que Ross ou Brody MacWhinnie soient mis au courant de la situation et rassemblent suffisamment d'hommes pour nous venir en aide.

— Très bien.

Malcolm hocha la tête.

— Je verrai ce qui peut être fait dès demain matin.

— Parfait.

Fergus s'empara de sa chope, but une longue gorgée, puis se figea en apercevant Coira à l'entrée de la grande salle. Elle était vêtue d'une longue robe jaune qui contrastait à merveille avec ses cheveux noirs à peine visibles sous une coiffe de soie crème maintenue en place par un filet.

À son grand agacement, elle semblait n'avoir cessé de rajeunir tout au long de la semaine, comme si elle redevenait, lentement mais sûrement, la demoiselle qu'il avait rencontrée six ans plus tôt. Sa beauté retrouvée lui coupait le souffle, l'exaspérait et l'envoûtait tout à la fois. Presque autant que la première fois qu'il avait posé les yeux sur elle. Elle, en revanche, semblait regarder partout sauf vers lui.

Malcolm se leva en faisant racler le banc sur le sol.

— Si vous me permettez, je dois régler quelques affaires avant le dîner. Vous m'excuserez.

— *Aye.*

Fergus acquiesça, se renfrognant derrière sa chope tandis que Coira rejoignait Gregor près de la cheminée. La politesse aurait voulu qu'il se joigne à eux, mais cela l'ennuyait d'en avoir envie. Tout comme l'ennuyait le fait qu'elle soit si élégante, gracieuse, et visiblement appréciée au château, à cent lieues en tout cas de la diablesse perfide et sans cœur qu'il s'était plu à imaginer. Il s'était affairé toute la semaine pour tenter de ne pas réfléchir à ce que cela pouvait bien signifier, mais il se surprenait à guetter Coira bien trop souvent à son goût, tournant la tête dès qu'il apercevait l'éclair d'une chevelure noire ou humait un léger arôme de lavande. Sa rancœur se dissipait beaucoup trop vite. Tant et si bien qu'il ne pourrait bientôt plus feindre l'indifférence à son égard. Mieux valait l'ignorer et rester à sa place. La rejoindre était une très mauvaise idée… Pourtant, au dernier moment et en dépit de tout bon sens, il se leva et vint vers elle et son fils.

— Elle m'a l'air fatiguée, dit-il une fois accroupi au coin du feu à côté de Gregor, en désignant le chiot roulé en boule, le museau posé sur ses pattes avant et les yeux mi-clos. L'endroit est peut-être trop bruyant pour elle.

— Vaut-il mieux que je l'emmène à l'étage ? demanda Gregor en regardant sa mère, dont la posture, remarqua Fergus, s'était visiblement raidie à son approche.

— C'est une bonne idée, répondit cette dernière d'une voix tout aussi tendue que ses épaules. Je te ferai monter à dîner dans ta chambre.

— Viendrez-vous me raconter une histoire plus tard ?

— Bien sûr.

Elle sourit et jeta un coup d'œil à Fergus tandis que son fils prenait le chien dans ses bras et s'éloignait en trottinant.

— J'ai entendu dire que vous aviez joué avec eux

dehors, aujourd'hui. Gregor prétend que Blacky apprend vite mais Grizel n'est pas de cet avis.

— Elle fait des progrès, répondit Fergus d'un ton évasif avant de désigner la place vide à côté d'elle sur le banc. Puis-je me joindre à vous ?

Elle sembla surprise.

— Vous voulez vous asseoir avec moi ?

— *Aye.* À moins que vous ne préfériez que je n'en fasse rien ?

— Ce n'est pas cela. C'est juste que je ne pensais pas que…

Elle hésita à terminer sa phrase, puis serra les lèvres et hocha simplement la tête en guise d'assentiment.

— Merci.

Il s'assit à une longueur de bras d'elle, soudain incapable de trouver un sujet de conversation. Heureusement, elle s'en chargea pour lui.

— On m'a dit que le mur était achevé. Alors je suis allée voir par moi-même avant de venir. C'est beau.

— Vous aussi.

— Moi ? dit-elle, visiblement choquée.

— *Aye.* Belle, je veux dire. Vous êtes belle. Pas comme un mur… évidemment.

Il eut soudain envie de se couper la langue.

— Juste belle. Jolie. Dans cette robe.

— Oh… Je vous remercie.

Elle baissa les yeux, ses joues se colorant d'un rose soutenu.

— Grizel m'a dit que nous célébrions la fin des travaux ce soir, tant que nous pouvons encore nous le permettre, alors j'ai pensé faire un petit effort.

Elle croisa et décroisa les mains sur son giron et poursuivit :

— Je suis contente qu'elle vous plaise.

— Elle me plaît. C'est très… jaune.

Fergus grimaça. Il regrettait de ne pas avoir pensé à apporter sa chope de bière avec lui. Cela aurait pu rendre la conversation un peu plus facile. Il se comportait de la même façon qu'il y avait six ans, comme un jeune homme à qui les mots manquaient ! Quand bien même aurait-il été en mesure de songer à quelques paroles cohérentes, il aurait été bien incapable de les prononcer tant sa gorge demeurait nouée. Curieusement, se trouver assis près d'elle, même à une distance raisonnable, semblait altérer le fonctionnement de son cerveau et l'empêcher de se concentrer.

Distraitement, il laissa son regard glisser sur la mâchoire de Coira jusqu'à la pointe de son menton, puis plus bas, le long de sa gorge et dans le creux de son cou, là où son pouls palpitait, si faible et si pantelant qu'il fut tenté de tendre la main et de le toucher. Quel effet ressentirait-il en y posant les lèvres ?

Il détourna le regard et s'éclaircit la gorge, le corps soudain pris d'un frisson de désir.

— Mais vous avez raison, il faut fêter cela. Les hommes méritent une soirée de répit après tant d'efforts. De nombreux gardes sont encore postés dehors, ne vous faites pas de souci.

— Je ne m'en fais aucun.

Elle sembla quelque peu surprise par son propre aveu.

— Si étrange que cela puisse paraître, je ne suis absolument pas inquiète. C'est un changement agréable.

— De ne pas s'inquiéter ?

— *Aye.*

Elle hocha la tête, son expression soudain sérieuse tandis que ses mains continuaient de s'agiter sur son giron.

— Vous savez, je pensais pouvoir me débrouiller en m'occupant moi-même du château. À présent, je vois bien que ce qui a été réalisé était loin d'être suffisant.

— Vous ne devriez pas être aussi dure avec vous-même. Vous avez fait du bon travail, ici.

Il pencha la tête en direction d'Iver.

— Et vous avez dû composer avec lui, ajouta-t-il.

Coira émit un petit rire moqueur.

— C'est vrai. J'ai cessé de compter le nombre de fois où j'ai eu envie de le pousser du haut des remparts ou de le pendre par les pieds.

— Vous n'avez qu'un mot à dire.

Elle se tourna vers lui, un sourire complice sur le visage adoucissant ses traits. À cette vue, Fergus ressentit un violent coup à la poitrine, une vague d'émotions longtemps refoulées, ainsi qu'un sentiment de malaise, comme si ses cheveux se dressaient sur sa nuque. C'était tout bonnement effrayant à quel point il aimait la voir sourire. Les yeux de Coira n'étaient plus d'un gris-bleu terne. L'étincelle qu'il croyait disparue s'était ravivée et ils avaient repris leur couleur bleu chardon d'origine, cette teinte unique, à la fois brillante et envoûtante.

Peut-être son premier réflexe avait-il été le bon ; venir s'asseoir à ses côtés s'était avéré être une très mauvaise idée. Plus il passait du temps en compagnie de Coira, plus il se surprenait à l'apprécier et plus il se remémorait leur première rencontre, et sa passion éperdue et sa naïveté d'alors.

— Il faut que j'aille voir les gardes, annonça-t-il en se levant brusquement.

Le sourire de Coira s'évanouit.

— Maintenant ? demanda-t-elle d'un air confus. Et le repas ? Il sera bientôt servi. C'est du bœuf.

— Je n’en ai pas pour longtemps. Ne m’attendez pas.

Il s’éloigna avant qu’elle ne puisse ajouter quoi que ce soit, allongeant le pas pour apaiser la sensation de panique qui montait en lui. Il avait besoin de reprendre ses distances, de se rappeler ce qu’elle avait fait et à quel point elle l’avait blessé et humilié, six ans plus tôt. Elle l’avait regardé dans les yeux, lui avait promis de l’épouser, puis s’était enfuie avec un autre homme. Quel que soit le comportement qu’elle affichait à présent, elle restait une femme indigne de sa confiance et il ne devait pas l’oublier. Sinon, il risquait de commettre la même erreur, sans parler de se faire ridiculiser, une fois de plus.

Chapitre 9

Fergus chargea, bouclier en premier, forçant son adversaire à faire plusieurs pas en arrière, avant de pointer son épée en bois devant lui et de l'agiter furieusement de droite à gauche.

— Je me rends ! s'écria Euan en titubant, les mains levées en signe de soumission.

— Ce n'est pas trop mal, dit Fergus en reculant immédiatement, mais vous dépensez trop d'énergie dans vos attaques. Cela vous fatigue et vous conduira inévitablement à commettre des erreurs.

Il décrivit un grand cercle du bout de son arme pour s'adresser aux spectateurs qui les entouraient.

— La patience est la plus grande qualité du guerrier. Attendez que le bon moment se présente pour frapper. C'est seulement ainsi que vous deviendrez des soldats accomplis.

Il tourna brusquement la tête et lança un regard noir à Iver, qui marmonnait dans sa barbe.

— Avez-vous un commentaire à faire, Iver ?

— Non, répondit ce dernier en sautillant d'un pied sur l'autre.

— Pourtant vous venez de dire quelque chose.

Fergus serra les dents. Les gardes commençaient à

jouer avec ses nerfs. Les plus jeunes étaient enthousiastes et impatients d'apprendre, comme si on ne leur en avait jamais donné l'occasion auparavant, mais Iver restait un élément perturbateur que plusieurs hommes d'âge mûr suivaient, habitués à la paresse. Comment un homme tel que lui avait-il pu servir comme chef de la garde pendant si longtemps ? *Dix ans*, d'après Malcolm. Dix ans pendant lesquels il était évident qu'il avait fourni le moins d'efforts et causé le plus de soucis possible.

Fergus planta son épée dans le sol et réfléchit un instant avant de faire volte-face et de s'éloigner en faisant signe à Iver de le suivre.

— Venez avec moi. Les autres, continuez à vous entraîner.

— Où allons-nous ? s'enquit Iver d'une voix nerveuse en lui emboîtant le pas.

Ils sortirent de l'enceinte du château et empruntèrent le sentier menant au village. Sans répondre, Fergus marcha jusqu'à quitter le chemin de terre pour pénétrer sous un petit bosquet près du loch, hors de vue des passants. À l'horizon, de gros nuages gris menaçants gorgés de pluie avançaient, telle une vague géante s'apprêtant à déferler sur eux. Pour le moment, peu importait. La tempête approchait, mais son affaire ne prendrait pas bien longtemps, songea Fergus.

Il pivota enfin vers Iver, retira son fourreau et le jeta sur le tapis d'aiguilles de pin à ses pieds.

— Cognez-moi.

La mâchoire d'Iver lui en tomba. On aurait dit qu'il venait d'apercevoir un *kelpie*.

— Je vous demande pardon ?

— Cognez-moi. Aussi fort que possible.

— Je ne désire pas me battre avec vous.

— Pourtant vous défiez mon autorité.

Le visage d'Iver se durcit.

— L'entraînement des hommes relève de ma responsabilité.

— *Relevait.* Ce n'est plus le cas.

Fergus se campa sur ses pieds et se prépara à encaisser le coup.

— Voici donc ce que je vous propose : vous me décochez le premier coup, le deuxième, et même le troisième si besoin. Je ne broncherai pas et je ne riposterai pas.

— Et après ?

— Alors ce sera mon tour et nous nous battrons d'homme à homme. Mais si vous me frappez comme il faut de prime abord, je devrais être trop sonné pour me défendre correctement.

— Trois fois, donc ?

— *Aye.* Le dernier debout sera responsable des gardes.

Fergus écarta les bras en guise d'invitation, et un éclair d'anticipation vengeresse illumina le visage d'Iver. Ce n'était pas la première fois que Fergus avait recours à cette tactique et elle n'avait jamais échoué par le passé. Iver mit plusieurs secondes à se décider, mais il finit par lui envoyer son poing dans la figure.

Fergus ne broncha pas.

— Ciel ! Que s'est-il passé ?

La carafe d'eau en bois que Coira tenait entre les mains s'écrasa sur le plancher de la chambre à coucher dans un bruit d'éclaboussures.

— Mais vous saignez !

Assis sur un tabouret près de l'âtre, Fergus leva les yeux

vers elle en pressant un linge mouillé contre sa joue pour dissimuler la bosse bleue qui s'y était formée.

— Ce n'est qu'une égratignure, la rassura-t-il.

— C'est bien plus que cela ! s'exclama-t-elle en abandonnant la carafe et son contenu à terre pour se précipiter vers lui et examiner son visage de plus près, penchée en avant, le front plissé par l'inquiétude. Et vous êtes trempé !

— La pluie m'a surpris.

— Cela va sans dire. Qui vous a fait cela ?

— Peu importe. Il ne recommencera point.

Elle recula d'un pas et arqua un sourcil.

— Iver ?

— *Aye.* Il avait besoin que je lui fasse comprendre certaines choses.

— Alors j'espère qu'il a bien retenu la leçon.

Elle s'empara du linge qu'il tenait dans sa main, le plongea dans le bol d'eau à ses pieds et le pressa contre sa joue avec douceur.

— Était-ce vraiment nécessaire de vous battre avec lui ?

— Probablement pas, mais je n'avais pas le temps de me montrer subtil. Les Campbell pourraient nous assaillir d'un jour à l'autre et il me faut des soldats qui obéissent à mes ordres, pas des rebelles qui défient mon autorité.

— Je ne peux pas dire que j'approuve, mais j'aime autant qu'il s'agisse d'Iver, commenta-t-elle en pinçant les lèvres. Comment va-t-il ?

— Mieux que son apparence ne le laisse supposer. Mon but était de faire passer le message, pas de lui briser les membres. Nous avons besoin de tous les hommes valides disponibles. Les soldats manquent encore d'entraînement, mais je ne peux pas faire grand-chose avec un temps pareil.

Il jeta un coup d'œil aux volets fermés.

— Cette tempête a l'air d'en avoir pour un moment.

— Votre air renfrogné n'aidera en rien.

— Je n'ai pas l'air renfrogné.

— Vraiment ?

— Absolument, dit-il en la fixant droit dans les yeux, avant de froncer les sourcils encore plus fermement que d'ordinaire. Mais maintenant, si.

Elle pouffa de surprise.

— Oh ! dit-elle. Au temps pour moi. Quel air féroce !

— C'est le regard que je réserve aux véritables tempêtes et à la neige.

— Je suis étonnée que la pluie ose ne serait-ce que montrer son nez, plaisanta-t-elle en souriant. Cela dit, c'est bon à savoir. Je n'aurai plus besoin de regarder par la fenêtre en me levant le matin. Je me contenterai de jeter un coup d'œil à votre tête. D'ailleurs montrez-la-moi. Vous a-t-il cogné autre part ?

Elle ôta le linge de sa joue et lui prit le menton entre le pouce et l'index pour examiner son visage de part et d'autre.

Fergus se raidit et saisit le tabouret des deux mains, stupéfait par le contact inopiné des doigts de Coira sur sa peau. Leur chaleur se répandit en lui et son cœur se mit à battre la chamade dans sa poitrine, tant et si bien qu'il sentit son pouls dans chacune de ses veines. Quelle expression pouvait-il bien afficher en cet instant ? Il n'en avait pas la moindre idée, tout obnubilé qu'il était par la courbe rouge et pulpeuse des lèvres de Coira, qu'elle pinça sous l'effet de la concentration, un geste anodin qui eut pourtant pour effet de lui assécher la gorge.

Submergé par une vague de désir brut, il refoula un grognement et pria pour que le sang qui battait dans ses oreilles se calme. Il ouvrit la bouche mais aucun mot n'en sortit, comme s'il se trouvait soudain incapable d'émettre le moindre son. Sa poitrine était si serrée qu'il se demanda si son cœur n'essayait de lui remonter au bord des lèvres. Ou bien tentait-il de s'échapper de sa cage thoracique ? Dans tous les cas, l'organe semblait sur le point d'arriver à ses fins, ce qui était pour le moins inquiétant. Plus que quelques secondes, et Fergus ne pourrait résister à l'envie d'enrouler un bras autour de la taille de Coira pour l'attirer sur ses genoux.

— Arrêtez.

Il était enfin parvenu à prononcer une parole sensée, bien que cela ait davantage ressemblé à un grognement. Choqué par la violence de sa réaction, il détourna brusquement la tête pour mettre fin au contact des doigts de Cora. Son corps réagissait face à elle avec plus d'intensité qu'envers n'importe quelle autre femme depuis… Depuis leurs fiançailles, six ans plus tôt.

— Je vous ai dit que ce n'était qu'une égratignure.

Coira s'accroupit devant l'âtre. Elle avait touché Fergus instinctivement, comme elle l'aurait fait avec Gregor s'il s'était blessé au visage, mais, à l'instant où ses doigts avaient frôlé sa peau, elle avait su qu'elle venait de commettre une erreur. Le corps tout entier de son mari s'était raidi et immobilisé, et sa mâchoire était devenue aussi dure que du granit, comme lorsqu'il s'était éloigné d'elle, la veille au soir, visiblement incapable de supporter sa présence une seconde de plus.

Cette fois-ci, son regard fixe et distant semblait indiquer qu'il avait été véritablement choqué par son geste. Il n'aurait pas pu être plus explicite : il n'avait aucune envie qu'elle le touche. Pourtant, étrangement, elle n'avait pas obtempéré. Tout simplement parce qu'elle ne l'avait pas souhaité. Au contraire, elle avait même été tentée d'aller plus loin, de laisser ses doigts glisser sur son menton mal rasé et le long de sa mâchoire ciselée, puis de les enfouir dans son épaisse chevelure sombre qui lui arrivait aux épaules et paraissait si douce au toucher.

Hypnotisée par cette image, elle n'avait pas retiré sa main quand la décence l'aurait voulu, et il avait dû s'en charger lui-même.

— Je suis désolée.

Elle pinça les lèvres, les joues aussi brûlantes que les flammes qui s'élevaient dans la cheminée.

— Pourquoi ? Ce n'est pas vous qui m'avez cogné.

Il s'était exprimé d'une voix encore plus bourrue que d'ordinaire, teintée d'une nouvelle note rauque qu'elle n'avait encore jamais entendue.

— Certes, mais…

Elle s'interrompit et prit une grande inspiration, qu'elle laissa échapper tout doucement. Pourquoi s'excusait-elle ? Pour l'avoir touché ? Non, il s'agissait de bien plus que cela. Elle lui demandait pardon pour sa conduite passée et pour la situation dans laquelle elle les avait mis à présent, pour ce mariage et tous les autres sujets qu'il ne souhaitait pas aborder.

Les yeux baissés, elle écouta la pluie tomber sur le toit au-dessus d'eux. La tempête semblait devenir plus intense, exacerbant la tension déjà présente dans la pièce. Quelques instants plus tôt, Fergus et elle étaient presque détendus en compagnie l'un de l'autre, plaisantant même comme les amis qu'elle espérait qu'ils deviendraient un jour. Taquiner un homme avait été une expérience complètement nouvelle et pourtant agréable, accompagnée d'une certaine intimité à laquelle elle ne s'était pas attendue. Peut-être était-ce la raison pour laquelle elle l'avait touché. Parce qu'elle avait aimé cela. Parce que, malgré elle, elle en désirait davantage. Parce qu'une partie de son être voulait voir où cela conduirait…

— Je suis désolée pour toute cette situation, dit-elle d'une voix douce qui brisa le silence.

Il n'avait peut-être pas envie d'entendre ses mots, mais elle avait besoin de les dire.

— Je sais que vous préféreriez ne pas être ici.

Un long moment s'écoula avant qu'il ne réponde. Il se passa une main dans les cheveux et soupira, visiblement éreinté.

— Ce n'est pas votre faute. Cette union a été décidée par Brody et mon frère.

— Tout de même, je suis désolée. J'ai essayé de l'en dissuader.

— Brody ?

— *Aye*. Je lui ai expliqué que vous deviez m'en vouloir, et à raison, s'empressa-t-elle d'ajouter. Mais il ne m'a pas écoutée. Il a simplement décrété que c'était ce qu'il y avait de mieux pour le clan.

Elle posa les mains sur ses genoux et y prit appui pour se redresser. Avec un peu de chance, Fergus mettrait ses joues rougies sur le compte de la chaleur qui émanait du feu.

— Je suis désolée, vraiment. Il n'est pas juste que vous ayez dû m'épouser aujourd'hui après ce que je vous ai fait subir en m'enfuyant avec Nevin, il y a six ans. Je sais que, même alors, vous ne souhaitiez pas me prendre pour femme.

Il eut un léger mouvement de recul.

— Que voulez-vous dire ?

— J'ai bien conscience que vous n'avez jamais vue en moi une possible épouse.

— Qui vous a dit une chose pareille ?

— Vous-même, répondit-elle en battant des paupières, surprise par la férocité qu'elle décela dans sa voix. Ou du moins, votre visage parlait pour vous. Vous aviez constamment l'air austère et ne vouliez jamais vous entretenir avec moi. J'ai cru que…

Elle s'interrompit en apercevant l'éclair de colère dans les yeux de Fergus.

— Je veux dire, j'ai supposé que c'était parce que vous ne vouliez pas vous marier avec moi.

— Ce n'était pas à cause de…

Il ne finit pas sa phrase et poussa un juron dans sa barbe, baissant les yeux au sol comme s'il cherchait ses mots.

— Je n'ai jamais été très doué pour parler aux gens.

— Nul besoin de vous justifier, loin de moi l'idée de…

— Vous me plaisiez.

— Pardon ?

— Vous me plaisiez, répéta-t-il, le regard toujours fixé par terre. J'avais envie de vous épouser. Quant à mon air austère… cela a toujours été ma façon d'être, voilà tout.

— Vous vouliez vous marier avec moi ? laissa-t-elle échapper dans un souffle, soudain incapable de respirer normalement.

L'air semblait s'être brusquement raréfié dans la pièce. Ou peut-être était-il devenu plus dense. Voilà qui expliquait probablement pourquoi elle avait soudain l'impression d'être sur le point de s'évanouir. Les mains pressées contre son ventre, elle balaya lentement la chambre du regard à la recherche d'une chaise où se reposer mais ne trouva rien d'autre qu'un coffre en bois.

Une main tendue derrière elle pour se stabiliser, elle s'assit sur le bord de la malle pendant que ses pensées en ébullition tentaient d'analyser les paroles de Fergus. *Elle lui plaisait ? Il avait eu envie de l'épouser ?* Si c'était la vérité, alors elle voyait désormais leur mariage et ces six dernières années sous un tout nouveau jour. L'avait-elle mal jugé depuis le début ? Jamais elle ne s'était imaginé que son visage sévère puisse dissimuler autre chose que du déplaisir. De la timidité ? Était-ce possible ? Elle était jeune et naïve à l'époque, et lui si grand et imposant avec cet air féroce dont il ne se départait jamais. Les hommes comme lui ne pouvaient pas se montrer timides, si ? Car si c'était le cas, alors elle avait commis une terrible erreur en abandonnant un honnête homme pour se réfugier dans les bras d'un autre, sans foi ni morale ; en délaissant celui qui voulait l'épouser pour celui qui n'en avait qu'après l'argent de son frère ; en trahissant celui qui aurait pu faire d'elle une femme heureuse pour celui qui avait fait de sa vie un véritable cauchemar, avait volé et piétiné son cœur et son innocence, la rendant incapable d'éprouver de l'affection pour quiconque à l'avenir.

Elle secoua la tête. Les souvenirs de ce temps passé semblaient se modifier et se remodeler dans son esprit à la lumière de ce qu'elle venait d'apprendre. Un éclair et un roulement de tonnerre à l'extérieur la ramenèrent enfin à la réalité du moment.

— Je l'ignorais. Si j'avais su…

— Cela n'aurait rien changé, l'interrompit Fergus en relevant enfin la tête pour lui adresser un regard féroce et accusateur, aussi brûlant que les braises. Je n'étais pas l'homme de votre choix.

— Mais je n'avais pas…

Elle se mordit la langue.

— Il ne s'agit pas de cela.

— De quoi s'agit-il, alors ? On m'a dit que vous vous étiez enfuie avec Nevin de votre plein gré. Les gens vous ont aperçue à cheval avec lui.

— Oui… C'est vrai.

Il émit un petit rire sans joie.

— Alors c'était donc un mariage d'amour. Est-ce pour cette raison que vous avez renoncé à notre union ?

Coira déglutit avec difficulté. Soudain, elle aurait voulu fuir, se retrouver seule pour remettre de l'ordre dans ses pensées confuses et tourbillonnantes. Sa première impulsion avait été de se défendre, d'expliquer que son mariage avec Nevin n'avait rien à voir avec les sentiments, mais elle ne pouvait dire la vérité à Fergus sans trahir son frère. S'il l'apprenait, Fergus chercherait certainement à se venger, même après tout ce temps. Si comploteur, avare et sournois que Niall eût été alors – ce qu'il était sans doute encore à ce jour –, elle ne pouvait prendre ce risque. Son mariage avait déjà donné lieu à suffisamment de souffrances comme cela.

— C'était il y a longtemps, finit-elle par murmurer, consciente que le silence entre eux s'étendait un peu trop. J'ai du mal à me souvenir de ce que je ressentais à l'époque.

Avant que Fergus n'ait eu le temps de répondre, elle se précipita vers la sortie en enjambant la cruche tombée à terre dans sa hâte de s'enfuir.

— Si vous voulez bien m'excuser, je suis attendue à table.

Chapitre 10

Coira s'étira et roula sur le flanc, consciente du mouvement qui l'avait réveillée de l'autre côté du lit. La veille, au moment de se coucher, elle avait eu l'esprit troublé par des pensées diverses. Pourtant, elle avait trouvé le sommeil dès l'instant où sa tête avait touché l'oreiller et avait dormi à poings fermés, ne remarquant même pas lorsque Fergus était venu la rejoindre. Quand elle ouvrit les yeux, il était déjà debout et hors du lit, comme si leur relation avait changé et qu'il n'était plus totalement cet homme dont elle avait soigné la blessure.

Elle lui plaisait. Ces mots avaient déclenché un véritable tremblement de terre sous ses pieds, lui donnant un aperçu un peu plus profond du mari qui se cachait derrière cet air renfrogné de guerrier impitoyable : un époux qui n'était finalement pas aussi redoutable qu'il en avait l'air au premier, voire au deuxième, abord.

Cela dit, il n'avait pas spécifié ce qu'il appréciait chez elle, ni avec quelle force, et le fait qu'elle lui ait plu six ans plus tôt ne signifiait pas nécessairement qu'il l'aimait encore un tant soit peu aujourd'hui. D'ailleurs, ce n'était absolument pas le cas. Nul besoin de se bercer d'illusions. Mais rien de tout cela n'importait. La simple découverte de cette information, même caduque, lui avait redonné l'espoir qu'un jour, peut-être, ils pourraient finir par se lier d'amitié pour devenir deux compagnons partageant une existence calme et stable. C'était possible, à condition qu'il ne lui pose plus de questions au sujet de Nevin et qu'elle se retienne désormais de lui toucher le visage.

L'idée était agréable et réconfortante, et ce bien que son éventuel futur ami se trouve présentement debout devant la fenêtre, à demi nu, en train de se laver le torse avec un linge de toilette.

Coira se redressa sur les coudes et cessa subitement de réfléchir, fascinée par la vue des muscles de ce dos qui ondulaient au rythme de ses mouvements. C'était la première fois qu'elle voyait Fergus torse nu et, en dépit de l'énorme contusion gonflée jaunâtre située juste sous ses côtes, le spectacle était absolument impressionnant. Perturbant, même. Elle en avait des papillons dans l'estomac. Nevin n'avait jamais eu un tel effet sur elle. En l'espace de quelques secondes, elle se sentit complètement réveillée.

— Bonjour.

Il se tourna vers elle dès l'instant où les mots sortirent de sa bouche, lui dévoilant une vue de devant encore plus majestueuse : un torse ferme aux muscles saillants, recouvert d'un fin duvet de poils noirs, au-dessus d'une taille fine et solide.

— Toutes mes excuses, je ne voulais pas vous réveiller.

Il hocha simplement la tête dans sa direction en guise de salutation matinale et la fixa de son habituel regard sévère qui s'attarda brièvement sur l'une de ses épaules découvertes. Pressée de se coucher la veille, elle avait dû mal lacer les liens de sa chemise de nuit.

— Ce n'est pas grave. Il était temps que je me lève, de toute manière.

Elle remonta le tissu sur son épaule sans quitter Fergus

des yeux, comme hypnotisée. Le torse de ce dernier était si rigide qu'il semblait avoir été taillé dans le bois d'un grand pin écossais. Quant à son abdomen, il arborait plus de muscles qu'elle n'en avait jamais vus dans une seule et même partie du corps humain. Étaient-ils aussi durs au toucher qu'ils en avaient l'air ? Cette simple pensée déclencha de nouveaux fourmillements dans son ventre, accompagnés d'une sensation de tourbillon infini.

Elle s'empressa de relever les yeux vers le visage de Fergus tout en humectant ses lèvres soudain sèches tandis qu'une vague de chaleur courait sur sa peau. Que se passait-il donc ? Une semaine plus tôt, elle s'était attendue à le détester. Alors le trouver attirant ! c'était inimaginable. Pourvu qu'il ne voie pas à sa tête l'effet qu'il déclenchait chez elle. Il fallait qu'elle dise quelque chose. N'importe quoi.

— Votre joue semble se porter mieux, lança-t-elle sans réfléchir.

— Ma joue ? répondit-il, perplexe, en tendant la main pour s'emparer de son maillot de corps, au grand désespoir de Coira. Oh ! c'est vrai ! J'avais déjà oublié.

— Vous avez un vilain bleu dans le dos, ajouta-t-elle.

Elle se permit un dernier coup d'œil avant qu'il n'enfile son vêtement.

— J'ai connu pire.

— J'ai une pommade qui pourrait vous soulager. Si vous le souhaitez, je pourrais vous en badigeonner un peu.

Il hésita un moment, visiblement partagé, avant de secouer la tête.

— Ce n'est pas nécessaire, merci.

Coira se redressa en position assise et remonta les genoux sur sa poitrine, les yeux délibérément rivés au plafond pendant qu'il enfilait le reste de sa tenue.

— À quoi avez-vous prévu de vous atteler, aujourd'hui ? Rebâtir le donjon de fond en comble, peut-être ?

— Pas ce matin, non.

Il vint se poster devant elle et attendit qu'elle pose les yeux sur lui avant de lui décocher un clin d'œil qui la prit par surprise.

— Cet après-midi, peut-être.

Coira le dévisagea, médusée. Sa voix était tout aussi bourrue que d'ordinaire mais, pour la première fois, elle décela une étincelle dans ses pupilles. Une plaisanterie ? C'était bien la dernière chose à laquelle elle s'était attendue de la part de Fergus MacMillan ! Elle en eut le souffle coupé, comme si l'on venait de lui asséner un coup de poing dans l'estomac.

— C'est noté, répondit-elle dans la même veine. Veillez à rentrer à l'heure pour le dîner.

— Entendu, milady, dit-il en faisant mine de s'incliner. En vérité, je vais au village. Je dois expliquer aux habitants comment réagir si jamais les Campbell décident de venir nous rendre visite.

Il se tut un instant.

— Je me doute que vous en avez déjà discuté avec eux, mais j'estime qu'il est important de les rencontrer en personne.

— Effectivement, je leur en ai parlé. Cela dit, ne serait-il pas préférable que je vous accompagne ? Je pourrais alors vous présenter en bonne et due forme.

Elle accompagna cette suggestion d'un haussement d'épaules qui eut pour effet de refaire tomber la manche de sa chemise. Il y eut un long moment de silence, accompagné d'un autre froncement de sourcils, comme si Fergus ne savait pas quoi répondre. L'instant s'éternisa tellement qu'elle s'apprêtait à revenir sur sa proposition, persuadée qu'il allait refuser, lorsqu'il acquiesça brusquement d'un bref hochement de tête.

— Très bien. J'avais pensé emmener Euan, mais j'imagine que c'est encore mieux ainsi. C'est ce que la population attend de nous.

Il opina de nouveau, comme pour confirmer sa propre décision. Son regard glissa brièvement sur l'épaule nue de Coira avant de se reporter sur son visage.

— Vous m'accompagnerez, mais il vous faut vous dépêcher.

Coira bondit hors du lit dès que Fergus eut quitté la pièce, enfilant la première robe qui lui tomba sous la main avant d'ouvrir les volets pour respirer l'air frais du matin. La tempête était passée et le ciel resplendissait d'un bleu sans nuages. Le beau temps lui remonta le moral et lui donna envie de sortir. Fergus n'avait pas refusé sa compagnie. C'était un progrès non négligeable. Son attitude glaciale de la semaine passée commençait à se dégeler. Il n'était pas encore à proprement parler chaleureux mais, tout comme le temps au-dehors, il y avait de l'amélioration. Un petit pas de plus vers l'amitié.

Sans attendre, elle courut vers la chambre des enfants pour réveiller Gregor et Ailis, avalant rapidement une cuillerée du gruau que Grizel avait préparé pour leur petit déjeuner avant de descendre l'escalier à la hâte.

Fergus sembla impressionné lorsqu'elle fit irruption dans la grande salle.

— Vous avez fait vite.

— Vous m'avez dit de me dépêcher, répondit-elle tout en épinglant une broche d'ambre à son épaule pour faire tenir sa cape doublée de fourrure.

— Certes, mais ces mots n'ont jamais fonctionné avec ma sœur.

— Oh.

Elle haussa les épaules, soudain inquiète à l'idée de paraître trop enthousiaste à la perspective de passer du temps en sa compagnie.

— Eh bien, me voilà.

— *Aye*, fit-il en la détaillant de pied en cap de son regard impénétrable. Avez-vous mangé ? Je ne voudrais pas vous faire manquer un repas.

— Un peu de gruau, mais je n'ai guère faim. Et puis, je suis certaine que les villageois nous offriront des rafraîchissements.

— Si vous le dites. En temps normal, j'aurais suggéré que nous emmenions le laird, mais j'aimerais aborder certains sujets que je ne veux pas qu'il entende.

— Si vous faites référence aux Campbell, Gregor est déjà au courant, dit Coira en grimaçant. Il a la vilaine habitude d'écouter les conversations qui ne le regardent pas.

— C'est un garçon intelligent. Tout de même, je ne voudrais pas l'effrayer, expliqua-t-il en désignant les portes du château d'un geste du bras. J'ai pensé y aller à pied, si cela ne vous dérange pas.

— Pas le moins du monde. Il fait beau, aujourd'hui.

Au moment de se mettre en route, Coira leva des yeux éblouis vers le ciel avec satisfaction. Des rayons orangés illuminaient le sommet des montagnes à l'horizon, se reflétant à la surface du loch qui resplendissait tel un miroir doré. Le temps avait été si lugubre et si déprimant ces derniers jours que les collines environnantes lui avaient donné l'impression d'étouffer. Elle s'était sentie prisonnière, sans la moindre échappatoire. Mais, ce matin-là, le temps était au beau fixe, embellissant les environs et redorant l'avenir d'une touche d'optimisme malgré la menace imminente des Campbell.

Coira jeta un regard discret à son compagnon de promenade alors qu'ils quittaient l'enceinte du château. L'image de son corps musclé lui revint à l'esprit. Depuis qu'elle s'était réveillée, Fergus avait à peine froncé les sourcils, comme si le soleil le mettait de bonne humeur, lui aussi. Malheureusement, il marchait d'un pas si rapide que même un cheval aurait rechigné à le suivre.

— Pourrions-nous ralentir un peu ? haleta-t-elle quand ils furent arrivés à mi-chemin. Mes jambes ne sont pas aussi longues que les vôtres.

— Oh. Bien sûr.

Il baissa les yeux sur ses jupes, et elle manqua de trébucher. Finalement, il était probablement préférable de ne pas parler de ses jambes. Ni même de toute autre partie de son corps. Les amis n'évoquaient pas ce genre de sujet. L'étincelle d'intérêt qu'elle venait d'apercevoir dans les yeux de Fergus était certainement le fruit de son imagination débordante. Pourquoi un homme tel que lui s'intéresserait-il à ses jambes ?

— Alors ? commença-t-elle, à la recherche d'un autre sujet de conversation. Hormis le mur est, que pensez-vous du château Barron ? Pourrons-nous survivre à un siège ?

— *Aye*, pendant un temps, mais ce n'est pas ce qui m'inquiète le plus.

— Ah bon ?

— Non, c'est l'homme que nous aurons en face de nous qu'il nous faut redouter. Alexander Campbell est un guerrier sournois et impitoyable. Dieu seul sait ce dont il est capable.

— Je me souviens d'histoires que l'on racontait aux

enfants à son sujet lorsque j'étais petite. Était-il déjà aussi violent, à l'époque ?

— *Aye.*

— Je vois, dit-elle simplement sans chercher à en savoir davantage. Les gens affirment que le jour où il fut chassé de ses terres fut un bon jour pour l'Écosse.

— Ils ont raison. Malheureusement, il revient dans l'idée de les récupérer. C'est l'un des hommes les plus dangereux qu'il m'ait été donné de rencontrer.

— Qu'en est-il de son fils ? Calum, si je ne me trompe pas.

— Je n'ai jamais croisé le fer avec lui, mais j'imagine qu'il est fait du même bois que son père.

Coira resserra sa cape autour de ses épaules, frissonnant soudain de froid en repensant à sa conversation avec Brody. Elle lui avait demandé de la laisser défendre le château Barron au nom de Gregor, mais plus le temps passait, plus il devenait évident que c'était au-dessus de ses capacités. Contrairement à ce à quoi elle s'était attendue, il était plutôt rassurant d'avoir quelqu'un à ses côtés avec qui partager ce fardeau. Et pas n'importe qui. Fergus était lui aussi un guerrier des plus dangereux. Quand elle marchait côte à côte avec lui, elle se sentait en sécurité.

— Campbell a tué mon oncle au cours d'une bataille.

La voix de Fergus la sortit brusquement de ses pensées.

— Pardon ?

— C'était un été. Nous l'avions sous-estimé, et de beaucoup. Cela ne se reproduira pas.

— Je suis désolée. J'avais entendu dire que votre oncle était décédé mais j'ignorais comment. J'aurais dû vous poser la question, ajouta-t-elle en sentant soudain une pointe de culpabilité se ficher dans son cœur.

— Je pensais que Brody vous aurait mise au courant.

Fergus tourna la tête et baissa les yeux vers elle quand elle émit un petit rire moqueur.

— Il ne dit pas grand-chose, n'est-ce pas ?

— Rarement. Il ne tient pas les femmes en très haute estime.

Fergus resta silencieux un moment, comme pour digérer ses paroles.

— Vous savez, Ross dit que lorsqu'il s'est rapproché de Brody pour lui suggérer une alliance entre nos deux clans, c'est Brody qui a évoqué votre nom.

— Vraiment ?

Elle fronça les sourcils. Bizarrement, elle ne s'était jamais demandé qui en avait eu l'idée.

— Je l'ignorais. Tout ce que Brody m'a dit, c'était qu'il avait envie de concrétiser cette alliance, d'une part pour nous faire pardonner ce qu'il s'est passé il y a six ans, et d'autre part pour assurer la protection du château Barron au nom de Gregor.

— Il aurait pu envoyer ses hommes le défendre, contra Fergus avec une intensité inattendue. Cela me paraît une étrange façon de traiter la veuve de son neveu, surtout si peu de temps après le décès de ce dernier. Étant donné notre passé, il devait savoir que ni vous ni moi ne serions enchantés.

Coira fit la moue, incapable de répondre. Qu'y avait-il à ajouter ? Brody se fichait de ce qu'elle pouvait ressentir ou même de qui elle épousait tant que ses propres intérêts étaient protégés. Son union avec Nevin avait été suffisamment humiliante comme cela, nul besoin de rappeler à Fergus combien la famille de feu son mari lui en voulait.

— Et votre frère ? s'enquit soudain Fergus.

— Mon frère ?

Coira sentit une vague de panique l'envahir à cette question.

— N'avait-il pas une opinion sur le sujet ? poursuivit-il.

— Je ne sais pas, répondit-elle lentement en choisissant ses mots avec précaution. Je n'ai pas parlé à Niall depuis un moment.

— Depuis combien de temps ?

— Quatre ou cinq ans.

— Vous n'êtes pas très proches, alors ?

— Non, dit-elle, mal à l'aise sous le regard inquisiteur de Fergus. Cela n'a rien d'étonnant. Il a neuf ans de plus que moi et nos parents sont morts quand nous étions encore jeunes, alors je ne l'ai jamais vraiment considéré comme un frère.

— Était-ce plutôt une figure paternelle, dans ce cas ?

— *Aye*, on pourrait dire cela.

— Et il n'avait rien à dire sur le fait que vous vous remariiez ? Avec moi, en plus de cela ?

Coira déglutit avec peine. Elle avait l'impression qu'elle venait de tomber dans un piège.

— Non.

— Je vois.

— Et le vôtre, de frère ? lança-t-elle dans l'espoir de détourner son attention.

— Quoi donc ?

— Pourquoi a-t-il accepté notre union ? Il sait ce qu'il s'est passé il y a six ans, lui aussi.

— C'est vrai, répondit Fergus entre ses dents. Cela dit, aux yeux de Ross, défendre nos terres passe avant tout le reste. Il n'a pas tort, mais…

— Mais vous êtes quand même fâché contre lui.

— Furieux, même.

— Je suppose que notre mariage répare les torts causés,

en quelque sorte, conclut-elle en haussant les épaules quand Fergus se tourna de nouveau vers elle. Pour l'injure essuyée par votre famille, j'entends. Je le regrette, du fond du cœur. Nevin m'a raconté que c'en était presque venu aux mains, après cela.

— Effectivement, mais c'était à prévoir et il aurait dû le savoir. Il ne s'imaginait tout de même pas que vous pourriez vous enfuir tous les deux sans que personne n'y trouve à redire.

— En toute honnêteté, j'ignore ce qu'il avait à l'esprit.

— C'est justement ce que je n'ai jamais compris, poursuivit Fergus en secouant la tête d'un air affligé. S'il vous désirait à ce point, il aurait pu me défier, ouvertement et honorablement. Au lieu de quoi, il a laissé son oncle et les hommes de son clan faire face aux conséquences de ses actions à sa place.

— *Aye.*

C'était vrai, elle ne pouvait le nier. Elle avait été terrifiée à l'idée de ce qu'il adviendrait après qu'elle eut convolé, mais Nevin n'avait pas semblé s'en soucier le moins du monde.

— Qu'est-ce qui a empêché un bain de sang, en fin de compte ? Nevin ne m'a jamais raconté le dénouement de l'histoire.

Fergus mit un moment avant de répondre.

— C'est moi.

— Vous ?

— *Aye.* Brody a juré qu'il n'était pas au courant des intentions de son neveu, et je l'ai cru. Il ne me semblait pas juste qu'il doive payer pour le comportement d'autrui, alors j'ai demandé à mon oncle de ne pas donner suite.

— Oh… Je pensais que… Pour tout vous dire, j'ignore ce que je pensais exactement, mais je n'aurais jamais imaginé que… C'était très honorable de votre part, mais qu'en est-il de mon frère ? D'aucuns pourraient affirmer qu'il n'a pas assumé les conséquences de mes actes, lui aussi.

— C'est vrai. Et il avait beaucoup plus à dire pour sa défense que Brody, ajouta Fergus en s'arrêtant brusquement de marcher. Vous vous demandez si je l'ai cru ?

Elle hésita, puis sa curiosité prit le dessus.

— Alors, l'avez-vous cru ?

— Non.

— Pourquoi pas ?

— Parce qu'il est peu probable que Nevin ait pu s'enfuir du château Sween sans l'aide de personne. Et parce que votre frère n'est pas aussi bon menteur qu'il le croit.

La mâchoire de Coira lui en tomba.

— Et vous l'avez quand même laissé partir ? Pourquoi ?

— Parce que je ne voyais pas l'intérêt de le châtier.

— Il aurait pu servir d'exemple.

— Cela vous aurait-il fait revenir ?

— Non, avoua-t-elle en resserrant sa cape autour de son cou. Il était trop tard. Nevin et moi avons été mariés dès que nous avons atteint le château Barron.

— Exactement. Votre frère vous avait peut-être aidée à vous échapper, mais vous aviez choisi Nevin de votre plein gré, dit-il en se remettant à marcher. Alors l'affaire était terminée dans tous les cas. Tout ce que je souhaitais, c'était tourner la page.

— Oh.

Coira ferma les yeux et son cœur se serra. Pendant une seconde, elle avait cru que Fergus avait deviné la vérité, ce plan que son frère et Nevin avaient concocté et dans lequel ils l'avaient entraînée au dernier moment. Mais Fergus n'en avait compris que la moitié. Il imaginait que

Niall n'était qu'un simple complice qui les avait aidés à convoler, alors que c'était lui qui avait arrangé toute l'histoire. Cela voulait dire que, dans son for intérieur, Fergus la considérait toujours comme responsable. Comme tout le monde, d'ailleurs. Et elle n'y pouvait rien.

Une chape de désespoir lui tomba sur les épaules. Elle pouvait toujours rêver, jamais ils ne deviendraient amis.

Fergus fixa le sentier à ses pieds comme ils approchaient du village. Il n'avait pu s'empêcher d'éprouver de la curiosité envers son épouse et s'était trouvé incapable de stopper le flot de questions qui lui était sorti de la bouche. Lorsque Ross lui avait annoncé ce projet de mariage, il avait été trop en colère pour s'attarder sur le fait que c'était Brody qui avait choisi Coira. Stratégiquement, cela semblait logique. Pourtant, plus il y réfléchissait, plus cela lui paraissait étrange que le chef du clan MacWhinnie ne se soit pas soucié de ce que la veuve de son neveu pouvait bien penser de cet arrangement.

Autant qu'il le sache, Nevin s'était réconcilié avec son oncle des années avant sa mort, alors pourquoi subsistait-il toujours un différend entre Brody et Coira ? Il repensa à son entretien avec Brody. Il n'avait décelé aucune chaleur dans sa voix lorsque ce dernier avait mentionné Coira, sans parler d'un quelconque intérêt pour son bonheur futur. Au contraire, ses yeux s'étaient illuminés d'une lueur vengeresse de satisfaction lorsque les termes de l'accord avaient été acceptés par les deux parties, comme s'il venait de gagner un allié pour défendre ses terres. Comme s'il avait voulu blesser Coira à dessein ou qu'il s'attendait à ce que Fergus s'en charge pour lui.

Ce qui était encore plus surprenant, c'était que Coira

avait parlé de son frère comme s'ils ne se fréquentaient plus. Cela aurait paru logique qu'ils soient en froid si elle était allée à l'encontre de la volonté de Niall en épousant Nevin, mais s'il l'avait aidée dans sa fuite, comme Fergus l'avait toujours suspecté et comme elle venait de l'admettre de manière implicite, alors pourquoi ne se parlaient-ils plus depuis ce jour ?

Fergus avait l'impression d'avoir manqué quelque chose, mais peut-être était-il encore perturbé par leur conversation de la veille. Il n'avait jamais prévu de lui dire la vérité au sujet des sentiments qui l'animaient six ans plus tôt, mais l'intimité de la situation, le fait qu'elle l'ait rejoint au coin du feu et qu'elle ait soigné sa blessure au visage, le bruit du tonnerre à l'extérieur et celui de la pluie qui tombait sur le toit, toute cette atmosphère avait eu raison de ses capacités de contrôle. Pendant un bref instant de faiblesse, il avait eu envie qu'elle sache ce qu'il avait ressenti et combien son départ l'avait blessé. Les mots lui avaient échappé avant qu'il n'ait pu les stopper.

Il fronça les sourcils à ce souvenir. Le moment avait été bref, mais il ne devait jamais se reproduire. Il en avait trop dit, s'était trop confié. Il avait commis une erreur. La laisser l'accompagner au village en était une également. Il aurait été plus avisé de l'ignorer, de s'assurer qu'elle comprenne bien que, quoi qu'il ait pu ressentir par le passé, c'était terminé et qu'il ne voulait plus rien avoir à faire avec elle. Fort heureusement, elle n'avait pas deviné à quel point il l'aimait. Apparemment, elle ne s'était même pas rendu compte qu'il l'appréciait. Cette information rendait le souvenir de la fuite de Coira légèrement moins douloureux. Avec le recul, peut-être était-il un peu en tort, lui aussi. Il aurait dû faire plus d'efforts pour lui parler. Et si elle cessait de mentionner ses jambes, peut-être serait-il en mesure d'arrêter de les admirer !

— Nous y voilà.

Il ralentit et attendit que Coira se porte à sa hauteur pour passer devant la première hutte du village.

— *Aye*, répondit-elle d'une voix et d'un air préoccupés. Je vais vous présenter Lyall. C'est le forgeron et tout le monde le considère un peu comme le chef du village.

La rencontre avec les villageois s'était étonnamment bien déroulée, songea Fergus alors que Coira et lui reprenaient la direction du château, quelques heures plus tard. Étant donné la rapidité avec laquelle ils avaient été mariés, il s'était attendu à rencontrer de la suspicion et du ressentiment de la part des habitants. Pourtant, ils avaient tous semblé sincèrement contents de faire sa connaissance. Mais après tout, s'ils avaient été informés de la menace des Campbell, alors il paraissait logique qu'il soit là. Tout de même, la chaleur de leur accueil l'avait surpris. Coira et lui avaient formé un duo efficace, soulageant les peurs tout en expliquant quoi faire en cas d'attaque de l'ennemi. Tout le monde semblait apprécier Coira et lui faire confiance. À tel point que, malgré sa réticence initiale, Fergus avait été content qu'elle l'ait accompagné.

Même si, à son grand dam, il ne pouvait nier qu'elle était très séduisante.

Une fois de plus, il avait eu l'impression d'avoir manqué quelque chose et s'était torturé les méninges tout au long du trajet de retour vers le château sans parvenir à mettre le doigt dessus, jusqu'à ce que…

— Personne n'a parlé de lui, dit-il soudain en tendant instinctivement la main pour la placer dans le creux des reins de Coira alors qu'elle grimpait les premières marches du donjon.

— De qui ? questionna-t-elle.

Il avait senti les muscles de son dos se raidir sous ses doigts et patienta quelques secondes sans la quitter des yeux, pour être certain de ne pas manquer son expression quand il prononcerait le nom de son premier mari.

— De Nevin.

— Oh ! fit-elle en tressaillant légèrement, comme pour résister à l'envie de détourner la tête. Ils s'efforçaient probablement de faire preuve de tact.

— Peut-être, mais vous avouerez que c'est tout de même étrange. Il a été le laird de ces terres pendant près de dix ans. Je m'attendais à ce qu'au moins une personne mentionne son nom.

— Oui, je suppose que vous avez raison.

Elle écarquilla les yeux comme si elle venait de prendre conscience de quelque chose, mais l'expression sur son visage sembla feinte, trop calculée.

— Peut-être l'ont-ils fait sans que vous ne vous en rendiez compte.

— *Aye*, peut-être.

Fergus la regarda s'éloigner, avec la nette impression qu'il y avait quelque chose – peut-être même *plusieurs* choses – qu'on ne lui disait pas au sujet de Nevin Barron. Puis il tourna les talons et se dirigea dans la direction opposée. La matinée avait été chargée, mais il y avait encore beaucoup à faire, à commencer par une visite de l'armurerie qui se trouvait derrière les cuisines. Il avait brièvement inspecté les lieux à son arrivée et avait été ravi d'y trouver un nombre respectable d'armes en excellent état, mais il ne perdrait rien à les examiner de nouveau.

Peut-être ainsi parviendrait-il enfin à se sortir Coira de l'esprit !

Il se dirigea d'un pas déterminé vers la porte et fut surpris de la trouver entrouverte. Curieux, il poussa le battant et plissa les yeux pour scruter l'obscurité.

— Oh !

Il y eut du mouvement dans un coin, accompagné d'une petite exclamation féminine.

— Grizel ? lâcha-t-il en arquant un sourcil.

Son regard passa de la domestique de son épouse au jeune guerrier le plus prometteur du château, qui s'écartèrent brusquement l'un de l'autre en rajustant précipitamment leurs vêtements.

— Et Euan, poursuivit-il d'un ton moqueur. Si vous me permettez, ce n'est ni le lieu ni le moment.

— Pardonnez-moi. Je veux dire, pardonnez-nous, balbutia la bonne en baissant les yeux au sol, les joues aussi rouges que sa chevelure de feu. Je sais que nous ne devrions pas être ici, mais il n'est pas facile de trouver un endroit paisible où se retrouver en tête à tête.

— Vraiment ? commenta Fergus en haussant son sourcil encore plus haut. Dans ce cas, pourquoi ne pas officialiser votre relation ?

— C'est ce que nous souhaitons, rétorqua Euan en relevant le menton, visiblement blessé par le sous-entendu. Nous aimerions bien nous marier, mais Lady Coira…

Il jeta un regard à Grizel sans finir sa phrase.

— Qu'en est-il de Lady Coira ? s'enquit Fergus en plissant les yeux d'un air inquisiteur.

— Elle n'approuverait point, termina Grizel en secouant tristement la tête.

— Elle y verrait certainement moins à redire que ce genre de comportement, rétorqua Fergus.

— Grizel a raison, se défendit Euan. Milady dit que le mariage n'est…

— Chut ! l'interrompit Grizel en lui donnant un petit coup de coude dans les côtes. Tais-toi !

— Il a le droit de savoir !

— Je t'ai dit que c'était un secret !

— Ce n'est rien, les arrêta Fergus en levant les mains devant lui pour les faire taire.

Si intrigué soit-il de connaître ce qu'Euan estimait devoir lui dire, il avait pitié de la domestique. La pauvre avait rougi jusqu'à la racine de ses cheveux. Et puis qu'importait ce que son épouse pensait du mariage ? Cela ne changerait rien à ses plans. Elle pouvait raconter ce qu'elle voulait…

— En ce qui me concerne, cet incident n'a jamais eu lieu, déclara-t-il. Je pense toutefois que vous devriez avoir davantage foi en la capacité de Lady Coira à comprendre vos sentiments l'un pour l'autre. Cela dit, la décision vous appartient. À l'avenir, tâchez de trouver un endroit moins risqué.

Il jeta un regard en direction des lances acérées rangées dans un coin, puis fit un pas sur le côté et leur fit signe de se retirer.

— Un accident est vite arrivé, conclut-il.

— Oui, merci, marmonna Grizel en se hâtant vers la sortie. Cela ne se reproduira plus.

— Plus jamais ? demanda-t-il en tournant un regard interrogateur en direction d'Euan.

— Pas ici, en tout cas, répondit le jeune homme.

Chapitre 11

— Milady ? Pardonnez mon intrusion mais vous avez un visiteur.

— Un visiteur ?

Coira tourna la tête au son de la voix de son intendant. Confortablement assises sur la méridienne dans le cabinet, Grizel et elle riaient aux éclats devant les gesticulations d'Ailis, couchée à plat ventre, et les galipettes de Gregor qui s'amusait avec Blacky.

La matinée avait bien commencé, songea Coira. Le mur étant désormais terminé, Fergus était sorti examiner les vallons environnants en compagnie d'un petit groupe d'hommes. Il lui avait presque souri en partant. Du moins ses sourcils n'étaient pas aussi contractés qu'à son habitude. Cela lui avait déclenché une douce sensation chaude et agréable dans la poitrine, la même qu'elle ressentait lorsqu'elle l'imaginait en train de s'habiller. Ce matin-là, elle avait feint d'être endormie et l'avait observé discrètement entre ses cils, allongée sur le flanc. L'expérience avait été tout aussi agréable que la première fois, mais l'avait également laissée quelque peu perturbée et échauffée. Et en proie à un sentiment de culpabilité, comme si elle n'avait pu résister à l'envie de commettre un acte interdit.

— Qui est-ce ?

— Le cousin de votre m…, je veux dire, le cousin de votre premier mari, milady.

— Kendrick ?

— *Aye*. Il vous attend dans la grande salle.

— Très bien. Dites-lui que je descends dans un moment. Grizel, veux-tu bien surveiller les enfants ?

— Bien sûr ! Nous nous amusons bien ici, n'est-ce pas Gregor ?

— Merci, Grizel.

Coira adressa un sourire reconnaissant à sa domestique et se leva de la méridienne en lissant l'avant de sa robe du plat des deux mains, puis elle descendit au rez-de-chaussée. Cousin de Nevin et ami proche de ce dernier, Kendrick était souvent venu au château Barron, en visite de courtoisie, au fil des ans. Contrairement au reste de la famille Barron, il s'était toujours montré gentil envers elle.

Kendrick avait les mêmes cheveux blonds comme les blés et les mêmes yeux bleus perçants que Nevin. Le fait qu'un homme ressemblant tellement à son époux se montre si avenant l'avait perturbée au début. Mais elle avait appris à le connaître et s'était rendu compte que les deux hommes étaient en fait l'endroit et l'envers d'une même médaille ; semblables en apparence, mais bien différents sur les autres points. Kendrick avait été témoin du mépris avec lequel Nevin la traitait et l'avait même défendue une fois ou deux. Elle l'avait entendu se disputer avec Nevin un jour, dans le cabinet. Les mots lui étaient parvenus étouffés, mais elle avait clairement reconnu son nom. Ses visites avaient toujours été une bouffée d'air bienvenue et elle lui en était reconnaissante, mais, étrangement, elle n'était pas aussi enthousiaste à l'idée de le voir aujourd'hui.

— Kendrick. Que me vaut l'honneur de votre visite ?

le salua-t-elle en affichant un sourire de bienvenue alors qu'elle pénétrait dans la grande salle.

À sa grande surprise, il ne lui rendit pas la politesse et se dirigea droit vers elle, un air belliqueux sur le visage.

— Est-ce vrai ? demanda-t-il avec une véhémence telle qu'elle dut refréner un mouvement de recul.

Elle ne l'avait jamais vu ni entendu s'exprimer de manière aussi agressive par le passé.

— Quoi donc ?

— Que vous êtes mariée à Fergus MacMillan ? La rumeur m'est parvenue mais je n'ai pas voulu la croire. Il a fallu que je vienne m'en assurer par moi-même. J'ai voyagé d'une traite. Alors ? Est-ce vrai ?

Un sentiment de culpabilité l'envahit soudain et elle baissa les yeux. Kendrick savait combien Nevin l'avait rendue malheureuse, mais reprendre époux aussi tôt après le décès de son cousin n'en était pas moins une grave offense envers sa famille.

— *Aye.*

— Pourquoi ?

— Parce que l'on ne m'a pas laissé le choix. Votre père me l'a ordonné.

— Mon père ?

Kendrick tourna brusquement la tête sur le côté, les mâchoires si serrées qu'elle discerna les muscles qui se contractaient dans son cou.

— C'était une erreur de sa part. Il aurait dû vous laisser le temps de faire votre deuil, par respect pour vous et pour Nevin.

— J'admets que sa décision m'a surprise au début, mais il avait ses raisons. Il me savait incapable de défendre par mes propres moyens le château Barron contre une attaque des Campbell. Venez, assoyons-nous.

Elle lui effleura doucement l'épaule et le conduisit jusqu'au banc devant l'âtre tout en faisant signe à un domestique de leur apporter du vin.

— Je suis navrée que vous ayez dû l'apprendre par les on-dit. J'aurais préféré vous en informer en personne.

— Et j'aurais aimé être présent.

Kendrick se laissa tomber lourdement sur le siège et secoua la tête. Il semblait avoir du mal à y croire.

— J'étais occupé à percevoir les rentes de mes terres dans le sud mais, si je l'avais su, j'aurais fait en sorte que ce mariage soit annulé.

Surprise par cette déclaration autant que par sa propre réticence à cette idée, Coira sursauta.

— Et comment diable auriez-vous réussi une telle prouesse ?

— Pour commencer, j'aurais parlé à mon père.

— Je doute que cela aurait été d'une grande aide. Il avait déjà pris sa décision, le jour où il m'en a fait part.

— J'aurais quand même essayé, insista Kendrick en se passant une main dans les cheveux. J'ai honte de ne pas avoir été là pour vous protéger, Coira. Vous méritez tellement mieux.

— Je vous remercie, Kendrick, du fond du cœur. Vous avez toujours fait preuve de bienveillance à mon égard, mais nous ne pouvons changer le passé. Je suis mariée désormais et, pour tout vous dire, je ne suis pas mécontente de ma situation conjugale, conclut-elle, les joues en feu.

Un éclair de colère traversa le visage de Kendrick.

— Avec Fergus MacMillan ? Cet homme est une brute ! Ce n'est un secret pour personne.

— Ce n'est pas vrai, rétorqua-t-elle, sur la défensive. Je sais bien qu'il est réputé sévère et sans pitié, mais ce n'est pas la vérité, bien loin de là.

Kendrick se releva d'un bond et la toisa de toute sa hauteur.

— Vous ne pensez pas ce que vous dites !

— *Aye*. C'est un homme bon. Et il est très gentil envers Gregor.

— Gentil ? cracha Kendrick d'un ton dédaigneux en grimaçant de dégoût. Et se montre-t-il tout aussi gentil avec vous ? Ne me dites pas que vous éprouvez de l'affection à son égard ?

Coira ouvrit la bouche pour répondre, puis la referma, indécise face à cette question inattendue. Elle n'avait jamais songé à Fergus de cette manière. Ce qu'elle ressentait pour lui s'apparentait plutôt à du soulagement, à de l'étonnement, aussi, et… à cette étrange sensation qui se déclenchait en elle lorsqu'elle le regardait s'habiller. Elle n'était pas bien sûre de savoir comment cela s'appelait.

— Je le considère comme un ami, répondit-elle en relevant le menton.

Mais sa réponse sonna faux. Kendrick aussi était un ami, songea-t-elle, et pourtant, les émotions que ces deux hommes suscitaient en elle étaient aussi différentes que le jour et la nuit. Premièrement, elle n'avait jamais éprouvé de curiosité à l'idée de voir Kendrick à moitié nu. Tout comme elle ne ressentait pas le moindre fourmillement lorsqu'elle se trouvait près de lui. Cela voulait-il dire que… ? Elle battit des cils, perplexe. Qu'est-ce que sa réaction pouvait bien signifier au sujet de Fergus et de leur amitié naissante ?

Un sentiment dont elle était absolument certaine, c'était l'irritation que la question de Kendrick avait déclenchée en elle. Certes, il avait toujours été bienveillant envers elle, mais ce qu'elle éprouvait pour Fergus n'était pas ses affaires.

— Coira ?

Les yeux de Kendrick se firent inquisiteurs.

— Ce n'est pas ce que vous croyez, se défendit-elle.

— Tant mieux. Parce que, pendant un instant, j'ai cru que…

Kendrick détourna la tête et marmonna un juron dans sa barbe. Pourquoi était-il aussi agacé alors qu'elle venait de lui assurer qu'il n'y avait rien entre Fergus et elle ? Il semblait personnellement affecté par cette alliance. Peut-être était-il simplement fatigué. N'avait-il pas affirmé avoir chevauché d'une traite depuis le sud de ses terres ? Pas étonnant qu'il soit éreinté.

Elle se leva et lui prit les mains pour l'apaiser.

— Il n'y a pas lieu de vous inquiéter pour moi, Kendrick, je vous assure. Les sentiments n'ont rien à voir avec ce mariage, mais il n'en est pas moins sensé. Je m'efforce simplement de faire ce qui est le mieux pour mon fils et son héritage.

— Coira ?

Elle sursauta en entendant la voix de Fergus derrière eux et pivota brusquement. Son mari fixait ses mains encore enroulées autour de celles de Kendrick.

— Oh.

Elle s'écarta brusquement de Kendrick, un geste instinctif qu'elle regretta immédiatement. Sa réaction idiote lui donnait l'air encore plus coupable. Depuis quand Fergus était-il là ? Qu'avait-il entendu de leur conversation ? Elle se creusa la cervelle pour tenter de se souvenir des paroles qu'elle venait de prononcer, mais les mots lui parvenaient mêlés les uns aux autres. Le visage de marbre de Fergus ne présageait rien de bon.

Kendrick, quant à lui, avait l'air satisfait d'un soldat qui vient de remporter une victoire.

Fergus fixa un moment les mains désormais vides du portrait craché de Nevin Barron. Pendant une fraction de seconde, il avait cru se trouver devant un fantôme. L'instant d'après, il avait recouvré sa raison, mais la colère brûlante qui coulait dans ses veines ne s'était pas pour autant apaisée. « Les sentiments n'ont rien à voir avec ce mariage. Je m'efforce simplement de faire ce qui est le mieux pour mon fils et son héritage. » Tels étaient les mots que Coira avait prononcés en tenant les mains de ce vaurien entre les siennes !

— Fergus ! s'exclama Coira en tentant visiblement, mais sans grand succès, de ne pas avoir l'air coupable. Vous êtes rentré plus tôt que prévu.

— *Aye*. J'ai aperçu des chevaux descendre la vallée en direction du château. Pourquoi ? Cela pose-t-il un problème ? ajouta-t-il sur la défensive.

— En aucun cas. Fergus, je vous présente Kendrick MacWhinnie, le cadet de Brody. Il est venu… nous féliciter pour notre mariage.

— Vraiment ?

Fergus traversa lentement la salle, les yeux rivés sur leur invité. La seconde d'hésitation qu'il avait perçue chez son épouse suffisait à lui dire qu'ils avaient discuté de bien autres choses, et l'air de défi avec lequel cet homme répondait à son regard insistant confirmait ses soupçons. Sa venue n'avait rien d'une visite de courtoisie.

— Fergus MacMillan. C'est donc vous, l'homme qui a pris la place de mon cousin ? dit Kendrick en relevant le menton.

Fergus s'arrêta à une longueur de bras de lui. Tout comme Nevin, Kendrick était bel homme et le savait. Ses cheveux blond pâle lui descendaient jusqu'aux pommettes, qu'il avait saillantes, et ses yeux bleus avaient certainement fait fondre le cœur de centaines de femmes. Il était vêtu avec classe, comme s'il s'attendait à être convoqué à la cour du roi d'un moment à l'autre. Fergus n'aurait pas été étonné d'apprendre qu'il écrivait de la poésie et chantait des ballades. Peut-être était-ce pour cela que Coira lui avait pris les mains. Cette simple pensée le fit bouillir de rage. Il aurait voulu envoyer cet homme valser dans le mur avant de le faire dégringoler du haut des marches du donjon.

— *Aye*, répondit-il calmement en résistant à l'envie de lui faire remarquer que c'était plutôt Nevin qui avait pris sa place, six ans plus tôt.

Il avait la nette impression que ce cousin cherchait à le provoquer et il ne lui ferait pas ce plaisir.

— J'ose espérer que ma venue ne vous cause pas trop grand dérangement, dit Kendrick en affichant un sourire mielleux. Je n'ai pu m'empêcher de remarquer qu'il y a eu beaucoup de changements ici, depuis ma dernière visite.

— Nous voulons être prêts en cas d'attaque, expliqua Fergus. Je présume que vous connaissez les Campbell.

— Vous présumez bien, répondit Kendrick en haussant les épaules. J'étais affairé au sud. J'ai appris la situation il y a quelques jours seulement.

— Et vous avez néanmoins décidé de faire le voyage jusqu'ici ? Votre père ne s'attend-il pas à ce que vous le rejoigniez au plus vite ?

— Je suis sûr qu'il gère parfaitement ses affaires sans moi. Qui plus est, Coira et moi sommes de vieux amis, ajouta-t-il d'un ton vaguement possesseur. J'ai pensé que je pourrais peut-être me rendre utile ici.

— Cela explique donc la petite armée que vous avez amenée avec vous. L'enceinte du château est pleine à ras bord.

— *Aye*, j'ai rassemblé quelques hommes sur ma route.

— C'est très prévenant de votre part, mais nous n'avons pas besoin de votre aide. Sans compter que nos provisions sont limitées.

— Vous me voyez ravi d'apprendre que vous vous débrouillez, dit Kendrick d'un air aussi accueillant que celui d'un putois pris dans un piège. Néanmoins, je m'apprêtais à vous demander la permission de rester quelques nuits. J'ai beaucoup voyagé, ces derniers jours, et un peu de repos serait appréciable. Cela me permettrait de passer quelques jours en compagnie de Gregor. Ce garçon a besoin d'une figure paternelle.

— Voici le vin, intervint Coira en se plaçant entre eux, visiblement soulagée à la vue du domestique qui approchait, un plateau sur les bras. Assoyons-nous, messieurs.

— Gregor dispose *déjà* d'une figure paternelle, rétorqua Fergus, bien campé sur ses jambes. Cela s'appelle un beau-père.

— Oh ! je vois, répondit Kendrick sans se défaire de son sourire faux. Mais je veux dire un homme de sa lignée. Après tout, il est autant MacWhinnie qu'il est Barron. Il ne refuserait donc pas l'hospitalité à un membre de son propre clan.

— Cela va de soi, acquiesça Coira avec finesse. Je suis sûre que nous pouvons nous permettre de vous accueillir pendant quelques jours. N'est-ce pas, Fergus ?

Fergus croisa les bras sur sa poitrine et les examina, l'un après l'autre. Étant donné leurs liens de sang, elle ne pouvait lui refuser cette courtoisie. Pourtant, il aurait aimé qu'elle essaie un tant soit peu.

— Si vous le souhaitez, Coira, grommela-t-il.

— Alors c'est décidé, déclara Kendrick sans même

tenter de dissimuler sa jubilation. Je suis impatient de vous aider dans vos travaux. Vous n'avez qu'à demander.

Fergus grinça des dents tandis que Kendrick prenait place à côté de son épouse. Coira, et ce fut tout à son honneur, se décala légèrement sur le côté, comme si une telle proximité la rendait mal à l'aise. Mais Fergus n'était pas pour autant prêt à chanter ses louanges. Cela lui ressemblait bien, d'être amie avec une copie conforme de Nevin, si tant était qu'il s'agissait bien de cela. Si elle essayait de le mettre en colère, alors elle avait choisi le meilleur moyen. Et dire qu'il commençait tout juste à s'adoucir à son égard ! Qu'il s'était même demandé s'il n'était pas partiellement en faute pour ce qui s'était passé six ans plus tôt. Quel idiot il faisait ! N'avait-il pas appris à ses dépens qu'elle n'était pas une femme de confiance ? Ne le lui avait-elle pas prouvé de la meilleure manière qui soit ?

Il s'empara d'une coupe de vin sur le plateau et but une grande gorgée. Sa vieille rancœur refaisait surface. Il était furieux, courroucé… jaloux ? Cette soudaine prise de conscience lui fit l'effet d'un coup de poignard dans l'estomac. Peut-être était-ce justement le rappel dont il avait besoin pour ne pas oublier que sa nouvelle épouse était incroyablement dangereuse. Malgré tous ses efforts, il courait le risque de développer à nouveau des sentiments pour elle, et de renier ses intentions initiales qui étaient de mettre les voiles, une fois la menace des Campbell éloignée. La jalousie l'aiderait certainement à garder la tête sur les épaules.

— Fergus ? Comment s'est passée votre sortie ? s'enquit Coira.

— Rien de particulier.

Il reposa brutalement sa coupe sur le plateau. Il ne pouvait peut-être pas se débarrasser de Kendrick MacWhinnie pour le moment, mais il ne resterait pas assis là à lui faire la conversation. Et il était hors de question que Coira se rende compte de ce qu'il ressentait.

— Maintenant, si vous voulez bien m'excuser, dit-il en se levant. Je vous laisse rattraper le temps perdu entre vieux amis.

Chapitre 12

Fergus se leva du siège qu'il occupait à la grande table sur l'estrade en ruminant intérieurement. Il fronçait si fort les sourcils qu'il en avait la migraine. À côté de lui, Coira rit doucement à une blague de Kendrick. Elle n'avait jamais autant ri avec lui, même si, il devait l'admettre, il n'était pas très versé dans les histoires drôles. Peut-être était-il temps que cela change. Le rire de Coira était agréable, comme une pluie tiède par un après-midi estival. Le fait qu'il soit adressé à un autre homme, en revanche, le mettait dans une colère sourde. Il dut se retenir pour ne pas envoyer son plateau valser contre le mur avant de sortir en trombe.

Sans prendre la peine de s'excuser, il quitta la table et remonta la salle à grands pas, dévala les marches du donjon et traversa la basse-cour jusqu'à ce que les bruits des conversations joyeuses ne lui parviennent plus. Devant lui, le rempart est nouvellement renforcé se dressait dans l'obscurité. La température était agréablement douce et la nuit lumineuse, éclairée par une demi-lune et un ciel étoilé.

— C'est une belle soirée, ne trouvez-vous pas ? lança Malcolm qui passait par là. Je viens de terminer ma promenade, j'espère que je ne vous dérange pas.

— Pas le moins du monde, répondit Fergus en l'invitant

à s'arrêter alors que le vieil homme s'apprêtait à continuer sa route. Pour tout vous dire, un peu de compagnie ne me ferait pas de mal.

— En ce cas, je me ferai un plaisir de rester.

— Vous avez quitté le dîner bien tôt, fit remarquer Fergus.

Malcolm émit un petit rire.

— L'un des avantages de la vieillesse, c'est que les gens acceptent n'importe quelle excuse que vous leur fournissez pour échapper à ce genre de rassemblement. Je peux prétendre être fatigué, irascible ou mal en point, personne ne bronche.

— Et quelle est la véritable raison de votre départ, ce soir ?

— Il s'agit de dégoût. Il est des choses dont je préfère ne pas être témoin. Le fait que Lady Coira doive supporter la compagnie de Kendrick MacWhinnie, par exemple.

Fergus soutint le regard entendu du vieil homme pendant plusieurs secondes avant de reporter son attention sur la basse-cour.

— Vous avez un bureau pour travailler, j'imagine ? Un endroit où nous pourrions discuter en privé ?

— *Aye*, près de la guérite. J'ai aussi du vin, si vous voulez vous joindre à moi.

Ils s'y rendirent en silence et refermèrent la porte derrière eux. Elle était épaisse et faite en bois de chêne, nota Fergus avec satisfaction, les protégeant des oreilles indiscrètes au cas où l'un des hommes de Kendrick aurait été tenté de les espionner.

Il accepta la coupe que lui tendait Malcolm et prit place en face de lui devant le feu de cheminée.

— Parlez-moi de Kendrick MacWhinnie. Vous ne semblez pas l'apprécier.

— En effet, répondit Malcolm sans l'ombre d'une hésitation. Il nous a souvent rendu visite, au fil des ans. Tous les trois ou quatre mois, environ. Depuis la mort de Nevin, c'est plutôt toutes les trois ou quatre semaines.

— Nevin et lui étaient-ils proches ?

— Cousins.

— Cousins proches ?

L'intendant réfléchit un moment.

— Cela en avait l'air.

Fergus arqua un sourcil.

— Mais vous n'y croyez pas, n'est-ce pas ?

— En effet.

Malcolm but une gorgée de vin, comme pour prendre le temps de décider de ce qu'il pouvait dire.

— Ils étaient assez proches au cours de leur enfance et de leur adolescence. Nevin et Kendrick avaient sensiblement le même âge et beaucoup de points communs, mais après le mariage de Nevin, même quand Kendrick s'est réconcilié avec Brody et qu'il a pu revenir au château, leur relation était devenue… différente. Cela ne sautait pas aux yeux, mais il y avait un petit quelque chose… Une impression. Surtout lorsque Lady Coira se trouvait dans la pièce. Et puis a eu lieu une terrible dispute, il y a un an de cela.

— Au sujet de quoi ?

— Je l'ignore, mais Nevin et Kendrick étaient seuls dans le cabinet, à ce moment-là. Tout ce que je sais, c'est que Kendrick est parti en claquant la porte et que Nevin a ruminé pendant des jours après son départ.

— Et que s'est-il passé ensuite ?

— Ils ne se sont pas parlé pendant près de cinq mois. Finalement, ils ont fait la paix et Kendrick s'est remis à nous rendre visite, mais son comportement m'a toujours semblé étrangement faux, comme si…

Il s'interrompit, les sourcils froncés.

— Comme si ?

— Peut-être est-il préférable que je me taise. Après tout, je n'ai aucune preuve.

— Alors parlez-moi de vos soupçons.

Malcolm porta une main à son visage et caressa sa grosse barbe d'un air pensif.

— Comme si son amitié n'était qu'un simulacre et qu'il prenait son mal en patience en attendant Dieu sait quoi. Et la manière dont il ne lâchait jamais Lady Cora des yeux… J'ai toujours trouvé cela dérangeant. Milady ne s'en est jamais aperçue, bien sûr.

— Pourquoi « bien sûr » ?

— Je crois que la façon dont Nevin la traitait ne lui donnait pas une très bonne image d'elle-même.

Fergus but une gorgée un peu trop rapidement et avala de travers. Il toussota, puis reprit :

— Que voulez-vous dire ? Comment se comportait-il ?

— Je ne pense pas que ce soit à moi d'en parler, répondit Malcolm d'un ton évasif en détournant les yeux.

Fergus s'adossa à sa chaise, pensif. Ce n'était pas la première fois que Malcolm faisait une telle allusion. Depuis que Nevin et Coira avaient convolé, Fergus s'était toujours imaginé qu'ils filaient le parfait amour. Mais était-ce vraiment le cas ? Finalement, il aurait peut-être dû obliger Euan à lui révéler ce que Coira avait déclaré au sujet du mariage. Il aurait certainement pu en soutirer quelque information importante. Maintenant qu'il y repensait, personne dans le village, ni même au château, n'avait évoqué Nevin en des termes élogieux. Rien que ce fait était déjà suffisamment éloquent.

— Très bien. Donc, Kendrick s'était réconcilié avec son cousin avant l'accident de ce dernier.

— Pas depuis très longtemps.

— Un mois ?

— À peine.

— Et que s'est-il passé exactement ? J'ai entendu dire que Nevin avait été tué lors d'une partie de chasse.

— *Aye*, par un sanglier. La bête lui a ouvert le flanc de ses défenses.

— Y avait-il d'autres personnes présentes à ce moment-là ?

— Plusieurs hommes participaient à la chasse, mais l'on m'a dit que tout s'est déroulé très vite.

— Avez-vous vu sa blessure ?

— *Aye*, mais cela ne veut pas dire que c'était la seule.

Le sous-entendu flotta dans l'air. Fergus prit une profonde inspiration.

— C'est une grave accusation, ce que vous laissez entendre là.

— J'en ai bien conscience.

— À quelle heure cet accident a-t-il eu lieu ?

— À la nuit tombante.

— Les accidents arrivent.

— D'autres choses aussi, ajouta Malcolm en baissant la voix malgré l'épaisseur de la porte. Et un autre avantage de mon vieil âge, c'est que j'en ai vu, des choses curieuses, au cours de ma vie.

Fergus hocha lentement la tête.

— Quelle a été l'attitude de Kendrick, après l'attaque ?

— Il était ouvertement bouleversé. Très convaincant. Il ne cessait de répéter qu'il aurait dû faire quelque chose pour sauver Nevin. Personne n'aurait soupçonné quoi que ce soit.

— Et il vient plus souvent au château depuis.

— *Aye*. Il prétend qu'il est de son devoir de s'occuper de Lady Coira et des petiots. Tout cela me paraît être une coïncidence un peu trop idéale.

Fergus fixa le contenu de sa coupe pendant un long moment, avant de la vider d'une traite et de se redresser sur son siège, les coudes sur les genoux.

— Parlez-moi franchement, Malcolm. Lorsque Kendrick se tient devant mon épouse, que voyez-vous ?

— Un homme qui désire quelque chose. Et je crois que nous avons tous les deux deviné de quoi il s'agit.

— *Aye*. C'est également ce que je vois.

Fergus tourna le regard vers le feu qui flambait dans la cheminée. Combien de temps allait-il laisser la ressemblance frappante entre Kendrick et son cousin avoir raison de son jugement ? Jusqu'où laisserait-il la jalousie l'aveugler ? D'un autre côté, il était clair qu'il n'était pas le seul homme à être en proie à une telle émotion. Kendrick avait été visiblement fâché d'apprendre que Coira s'était remariée. Il avait voulu prendre la place de Nevin dans son lit, cela ne faisait aucun doute, mais de là à être prêt à tuer…

— Cela n'a aucun sens, marmonna-t-il en serrant le poing. Si Kendrick la désirait à ce point, alors pourquoi ne pas avoir demandé sa main après la mort de Nevin ? Il aurait pu en parler à son père.

— Peut-être en avait-il l'intention, mais qu'il estimait qu'il était trop tôt, suggéra Malcolm d'un ton hésitant. Ou peut-être pensait-il que son père désapprouverait car, pour lors, elle n'aurait pas eu de deuxième dot.

— C'est possible, admit Fergus en reposant sa coupe avant de se relever. Quoi qu'il en soit, j'apprécie votre honnêteté.

Malcolm inclina la tête.

— Peut-être est-ce l'imagination débordante d'un vieil homme, mais j'estimais que vous aviez le droit de savoir. J'ai souvent songé à en parler à Lady Coira, mais elle ne semble pas entretenir le moindre soupçon à l'égard de Kendrick.

— Pour le moment, je préfère qu'il en soit ainsi.

— *Aye*, mais prenez garde. Si Kendrick avait effectivement quelque chose à voir avec l'accident de Nevin…

— Je pourrais être le prochain ? termina Fergus en s'esclaffant, presque amusé par cette idée.

Que Kendrick essaye ! Il se ferait un plaisir de riposter. Mais la priorité, c'était de discuter avec son épouse. Il s'approcha de la porte et s'arrêta, une main sur le loquet.

— Une dernière question. Pensez-vous que Lady Coira soit une femme de confiance ?

À son grand soulagement, mais également à son immense frustration, Malcolm n'hésita pas une seconde.

— Absolument. Je lui confierais ma vie.

— Ou étiez-vous parti ?

Assise sur le lit, Coira tenait Ailis dans ses bras lorsque Fergus pénétra dans leur chambre à coucher.

— J'avais envie de prendre l'air.

Il ôta son tartan et le plia. Sa colère s'était quelque peu amenuisée, mais un sentiment de rancœur et de jalousie perdurait néanmoins au fond de lui. Il avait été surpris de trouver Coira éveillée en entrant dans la pièce. Jusqu'à présent, ils mettaient tous les deux un point d'honneur à se coucher à des heures différentes et à s'endormir, ou du moins à faire semblant, avant l'arrivée de l'autre.

— Je n'ai pas estimé nécessaire de rester tenir compagnie

à Kendrick, poursuivit-il d'un ton de reproche. Vous vous en occupiez très bien vous-même.

— Si vous vous en étiez chargé, je n'aurais pas été contrainte de m'y atteler. Vous lui avez à peine adressé deux mots depuis qu'il a mis le pied dans ce château.

Fergus émit un petit grognement et retira sa tunique qu'il jeta sur le couvercle d'un coffre.

— Je ne me souviens pas l'avoir vu faire le moindre effort pour me parler non plus.

— Peut-être parce qu'il est clairement écrit sur votre visage que vous n'en avez pas envie, dit-elle en soupirant. Je vous assure que j'ignorais tout de sa venue. J'aurais préféré qu'il envoie un message pour me prévenir. Pour lors, j'aurais pu vous mettre au courant de la situation au préalable.

— Quelle situation ?

— Kendrick a été un ami fidèle, ces dernières années. Je ne pouvais pas lui refuser l'hospitalité.

— Un ami, répéta-t-il. Rien d'autre ?

— Évidemment ! s'exclama-t-elle en se redressant si brusquement qu'Ailis se mit à pleurer. Qu'est-ce que vous sous-entendez ?

Fergus soutint son regard pendant plusieurs secondes, le cœur battant, avant de s'asseoir au bord du lit. L'éclair d'indignation dans les yeux de son épouse était-il feint ? Elle paraissait sincère, mais elle le semblait toujours, non ? Depuis le début, d'ailleurs, et elle avait déjà prouvé être une comédienne hors pair. Et si sa réaction n'était que faux-semblant, une fois de plus ? Un simulacre d'innocence pour le mener en bateau au sujet de la véritable relation qu'elle entretenait avec Kendrick ? Au fond de lui, bien qu'il rechigne à l'admettre, il ne le pensait pas vraiment. Qu'avait dit Malcolm ? Que non seulement elle était une femme sur qui on pouvait compter, mais aussi qu'il lui aurait confié sa vie. Et le vieil homme vivait aux côtés de Coira depuis six ans. Flûte ! Chaque fois que Fergus croyait enfin comprendre sa femme, son esprit s'en trouvait encore plus confus.

— Rien, je n'aurais pas dû dire cela, répliqua-t-il en jetant un regard dans sa direction par-dessus son épaule.

— Non, en effet. J'aurais aimé que vous deveniez amis, tous les deux.

Fergus refoula un ricanement de mépris. Quoi que Kendrick devienne à l'avenir, ce ne serait certainement pas son ami. Il serra la mâchoire et désigna Ailis du menton.

— Que lui arrive-t-il, à la petite ?

— Je crois qu'elle fait ses dents. Voyez comme ses joues sont rouges, expliqua-t-elle en caressant la minuscule bouche de sa fille du bout des doigts. Elle n'a pas l'air de vouloir dormir, ce soir.

— Laissez-moi essayer, proposa Fergus en tendant les bras.

— Vous ? lâcha Coira en le fixant d'un air surpris pendant plusieurs secondes. Très bien, mais prenez garde, elle est plus lourde qu'elle n'en a l'air.

Elle se pencha vers lui et lui tendit le bébé. Fergus la prit dans ses bras et se leva pour la bercer.

— Elle est aussi légère qu'une plume. N'est-ce pas, ma belle ?

— Je crois qu'elle vous aime bien. Elle a déjà cessé de pleurer.

— *Aye.*

Il remarqua une étrange expression sur le visage de Coira, mélange de soulagement, de tendresse et d'émerveillement.

— Qu'y a-t-il ?

— Rien, répondit-elle en secouant légèrement la tête. C'est juste que je ne vous aurais jamais imaginé avec un bébé. Elle a l'air minuscule à côté de vous.

— Ce n'est pas la première fois que je tiens un enfant dans mes bras.

— Vraiment ? fit-elle d'un ton peu convaincu.

Fergus sourit, légèrement embarrassé.

— Elspeth. Ma sœur. Je n'étais qu'un gamin à l'époque, mais ce sont des choses que l'on n'oublie pas.

— De toute évidence, oui. Vous semblez naturellement doué pour vous occuper des enfants.

Coira lui adressa un grand sourire et s'allongea sur le flanc.

— Bon, puisque vous vous débrouillez parfaitement, je vous souhaite la bonne nuit.

— Quoi ?

— Je plaisante, dit-elle dans un rire en se redressant. Mais je vous avoue que ce n'est pas l'envie qui me manque.

— Je n'en doute pas, mais nous n'avons pas terminé notre discussion.

Son air joyeux s'effaça.

— Au sujet de Kendrick ?

— *Aye*. J'aimerais comprendre ce qu'il fait sous notre toit. Et ne me dites pas qu'il est venu pour nous présenter ses félicitations. Je ne suis pas idiot.

— Non, admit-elle en se redressant sur un coude. Il est là car il s'inquiétait pour moi. Il a entendu parler de notre mariage et voulait s'assurer que la rumeur était vraie. Visiblement, il semble penser que je vous ai épousé contre mon gré.

— C'est le cas.

— Nous étions tous les deux dans le même bateau.

— J'imagine que c'est pour cela que cette union n'a rien à voir avec les sentiments.

Coira grimaça.

— Ce n'est pas ce que je voulais dire, mais vous devez avouer qu'au début cette alliance n'avait rien d'un mariage d'amour.

Fergus haussa un sourcil en la dévisageant. *Au début.* Cela signifiait-il donc que la situation avait changé depuis ? Visiblement surprise par ses propres paroles, Coira toussota en fronçant les sourcils et reprit :

— Ce que j'essaie de vous dire, c'est que j'étais en train d'expliquer à Kendrick que, même si je n'ai pas eu le choix, je suis contente d'être mariée avec vous et qu'il n'a plus aucun souci à se faire pour moi ni pour les enfants. J'ai conscience qu'il s'est montré impoli avec vous, mais il a toujours été très gentil avec moi. C'est d'ailleurs le seul membre de la famille de feu mon premier mari à m'avoir témoigné une quelconque bienveillance.

— C'est-à-dire ?

Une ombre passa sur le visage de Coira.

— Nevin m'a épousée sans l'accord de Brody. Et vu tous les soucis que cela leur a causés, les MacWhinnie me reprochent de l'avoir poussé à le faire. Ce sont les mots exacts qu'ils ont employés. Ils s'imaginent que j'ai agi de manière sournoise pour le convaincre de convoler avec moi.

— Pourquoi n'en veulent-ils pas également à Nevin ?

— J'imagine qu'il est plus facile de faire porter le blâme sur une étrangère comme moi plutôt que sur un membre de sa propre famille. Ils m'ont toujours fait comprendre que j'avais jeté l'opprobre sur leur clan. Peut-être cela a-t-il rendu la réconciliation entre Brody et Nevin plus facile, qui sait ? Kendrick était le seul à ne pas partager cette opinion.

— Et Nevin ? Ne vous a-t-il pas défendue ?

Elle hésita un moment avant de répondre :

— Si.

Fergus tenta de déchiffrer sur son visage la raison de son hésitation.

— Malcolm dit que Kendrick s'est mis à vous rendre visite plus souvent depuis la mort de votre premier mari.

— C'est vrai. Il se sent coupable. Il était avec Nevin quand le sanglier l'a attaqué et il estime qu'il aurait pu faire quelque chose pour le sauver. Alors il a l'impression de m'être redevable, en quelque sorte. Lui et Nevin étaient comme des frères.

— Ce qui ne signifie pas qu'il vous considère comme une sœur, répliqua Fergus en la fixant d'un air entendu.

Coira ne cilla pas. Malcolm avait raison : elle n'avait pas le moindre soupçon au sujet de Kendrick.

— Il désapprouve notre union, n'est-ce pas ? reprit-il.

— Uniquement parce qu'il s'inquiète pour moi.

— Qu'a-t-il dit, exactement ?

Elle haussa les épaules, visiblement exaspérée.

— Que si je l'avais mis au courant, il aurait trouvé un moyen de persuader son père de renoncer à cette idée.

— Pour qu'il puisse vous épouser à ma place ?

— Quoi ? Non ! s'exclama-t-elle en écarquillant les yeux. Ne soyez pas absurde. Il n'a jamais rien affirmé de tel.

— Coira…, commença Fergus en baissant la voix. J'ai vu la façon dont il vous regarde. Croyez-moi, ce n'est pas ainsi que l'on observe une amie. Et encore moins une sœur.

— Vous vous faites des idées.

— Non.

— Si ! Kendrick ne me considérerait jamais ainsi. Aucun homme ne…

Elle s'interrompit et se mordit la lèvre. Ses joues prirent une teinte cramoisie.

— Aucun homme *quoi* ?

Elle soupira.

— Vous savez bien.

Fergus fit un pas en avant, les sourcils froncés.

— Non, vraiment. Je vous assure.

— Aucun homme ne me regarderait de la sorte, du moins plus maintenant.

— Pardon ?

Il baissa les yeux sur Ailis comme si le bébé pouvait lui expliquer ce que sa mère avait à l'esprit.

— Pourquoi diable pensez-vous une telle chose ?

— Regardez-moi ! dit-elle en repoussant les couvertures pour se relever, les bras grands ouverts. Regardez-moi bien !

— Et ?

— Je ressemble à une vieille dame !

Fergus ouvrit la bouche, sur le point de prononcer des paroles que l'on ne dit pas devant les enfants, puis la referma, trop choqué pour contredire Coira. Une semaine plus tôt, il aurait peut-être été d'accord avec elle, mais désormais… Désormais, il la voyait d'un autre œil. Il déglutit, incapable de détacher le regard de ses cuisses, là où sa chemise de nuit lui collait à la peau. Elle n'était pas particulièrement fine ni ferme, mais ses courbes étaient parfaites et le feu de cheminée dans son dos faisait ressortir ses longues jambes.

— Vous voyez ! s'exclama-t-elle de nouveau en prenant visiblement son silence pour un acquiescement à ses dires.

— Coira, commença-t-il, incertain quant à la manière de procéder. Vous ne ressemblez pas à une vieille dame.

— Je n'ai plus l'air d'une demoiselle.

— Euh… certes.

— Eh bien voilà !

— Mais tout ce que je vois, moi, c'est une belle femme.

— Belle ? répéta-t-elle dans un murmure rauque en écarquillant un peu plus les yeux.

— *Aye*. Vous l'avez toujours été. La première fois que je vous ai rencontrée…

Fergus s'interrompit et s'éclaircit la gorge. Pourquoi lui racontait-il tout cela ?

— La première fois que je vous ai rencontrée, reprit-il, incapable d'empêcher les mots de se déverser de ses lèvres, vous m'êtes apparue comme la femme la plus magnifique qu'il m'ait été donné de voir. J'avais du mal à imaginer que vous alliez être mon épouse.

— Mais c'était il y a six ans. J'ai eu deux enfants, depuis.

— Cela ne veut pas dire que votre beauté s'est envolée.

— Ah bon ?

Elle le dévisagea, bouche bée, comme s'il venait de lui annoncer qu'elle était devenue reine.

— Ce que j'essaye de vous dire, Coira, c'est que Kendrick ne vous considère ni comme une amie ni comme une sœur.

— Quoi ? fit-elle en battant des cils, perplexe. J'en doute fortement. Je l'aurais remarqué.

Fergus leva les yeux au ciel. Il fut tenté de lui expliquer qu'avec une si maigre confiance en soi elle n'aurait probablement rien vu, même si Kendrick s'était mis à saliver devant elle. Personne ne lui avait-il donc jamais dit qu'elle était belle ? Nevin ne s'était-il jamais laissé aller à ce genre de compliment, de temps à autre ?

— Réfléchissez-y, Coira…

Il soupira avant de désigner Ailis, désormais endormie dans ses bras, d'un geste du menton.

— Elle a l'air de s'être calmée.

— *Aye*. Elle sourit presque dans son sommeil.

Coira le fixa intensément pendant une fraction de seconde, puis lui prit le bébé des bras.

— J'ai mis son berceau à côté de notre lit cette nuit pour pouvoir m'occuper d'elle si elle m'appelle. J'espère que cela ne vous dérange pas.

— Pas du tout. Et vous n'êtes pas obligée de me demander la permission.

— Peut-être mais j'ai pensé que… Merci.

Fergus grimpa sur le matelas et regarda Coira border Ailis, légèrement perturbé par l'opinion si peu flatteuse qu'elle semblait avoir d'elle-même. Sans parler du fait qu'elle avait cru qu'il s'opposerait à ce qu'elle fasse dormir sa fille dans la même pièce qu'eux. La petite faisait ses dents ! Quel genre d'homme refuserait une telle requête ? Et surtout, quel genre d'époux Nevin avait-il été ?

— Fergus, reprit-elle quand elle vint se glisser sous les couvertures à côté de lui. Le pensez-vous vraiment ? Ce que vous venez de dire, j'entends ?

— *Aye*, fit-il en pliant un bras derrière la tête, les yeux rivés au plafond. Je ne suis peut-être pas très loquace, mais je pense toujours ce que je dis.

— Dans ce cas, je vous remercie et… si je puis me permettre, je vous ai aussi trouvé très beau, la première fois que j'ai posé les yeux sur vous.

Il tourna la tête vers elle.

— N'aviez-vous pas affirmé que j'avais l'air trop austère ?

— Cela ne vous empêchait pas d'être agréable à regarder. Cela dit, je crois que je vous préfère maintenant.

Elle le dévisagea avec une extrême attention.

— Surtout lorsque vous cessez de froncer les sourcils, ajouta-t-elle. Alors, vous êtes vraiment bel homme.

Leurs yeux se rencontrèrent, et Fergus se repositionna sur la couche, mal à l'aise.

— Je vous propose un marché. Je ferai attention à mes manières envers Kendrick si vous me promettez d'être prudente en sa compagnie.

— Prudente ? répéta-t-elle d'un air inquiet. Pourquoi devrais-je me montrer prudente ?

— Je l'ignore encore. Peut-être que je m'alarme pour rien mais, juste au cas où, restez sur vos gardes.

— Entendu, je ferai attention, mais je pense vraiment que ce n'est pas nécessaire.

— Faites-moi plaisir.

Il tendit une main vers elle sans réfléchir et lui caressa la joue. Sa peau était chaude et veloutée.

— Dormez bien, Coira.

Il l'entendit prendre une petite inspiration sous l'effet de la surprise.

— Vous aussi, Fergus.

Chapitre 13

— Prends garde à ne pas serrer la plume trop fermement. Va doucement et recopie les formes que j'ai tracées. C'est cela. Parfait.

« Tout ce que je vois, c'est une belle femme. »

Coira se pencha par-dessus l'épaule de Gregor et tenta de reporter son attention sur la leçon qui occupait son fils, mais il était difficile de se concentrer sur les lettres que ce dernier était en train d'écrire quand les mots que Fergus avait prononcés la veille ne cessaient de résonner dans son esprit. Nevin ne l'avait complimentée sur son apparence qu'une seule fois en six ans, la nuit où ils s'étaient enfuis du château Sween. Et c'était uniquement parce qu'il voulait l'épouser ; il ne le pensait pas vraiment. Fergus, en revanche, était un homme qui pensait toujours ce qu'il disait. Du moins, c'était ce qu'il affirmait. Et il avait prononcé ces paroles avec Ailis dans les bras. Coira frémit. Ce souvenir réchauffait tellement son cœur qu'il lui était impossible de se concentrer sur la leçon de Gregor.

Elle se mordit la lèvre en se rappelant le contact si tendre de la paume de Fergus contre sa joue. Il avait les mains calleuses mais ses doigts avaient été infiniment doux, tellement qu'elle en avait eu des papillons dans le ventre. Le sommeil avait tardé à venir après cela, tant son corps était tendu et tourmenté, en proie à un mélange d'émotions enivrantes.

Elle s'était réveillée seule et s'était postée devant la fenêtre de la chambre en attendant que Fergus quitte le château accompagné des éclaireurs. Quand elle l'avait enfin lâché des yeux alors qu'il disparaissait à l'horizon, son pouls battait bien trop fort et bien trop vite pour une femme qui n'avait pas fait plus d'effort que celui de se tenir debout devant une fenêtre. Rien qu'en y repensant, elle sentait son cœur se remettre à battre la chamade.

— Ah, vous voilà !

La voix de Kendrick dans son dos la fit sursauter.

— Je commençais à croire que vous m'évitiez, dit-il.

— Quelle idée ! répondit-elle en adressant un sourire forcé à leur invité.

Pour tout dire, elle l'avait effectivement évité toute la matinée. Ses manières surprotectrices commençaient à l'agacer. Elle avait beau lui répéter qu'il n'y avait pas lieu de s'inquiéter et qu'elle était satisfaite de sa situation conjugale, il refusait de la croire et se contentait de secouer la tête tout en la dévisageant d'un air triste, comme s'il s'imaginait qu'elle s'efforçait de faire bonne figure. Cette attitude lui mettait les nerfs à vif. Se pouvait-il qu'il y ait une once de vérité dans les soupçons de Fergus ?

Tout était tellement confus. Si Fergus avait raison et que Kendrick éprouvait réellement des sentiments pour elle, alors ce dernier devait se maudire intérieurement de ne pas lui avoir déclaré sa flamme plus tôt. Se remarier n'avait jamais été une priorité pour elle mais, dans le cas contraire, Kendrick aurait été exactement le genre d'homme qu'elle aurait imaginé vouloir prendre pour époux. Et contrairement à Fergus, Kendrick était déjà ami avec elle. Pourtant, s'unir à ce dernier plutôt qu'à Fergus lui paraissait instinctivement être une très mauvaise idée. Si on lui avait donné le choix, alors elle n'aurait pas hésité une seule seconde, ce qui était d'autant plus perturbant.

— Comment se porte mon petit cousin préféré ? demanda Kendrick en se penchant pour laisser Gregor grimper sur son dos. Et si nous allions faire un tour à cheval, tous les trois ?

— Pas ce matin, s'empressa-t-elle de répondre en se souvenant de sa promesse faite à Fergus. Nous avons une leçon à terminer.

Gregor se mit à geindre.

— Ne peut-on pas finir plus tard, maman ? Je veux sortir.

— Ton éducation est plus importante qu'une promenade.

— Ta mère a raison, dit Kendrick en le faisant redescendre à terre avant de lui ébouriffer les cheveux. Mais c'est bien dommage. J'aurais aimé que nous passions un peu de temps ensemble, avant mon départ.

Et, ce disant, il lui lança un regard empreint de reproche.

— Vous partez déjà ? s'enquit-elle en essayant de ne pas avoir l'air trop ravie à cette idée.

— Malheureusement, oui. J'avais prévu de rester quelques jours, mais j'ai bien peur d'être en train d'abuser de votre hospitalité. J'ai comme l'impression que votre mari n'apprécie guère ma visite.

— Il a simplement beaucoup de soucis en tête, entre la menace des Campbell et le reste. Je suis certaine que si vous appreniez à vous connaître…

Elle ne termina pas sa phrase, consciente du manque de conviction dans sa propre voix.

— Peut-être, concéda Kendrick en se frottant le menton d'un air pensif. Je peux comprendre que ma présence ici lui soit indésirable, mais je voulais simplement m'assurer que vous et Gregor vous portiez bien.

— Et Ailis, lui rappela-t-elle.

Tout comme son père, Kendrick avait cette fâcheuse tendance à oublier l'existence de sa fille.

— Bien sûr. Vous m'êtes tous très chers, vous le savez.

— Oui…

Coira sourit en ressentant soudain une pointe de culpabilité pour avoir douté ne serait-ce qu'un instant des motivations de Kendrick.

Il était le seul à les avoir jamais chéris, Gregor et elle. Personne d'autre ne leur rendait visite ni ne prenait de ses nouvelles. Et voilà qu'elle se réjouissait presque de son départ ! Quelle ingrate ! C'était terriblement mesquin de sa part, d'autant plus que Kendrick n'avait jamais laissé transparaître la moindre intention galante à son égard. Fergus exagérait. Elle lui parlerait ce soir et lui ferait comprendre que ses soupçons étaient infondés.

— Merci d'être passé, Kendrick. Cela m'a fait plaisir, même si l'atmosphère était parfois un peu tendue. Vous m'en voyez désolée.

— Alors pourquoi ne pas venir vous promener avec moi pour me le prouver ? suggéra-t-il avec un grand sourire en lui enserrant les poignets de ses doigts. N'avez-vous point une heure de votre temps à me consacrer avant que je m'en aille ? Une seule ?

— Euh…

Coira jeta un coup d'œil par la fenêtre tout en haut du mur de la grande salle. Les volets ouverts laissaient passer les rayons dorés du soleil, annonçant une autre journée magnifique, parfaite pour monter à cheval. Cela aurait été dommage de ne pas en profiter. Après tout, que risquait-elle ? Il n'y avait pas vraiment de réel danger et ce n'était pas comme si elle ne se montrerait pas prudente. Les doigts de Kendrick un peu trop serrés autour de ses poignets, tels des étaux de fer, étaient certainement le fruit de son imagination débordante. Et puis, ce n'était pas la faute de Kendrick si son grand sourire lui rappelait tellement Nevin. Cette prise de conscience déclencha en elle un frisson d'avertissement incongru qui lui remonta le long de l'échine.

— Très bien, mais juste un petit tour, concéda-t-elle.

— Fergus !

Euan traversa la basse-cour en courant dès que Fergus eut mis pied à terre.

— Qu'y a-t-il ? demanda Fergus en se tournant vers le donjon à la recherche d'un signe de danger.

Il n'en vit aucun ; tout paraissait se trouver dans le même état que lorsqu'il était parti, quelques heures plus tôt.

— C'est Lady Coira, répondit Euan d'une voix tendue. Elle et Gregor sont sortis faire un tour à cheval avec Kendrick MacWhinnie.

— Quoi ?

Fergus eut soudain l'impression que l'air avait quitté ses poumons ou que l'on venait de lui verser un seau d'eau glacée sur la tête. S'était-elle enfuie ? *Non.* Il chassa cette idée de son esprit aussi rapidement qu'elle y était apparue. Un bref coup d'œil alentour lui apprit que Kendrick avait laissé la majorité de ses gardes sur place. Il reviendrait donc les chercher. Non pas que cette perspective soit une grande consolation. Même si Coira n'était pas partie, elle avait quand même ignoré sa mise en garde et était sortie à cheval en compagnie d'un homme qui, si les soupçons de Malcolm étaient fondés, était capable de bien pire que de faire preuve d'un caractère de cochon. Toutefois, la peur qu'il éprouvait pour la sécurité de Coira l'emportait sur sa jalousie.

— J'ai essayé de l'en dissuader, mais elle m'a dit de ne pas m'inquiéter et a affirmé qu'elle ne serait pas longue, expliqua Euan.

— Pourquoi ne l'avez-vous pas escortée ?

— J'ai tenté de m'inviter, mais Kendrick MacWhinnie m'a congédié, se justifia le jeune homme. Il a pris quelques-uns de ses gardes avec lui, suffisamment pour les défendre en cas de problème. Je n'ai pas pu le contredire.

Fergus poussa un juron, puis posa une main sur l'épaule d'Euan en grimaçant. Le pauvre n'avait rien à se reprocher.

— Depuis combien de temps sont-ils partis ?

— Près d'une heure, j'imagine qu'elle devrait bientôt rentrer.

— *Aye*, normalement.

Fergus se mit à grimper les marches du donjon, mais il s'arrêta à mi-chemin et se retourna.

— L'autre jour, lorsque je vous ai surpris, Grizel et vous, dans l'armurerie, qu'étiez-vous sur le point de me dire ?

— Dans l'armurerie ? répéta Euan d'un air confus. Je ne me souviens pas.

— Vous affirmiez que Lady Coira s'opposerait à votre mariage. Pourquoi ?

— Oh.

Euan jeta un regard par-dessus son épaule, visiblement mal à l'aise, comme si Grizel allait apparaître derrière lui pour le réprimander.

— À cause de certaines paroles que Lady Coira a prononcées par le passé.

— C'est-à-dire ?

— Que l'amour, c'est pour les imbéciles et que le

mariage est une prison. En tout cas, c'est ce que Grizel m'a rapporté. C'était avant votre arrivée. Voilà pourquoi nous ne pouvons pas lui demander l'autorisation de nous unir, du moins pas pour le moment. Grizel a peur que Lady Coira ne tente de l'en dissuader.

— Craint-elle de se laisser convaincre ?

— Non, elle veut simplement éviter de se disputer avec milady, répondit Euan en baissant la voix. Elle dit que Lady Coira n'a pas eu une vie facile et qu'elle rechigne à parler de ce genre de chose. Mais Grizel a bon espoir ; depuis que vous êtes parmi nous, Lady Coira semble plus joyeuse. Il n'est pas impossible qu'elle change d'avis.

— Je vois. Merci.

Fergus fronça les sourcils et poursuivit son chemin jusqu'en haut de l'escalier, gravissant les marches deux par deux. Bien que rassuré par le fait que son épouse *paraisse* plus heureuse depuis son arrivée – un changement hypothétique à ce stade, sur lequel Euan n'avait exprimé aucune certitude – il y avait visiblement d'autres sujets que Fergus allait devoir aborder avec elle. Des sujets qu'il ne pouvait plus ignorer ni reporter. Il fallait qu'il lui parle sans plus attendre.

Il plissa les yeux et balaya l'horizon du regard. Où diable pouvait-elle bien être ?

— Il grandit vite. C'est un petit homme, maintenant. Nevin aurait été fier, dit Kendrick en désignant Gregor qui chevauchait devant eux.

Il décala sa monture sur le côté pour se rapprocher d'elle, et elle sentit sa jambe contre la sienne.

— *Aye*, je n'en doute pas.

Coira serra les genoux contre les flancs de sa jument pour

s'écarter légèrement. La première moitié de leur promenade avait été agréable, suffisamment pour confirmer qu'elle avait raison depuis le début et que Fergus faisait fausse route au sujet de Kendrick. Mais à présent qu'ils étaient hors de vue du château, elle commençait à éprouver un léger malaise. L'atmosphère était lourde, tendue, et elle se sentait de plus en plus vulnérable en compagnie de Kendrick, ce qui était particulièrement désagréable et contraire à ses habitudes. Elle regrettait de ne pas avoir insisté pour demander à quelques-uns de ses propres gardes de les accompagner. Kendrick avait ri à cette suggestion en affirmant que ses hommes suffiraient largement. Elle n'aurait pas pu le contredire sans risquer de l'offenser. Voilà qu'elle en était réduite à scruter l'horizon dans l'espoir de voir apparaître Fergus et ses éclaireurs.

— Malgré ses défauts, Nevin était un bon père, poursuivit Kendrick.

Coira tourna brusquement la tête vers lui.

— Que voulez-vous dire ?

— Je crois que vous le savez parfaitement, Coira. En tant qu'époux je crains qu'il n'ait eu beaucoup à se reprocher.

Elle déglutit non sans peine sous le regard intense de Kendrick et jeta un coup d'œil nerveux par-dessus son épaule pour s'assurer que les gardes étaient suffisamment loin pour ne pas entendre leur conversation. Kendrick avait été témoin de la manière insultante dont Nevin l'avait traitée, mais elle ne s'était jamais plainte auprès de lui et ils n'en avaient jamais discuté ouvertement non plus. Elle croyait le sujet tabou.

— C'est du passé, maintenant.

— C'est aussi ce que je pensais, pourtant je vous retrouve de nouveau dans la même situation, ajouta Kendrick en secouant la tête d'un air sombre. Mon cousin me manque mais, à présent qu'il nous a quittés, j'aurais cru que vous seriez enfin libre.

— Je ne pense pas que…

— Je sais bien que vous ne me direz jamais la vérité au sujet de MacMillan, l'interrompit-il. Vous n'avez jamais évoqué Nevin non plus, ce qui est bien dommage. J'aurais aimé que vous vous confiiez à moi, Coira. Vous pouvez me faire confiance. Si MacMillan vous maltraite, alors…

— Il ne fait rien de la sorte ! s'exclama-t-elle, outrée par cette suggestion. Et je vous dis la vérité ! Je n'ai peut-être jamais rien dit à propos de Nevin, mais je ne l'ai pas défendu non plus. Fergus se comporte de manière on ne peut plus honorable envers moi. Je vous le répète, je suis contente de ma situation. Cela m'attriste que vous doutiez de mes paroles.

Kendrick poussa un profond soupir.

— Vous êtes trop bonne, Coira. Mais sachez qu'il existe des solutions, si vous avez envie de vous libérer de ce carcan qui est le vôtre.

Coira frissonna d'effroi et sentit son estomac se nouer.

— Qu'entendez-vous par là ? Quel genre de solution ?

— Premièrement, un mariage peut être annulé s'il n'a pas été consommé.

Il leva un bras pour indiquer à ses hommes derrière eux de s'arrêter, puis tendit la main vers elle et s'empara des rênes de sa jument.

— Est-ce le cas ?

— Kendrick, voyons ! s'exclama-t-elle, choquée.

— Alors ?

— Je ne répondrai pas à cette question ! dit-elle en tentant de lui reprendre les rênes, mais sa poigne était bien trop forte. Lâchez mon cheval !

— Pas tant que vous ne m'aurez pas dit la vérité. J'ai besoin de savoir, Coira.

— Pourquoi ? Qu'est-ce que cela peut bien vous faire ?

— N'avez-vous donc pas deviné, depuis le temps ? Vous n'êtes pas aveugle, tout de même.

Kendrick plissa les yeux et la dévisagea comme un faucon aurait scruté sa proie.

— Je vous aime, Coira. Je vous aime depuis le premier jour où mes yeux se sont posés sur vous. Plus que Nevin ne vous a jamais aimée. La manière dont il vous traitait m'a rendu fou. Je l'ai détesté. Tellement que…

Il s'interrompit au milieu de sa phrase et détourna la tête pendant un long moment, avant de pivoter de nouveau vers elle.

— Il ne vous méritait pas.

— Je ne comprends pas. Qu'essayez-vous de me dire ?

Elle secoua la tête, mi-horrifiée, mi-stupéfaite. Malgré la mise en garde de Fergus, elle avait du mal à croire que Kendrick puisse la considérer de la sorte.

— Vous ne m'avez jamais rien dit de tel avant aujourd'hui. Je croyais que nous étions amis.

— Nous l'étions. Et nous le sommes toujours, répliqua-t-il en se penchant vers elle, le souffle lourd. Vous étiez trop indulgente et trop fidèle pour comprendre mes sentiments du temps où vous étiez mariée à Nevin, mais une occasion se présente désormais à nous, Coira. Si votre union peut être annulée, alors dites-le-moi. Nous pourrions être ensemble. J'irai voir mon père et…

— Je ne peux pas ! lança-t-elle pour couper court à la conversation.

Elle releva le menton en espérant qu'il ne lirait pas le mensonge dans ses yeux. Les mots qui se déversaient de la bouche de Kendrick étaient difficiles à croire. Et pas uniquement ses mots. Son attitude tout entière était inquiétante. Une étincelle un peu trop sauvage brillait dans ses pupilles, comme s'il n'était plus totalement maître de ses émotions.

— Je suis mariée dans tous les sens du terme, déclara-t-elle. Alors nul besoin de parler d'annulation, quel que soit ce que vous pouvez ressentir pour moi.

— Ce que je peux ressentir ? répéta-t-il d'une voix dure. Vous croyez qu'il s'agit d'une toquade ? Vous me pensez incapable d'aimer ?

— Ce n'est pas ce que j'ai...

— Je ne vous ferai jamais rien, Coira. Jamais. Venez avec moi. Enfuyons-nous.

— Pardon ?

— Enfuyons-nous. Vous l'avez déjà fait. Refaites-le.

— Non ! Je n'étais pas encore mariée pour lors. Je n'avais pas d'enfants. Et quand bien même, je...

— Maman !

Coira tourna brusquement la tête, le cœur battant, au bord de la panique. Gregor s'approchait d'eux tout sourire en trottinant sur son poney.

— Qu'y a-t-il, mon chéri ? demanda-t-elle en s'efforçant de rester naturelle.

Elle laissa échapper une expiration qu'elle ignorait avoir retenue quand Kendrick lâcha enfin ses rênes.

— Regardez ! Un pygargue à queue blanche !

— Oh ! Vraiment ?

Elle leva les yeux au ciel, soulagée d'apercevoir le majestueux rapace aux grandes ailes brunes planer au-dessus de leur tête.

— Il est magnifique !

— Pouvons-nous le suivre ? demanda Gregor.

— Pas aujourd'hui, répondit-elle. Il est temps de rentrer. Nous avons une leçon à terminer.

Elle tira sur les rênes et fit faire volte-face à sa monture pour reprendre la direction du château, en priant intérieurement pour que Kendrick n'y voie aucune objection. S'il décidait de s'y opposer, elle n'était pas en position de l'affronter.

Les secondes s'étirèrent à l'infini, puis il finit par hocher la tête.

— *Aye*, rentrons.

— Les voilà !

Euan pointa l'horizon du doigt. Ce n'était pas nécessaire ; Fergus avait déjà aperçu Coira. Elle chevauchait à côté de Kendrick, derrière Gregor qui ouvrait la marche. Soulagé, il laissa échapper une petite expiration tremblante. Son inquiétude se mua alors en colère. Il lui avait demandé de se montrer prudente et elle était partie faire un tour avec l'homme contre lequel il l'avait mise en garde ! Ils allaient devoir avoir une sérieuse discussion.

Il s'efforça de rester immobile, patientant jusqu'à ce que le petit groupe ait atteint les portes de l'enceinte du château avant de descendre de la guérite pour venir les accueillir, les jambes écartées, les talons fermement plantés dans le sol et les bras croisés.

— MacMillan, le salua Kendrick d'un ton encore plus ouvertement agressif qu'auparavant. N'avez-vous donc rien de mieux à faire que le pied de grue devant chez vous ?

Fergus l'ignora. Un unique coup d'œil à Coira avait suffi à faire retomber toute sa colère. Elle avait le teint cendreux et ses traits étaient tendus, comme si quelque chose l'avait choquée ou contrariée, mais ce fut son regard perçant qui l'arrêta. Elle semblait l'implorer de ne pas riposter. Et, à sa grande surprise, il décida d'obtempérer. Pour le moment.

— Nous avons aperçu un huard ! s'exclama Gregor en sautant de son poney pour se précipiter vers lui. Il était énorme, on aurait dit un dragon !

— En ce cas, je suis soulagé qu'il n'ait pas craché du feu sur ta mère et toi. J'en conclus que vous avez fait un grand tour.

— Jusqu'au bout de la vallée, pas plus loin, répondit doucement Coira en descendant de sa monture. Kendrick voulait nous dire au revoir.

— Il s'en va ? demanda Fergus sans prendre la peine de s'adresser à l'intéressé.

— *Aye*, mais je reviendrai vous rendre visite prochainement, ajouta Kendrick en posant un regard indéchiffrable sur Coira. Nous n'avons pas terminé notre conversation.

— Je pense au contraire que nous en avons tous les deux dit assez, rétorqua-t-elle en lui adressant un sourire pincé. J'apprécie que vous soyez venu prendre de nos nouvelles, Kendrick, mais comme je vous l'expliquais, il n'y a plus lieu de vous inquiéter à notre sujet.

À la grande surprise de Fergus, Coira vint se placer à côté de lui et glissa une main dans le creux de son coude.

— Alors nul besoin de revenir. Je vous souhaite un bon voyage.

Un long silence sinistre flotta dans l'air, puis Kendrick inclina la tête, fit signe au reste de ses hommes de le suivre et sortit de l'enceinte du château sans un mot.

Fergus se tourna vers Coira.

— Que se… ?

Sans le laisser finir, elle se tourna vers Gregor.

— Tu ferais mieux d'aller retrouver Blacky. Elle a dû s'ennuyer de toi.

Comme si la chienne avait entendu ses paroles, elle émergea soudain du donjon et trottina joyeusement vers son jeune maître.

— Blacky ! s'exclama le garçon en se précipitant vers elle.

— Nous ne pouvons pas parler ici, murmura Coira à l'intention de Fergus en faisant quelques pas vers la guérite. Venez à l'intérieur.

Fergus s'exécuta en décochant un regard si entendu aux gardes qu'ils décampèrent précipitamment telle une nuée d'oiseaux effarouchés. Derrière lui, les hommes de Kendrick pliaient bagages, se préparant à suivre leur seigneur. De toute évidence, le départ précipité de ce dernier avait surpris tout le monde.

— Je n'aurais pas dû sortir, déclara Coira en se tournant vers lui dès qu'il eut refermé la porte. Et avant que vous ne disiez quoi que ce soit, j'en ai parfaitement conscience désormais et j'en suis désolée. Kendrick venait de m'annoncer qu'il s'en allait et j'ai pensé qu'il serait grossier de refuser de faire une petite promenade avec lui avant qu'il ne prenne congé. Je croyais que vous aviez tort au sujet de ses sentiments et de ses intentions envers moi, mais à présent…

— Qu'a-t-il fait ? A-t-il levé la main sur vous ? s'enquit Fergus en s'approchant d'elle en deux grandes enjambées.

— Non, répondit-elle, légèrement surprise par la vitesse et la force de sa réaction. Il ne m'a pas touchée. Il a juste… parlé.

— Qu'a-t-il dit ?

Elle hésita, puis croisa les bras sur sa poitrine, comme pour réprimer un frisson à ce souvenir.

— Il m'a demandé s'il était possible d'obtenir l'annulation de notre mariage.

— L'annulation ? répéta Fergus entre ses dents. Pour pouvoir vous épouser à la place ?

— Il ne l'a pas dit clairement, mais je crois que c'est de cela qu'il s'agit, oui.

Fergus détourna le regard, les mains serrées sur le dossier de la chaise en bois devant lui.

— Ne vous inquiétez pas. Je lui ai dit qu'il était trop tard, que nous avions déjà consommé cette union.

— Et il vous a crue ?

— Bien sûr. Pourquoi ne m'aurait-il pas crue ?

Fergus grommela dans sa barbe, rechignant à admettre que son comportement envers son épouse ne semblait en rien suggérer que leur union était scellée. Quant à Coira… En posant la main dans le creux de son coude, un peu plus tôt, elle le touchait pour la première fois volontairement depuis le soir où elle avait soigné son bleu à la joue. Parfois, lorsqu'il y repensait, il avait l'impression de sentir encore la chaleur de sa paume le long de sa mâchoire.

— A-t-il dit autre chose ?

— Qu'il m'aimait, et ce depuis des années.

Elle prit une petite inspiration incertaine, puis poursuivit :

— Je n'arrive toujours pas à y croire. Je pensais honnêtement que vous vous faisiez des idées, mais, lorsqu'il m'a demandé de m'enfuir avec lui, j'ai…

— Il a fait *quoi* ?

Fergus relâcha promptement le dossier de la chaise qui venait d'émettre un craquement inquiétant.

— Il m'a demandé de m'enfuir avec lui, répéta-t-elle en grimaçant pendant que Fergus s'efforçait de ne pas laisser échapper le chapelet de jurons qu'il avait au bord des lèvres. J'ai refusé, bien sûr.

— Pourquoi ?

— Pourquoi ? fit-elle, surprise par la question. Parce que je suis déjà mariée avec vous, pardi ! Sans compter que j'ai deux enfants sous ma responsabilité.

— Donc, si vous ne m'aviez pas épousé et que Gregor et Ailis n'étaient jamais nés, vous auriez accepté ? cracha-t-il d'un ton amer. Vous l'auriez préféré à moi ?

— Non, répondit-elle d'un ton catégorique.

Fergus arqua un sourcil.

— Le lui avez-vous dit ?

Elle baissa les yeux au sol et, quand elle reprit la parole, sa voix n'était plus aussi tranchée.

— Je m'apprêtais à le faire quand Gregor nous a interrompus et l'occasion ne s'est plus représentée, mais je lui ai dit que j'étais contente de ma situation.

Fergus serra les dents.

— Je vois.

Contente de sa situation. Pas un mot au sujet des sentiments qu'elle éprouvait à son égard ni sur le fait qu'elle aurait fait porter son choix sur lui, si elle en avait eu l'occasion. Simplement « contente ».

— Et il a cessé ses poursuites ?

— *Aye*. Je lui ai demandé de ne plus s'exprimer ainsi. Je crois qu'il a compris.

Elle paraissait sincère, mais une expression apeurée passa brièvement sur son visage.

— Permettez-moi d'en douter, dit Fergus. Il a déclaré que vous n'aviez pas terminé votre conversation.

— Mais je lui ai répondu que, pour ma part, elle l'était !

— Tous les hommes n'abandonnent pas aussi facilement.

Elle poussa un soupir de découragement et se laissa choir sur la chaise que Fergus avait failli casser.

— Vous avez raison. J'ai eu l'impression qu'il ne croyait

pas un mot de ce que je racontais. Quel désastre ! Comment les choses ont-elles pu en arriver là ? Je vous jure que je ne lui ai jamais donné le moindre signe d'encouragement. Et si je l'ai fait, c'était parfaitement involontaire. Je pensais qu'il avait simplement pitié de moi et que nous étions amis, un point c'est tout. Il s'est montré prévenant envers moi à un moment de ma vie où j'avais bien besoin d'un peu de gentillesse.

Fergus fronça les sourcils. Devait-il faire part à Coira des soupçons que Malcolm entretenait au sujet du rôle que Kendrick avait peut-être joué dans la mort de son premier mari ? Il décida de se taire. Il ne s'agissait que de suppositions, rien de plus, et Coira avait déjà été suffisamment choquée pour la matinée. Nul besoin d'en rajouter. Et puis, elle venait de dire quelque chose qui l'intéressait bien davantage. Une phrase qui confirmait d'autres hypothèses qui prenaient progressivement forme dans son esprit à mesure que les jours passaient.

— Pourquoi aurait-il eu pitié de vous ? s'enquit-il en venant s'accroupir près de son épouse. Que vous est-il arrivé, Coira ? Pourquoi aviez-vous besoin de gentillesse dans votre vie ?

— Vous le savez très bien, répondit-elle, les yeux rivés sur ses mains croisées sur son giron. Je l'entends dans votre voix. Vous avez parlé à Malcolm de mon premier mariage, n'est-ce pas ?

— Très succinctement. Il dit que ce n'était pas à lui de m'apprendre certaines choses. Personne ici ne semble désireux d'aborder le sujet de Nevin.

— Je ne suis pas étonnée. Il n'était pas un seigneur très agréable et ne traitait pas les gens avec le respect qui leur est dû.

Elle entrelaça ses doigts en déglutissant avec peine.

— Mais vous avez déjà deviné la vérité, n'est-ce pas ?

— J'ai bien une idée mais je veux l'entendre de votre bouche.

Elle releva enfin la tête, une expression bouleversée sur le visage.

— J'avais grand besoin de gentillesse parce que Nevin me haïssait.

Chapitre 14

Coira ferma les yeux très fort et essaya de calmer sa respiration, une tentative futile tant son cœur s'emballait tel un limier lancé à la poursuite d'un lièvre. Ses poumons semblaient soudain faits d'acier, incapables d'inspirer ou d'expirer la moindre bouffée d'air. Rien que de penser à la manière dont Nevin l'avait traitée, elle sentait les murs de son premier mariage se refermer autour d'elle, écrasant son cœur et son esprit dans un étau de pierre glacé, comme ils l'avaient fait pendant plus de cinq misérables années.

Un lourd silence régna dans la pièce, puis Fergus s'empara d'une autre chaise et s'assit en face d'elle, si près que leurs genoux se touchaient presque.

— Je ne comprends pas. Je pensais que vous et Nevin aviez fait un mariage d'amour. C'est ce que l'on m'a rapporté, en tout cas.

— Non, laissa-t-elle échapper en recouvrant enfin son souffle. Il n'a jamais été question de sentiments entre nous. J'ai bien essayé. Pendant un temps, j'ai même cru cela possible. Je pensais que si je faisais un effort, alors peut-être qu'il apprendrait à m'aimer aussi, mais…

Elle s'agita sur son siège, à la recherche des mots justes pour décrire leur relation, et se rabattit finalement sur un euphémisme.

— Nous n'étions pas faits l'un pour l'autre.

— Mais vous vous êtes enfuie avec lui ! Vous avez convolé de votre plein gré. Des témoins vous ont vus partir ensemble.

— Et combien d'entre eux avaient été payés ? rétorqua-t-elle avec un petit rire sans joie. Certains étaient peut-être honnêtes, mais ce qui a vraiment eu lieu… Ce que les gens ont cru voir… ce n'est pas la réalité.

— Alors que s'est-il réellement passé ?

Elle arqua le cou et fixa le plafond pendant quelques secondes.

— Si je vous le dis, vous devez me jurer de ne jamais en parler à quiconque ni de chercher à vous venger.

— Tout dépend de vos révélations.

— *Non.* Soit vous promettez, soit je garde le secret.

Fergus émit un petit grognement agacé.

— D'accord, je vous le promets, grommela-t-il à contrecœur.

— Merci.

Elle baissa les yeux sur lui et prit une grande inspiration avant de commencer.

— La vérité, c'est que j'avais vraiment l'intention de vous épouser. La veille de notre mariage, on m'a fait prendre un bain et l'on m'a mise au lit comme une jeune future mariée. Tout était prêt pour le matin suivant. La robe, les préparatifs… J'étais nerveuse et j'ai eu du mal à trouver le sommeil. Je venais tout juste de m'endormir lorsque mon frère a fait irruption dans ma chambre. Il m'a ordonné de me lever et de m'habiller pour rejoindre Nevin à l'extérieur du château. Ils avaient soudoyé un garde pour qu'il me laisse sortir par une porte latérale ; sûrement l'un des témoins dont vous faisiez mention. Je ne voulais pas y aller. Je connaissais à peine Nevin et je ne lui avais parlé qu'une fois, lorsque j'avais dansé avec lui, deux jours auparavant. Mais mon frère a insisté. Il pensait qu'une alliance avec un MacWhinnie serait plus utile pour notre clan et il a dit que si je n'y allais pas…

Elle s'interrompit et pinça les lèvres, ravalant une vague d'amertume.

— *Aye ?* l'incita à poursuivre Fergus, d'une voix plus dure que jamais.

— Il a dit qu'il raconterait, à vous et à tout le monde, que je n'étais plus vierge. Il a affirmé qu'il répandrait de fausses rumeurs sur mon compte et qu'il me renierait. Je ne savais pas s'il était sérieux, et je l'ignore toujours, mais j'étais jeune et terrifiée, sans compter que nous étions au beau milieu de la nuit. Je ne savais pas quoi faire. Si j'avais crié, les gardes auraient accouru et il y aurait eu un bain de sang. Je n'étais pas non plus certaine que l'on me croirait et je pensais que vous ne m'aimiez pas de toute façon, alors…

Elle croisa brièvement son regard, avant de détourner de nouveau les yeux.

— J'ai obtempéré sans résister. Je me suis habillée et je suis sortie par la porte latérale. Après quoi, tout s'est passé si vite… Avant même de m'en apercevoir, je me suis retrouvée sur un cheval, en train de galoper en direction du château Barron.

— C'est donc Niall qui a tout organisé, dit Fergus, les yeux aussi sombres que des obsidiennes. Mais pourquoi ? S'il voulait former une alliance avec les MacWhinnie, pourquoi ne pas avoir pris les devants et proposé votre main à Brody dès le début ?

— Il a bien essayé, mais Brody estimait que notre clan n'avait pas assez bonne réputation et a rejeté l'idée de cette union d'emblée, malgré ma dot appréciable. Ce n'est que plus tard que mon frère s'est rapproché de votre oncle, mais Niall n'était toujours pas satisfait, il en voulait plus. Il a rencontré Nevin au château Sween juste avant notre mariage et ils ont conclu un accord.

— Ce faisant, il obtenait un laird plutôt qu'un fils cadet comme beau-frère ?

— *Aye.*

— Et en retour, Nevin vous remportait comme épouse ?

— Pas moi, lâcha-t-elle avec un petit rire amer. Il n'en voulait qu'à ma dot, sans parler de tous les autres stratagèmes sournois que lui et mon frère avaient concoctés. Notre mariage n'était rien de plus qu'une farce. Un piège. Nevin s'est montré charmant au début et je suppose que je l'ai amusé un temps, jusqu'à ce qu'il décide que l'argent n'était pas une compensation suffisante pour une femme de basse extraction comme moi. Il est parvenu à la conclusion que me mener la vie dure était bien plus distrayant.

— Que voulez-vous dire ?

Coira croisa les mains sur son giron. Étrangement, elle avait cru ne plus jamais vouloir parler de Nevin mais, à présent qu'elle avait commencé, elle semblait incapable de retenir le flot de paroles qui se déversait de ses lèvres. C'en était même exutoire.

— Au début, ce n'était pas grand-chose : quelques commentaires désobligeants, des reproches en présence des serviteurs. Puis les remarques ont pris de l'ampleur. Quand nous recevions des invités, il s'assurait que tout le monde les entende. Après s'être réconcilié avec Brody, Nevin s'est mis à raconter aux uns et aux autres que c'était moi, l'instigatrice de notre mariage. Tous les MacWhinnie l'ont cru. Ils pensent que j'ai séduit et manipulé Nevin. Ce dernier a fait tout ce qu'il a pu pour me rabaisser, m'humilier et m'insulter. Il disait qu'il n'aimait pas ma voix, alors j'osais à peine parler, et quand il venait se coucher…

Sa gorge se serra.

— Il n'était jamais tendre. Il m'insultait même dans ces moments-là, m'accusant de coucher avec d'autres hommes, alors même qu'il savait pertinemment que c'était faux. C'était un monstre. Il a dépensé presque toute ma dot pour son seul profit, en nourriture, en vin et en femmes. Au fond, ce mariage était comme une prison sans barreaux. J'avais l'impression que Nevin essayait de me briser ou de me rendre folle, voire pire. Je sais bien qu'il voulait se débarrasser de moi. Il l'aurait fait s'il en avait eu l'occasion. Sans Gregor et Ailis dans ma vie, mon existence aurait été misérable. Et puis, un jour, il est parti à la chasse avec Kendrick et y a trouvé la mort.

Elle frémit et porta une main à sa poitrine.

— Après tant d'années, on pourrait penser que j'aurais ressenti quelque chose, mais il ne restait plus rien au fond de moi, comme si j'étais incapable de la moindre émotion. Encore maintenant, je…

Elle s'humecta les lèvres, effrayée à l'idée d'admettre la vérité.

— J'aime mes enfants, mais c'est comme si le reste de mon cœur s'était asséché ou était mort. Comme si Nevin avait pris une dague et en avait coupé une partie. Je ne pense pas être capable d'éprouver de l'affection pour quiconque désormais.

Fergus se pencha en avant et ses genoux effleurèrent ceux de Coira.

— Ce premier jour, quand je vous ai vue au bord du loch, j'ai cru que vous pleuriez toujours Nevin.

— Parce que j'avais l'air affreuse ?

— Fatiguée.

— Je l'étais. Ce furent six longues années.

— Je regrette que vous ne m'ayez pas raconté tout cela plus tôt. Je vous aurais écoutée.

— Vraiment ? dit-elle en lui décochant un regard sceptique. Et m'auriez-vous crue ?

Fergus fronça les sourcils.

— Je l'ignore, répondit-il d'un air sombre. Peut-être pas au début mais, en apprenant à vous connaître, ou après y avoir réfléchi, j'ose espérer que oui.

— À ce moment-là, je ne voulais pas en parler, de toute façon. Je suppose que je devais aussi apprendre à vous connaître. Et au fond de moi, j'avais terriblement honte d'avoir fait ce choix de mariage.

Elle émit un petit rire nerveux.

— Voilà, vous connaissez toute l'histoire. Oui, j'ai convolé, mais je l'ai payé cher. J'ai finalement épousé un homme qui ne convoitait que ma dot et n'éprouvait rien pour moi, hormis du mépris. Je n'étais pas plus qu'un corps qui réchauffait son lit le soir quand il ne trouvait personne d'autre pour partager sa couche. Nevin m'a rendue infiniment malheureuse.

Pendant un moment, un silence absolu régna dans la pièce, puis Fergus se leva brusquement, faisant tomber sa chaise à la renverse. Il traversa la pièce et plaqua les deux mains sur le mur.

— Fergus ?

Elle scruta son dos, soudain inquiète d'en avoir trop dit.

— J'aurais dû venir vous chercher, murmura-t-il.

La tête baissée, il s'exprimait d'une voix étrange, comme s'il avait du mal à parler.

— J'aurais dû vous suivre jusqu'ici.

— Cela n'aurait servi à rien. Nevin et moi avons été mariés dès notre arrivée.

— J'aurais quand même dû venir. Si j'avais su ce qu'il s'était réellement passé, j'aurais défoncé les portes, j'aurais détruit chaque pierre de ce château une à une. Si je m'étais douté ne serait-ce qu'une seconde…

Il fit volte-face, les yeux étincelants.

— J'aurais dû vous sauver. Au lieu de quoi, je vous ai abandonnée entre ses mains, puis je suis venu ici et je vous ai traitée comme si vous étiez coupable. Alors que tout était ma faute !

— Non ! s'exclama-t-elle en secouant la tête, catégorique. C'est moi qui me suis enfuie.

— Parce que vous ignoriez ce que je ressentais.

Il s'approcha et posa un genou à terre devant elle.

— À l'époque, je ne savais pas comment vous parler. Et vous ne pensiez pas pouvoir vous confier à moi. Si vous l'aviez fait, alors votre frère n'aurait jamais osé vous ordonner de vous enfuir avec Nevin. Vous auriez pu hurler en sachant que j'accourrais.

Elle baissa les yeux. Fergus avait raison. Elle n'avait pas désiré se marier avec Nevin. Si elle avait su qu'une véritable chance pouvait s'offrir à elle, alors elle l'aurait saisie à pleines mains.

— Je suis désolé, Coira.

— Vous n'avez pas à l'être. Nous étions tous les deux très jeunes.

— Pas seulement pour ça. Pour avoir été autant en colère après vous et pour avoir cru que vous étiez l'instigatrice de cette rouerie, admit-il en grimaçant. Pour moi, le meilleur moyen de vous oublier était de ne plus jamais penser à vous, mais j'aurais dû chercher à découvrir la vérité à ce moment-là.

Il se passa une main dans les cheveux et soupira.

— J'en ai seulement déduit que vous ne me trouviez pas assez bien pour vous, ajouta-t-il.

— Pas assez bien ?

Elle le fixa, interdite.

— Pourquoi diable avez-vous cru une chose pareille ?

— Parce que c'est ce que je pensais en mon for intérieur.

Le chagrin voila les yeux de Fergus, et elle y décela une vulnérabilité qu'elle ne lui avait jamais connue auparavant.

— Quand notre mariage a été convenu, j'ai eu l'impression d'être l'homme le plus chanceux du monde. Je voyais en vous tout ce que je pouvais désirer chez une épouse. C'est d'ailleurs l'une des raisons pour lesquelles j'ignorais comment vous parler. Je craignais que vous ne vous aperceviez combien le marché était inéquitable. Mon oncle a toujours dit que Ross était le plus intelligent et que j'étais le plus fort. Je savais dès le début que je tirais le meilleur parti de cet arrangement.

— Fergus…

Elle leva les bras et lui prit le visage entre les mains.

— Jamais je n'ai pensé une chose pareille par le passé, et ce n'est pas aujourd'hui ni demain que je le ferai. Je me moque de ce que votre oncle a pu vous raconter. Évidemment que vous êtes assez bien pour moi. Vous valez cent fois mieux que Nevin.

— Pourtant, je l'ai laissé vous avoir. J'aimerais tellement revenir en arrière et changer les choses…

— Mais c'est impossible. Tout ce que nous pouvons faire à présent, c'est aller de l'avant.

Elle se pencha un peu plus près de lui et posa le front contre le sien, avant de percevoir combien ce geste était intime. Fergus sembla se figer. La chaleur de son souffle se mêla au sien. Tous deux reculèrent légèrement et leurs yeux se rencontrèrent. Ils étaient tellement près l'un de l'autre que leurs nez se touchaient presque, et elle ne lui avait toujours pas lâché le visage. Ses doigts enroulés autour de la mâchoire de Fergus étaient dangereusement proches de sa bouche. Si elle avait décalé un peu son pouce, elle aurait effleuré sa lèvre inférieure. Sa peau était rugueuse, mal rasée, pourtant elle aurait voulu la parcourir, l'effleurer, la caresser, encore et encore. La sensation était grisante, semblable à celle du vin qui vous monte à la tête. Elle avait l'impression qu'un petit brasier s'attisait en elle, envoyant des vagues de chaleur palpiter dans tout son corps.

Après Nevin, elle n'aurait jamais songé vouloir toucher un autre homme. Pourtant, elle mourait d'envie de caresser Fergus, de faire tout ce que son imagination fiévreuse lui suggérait, de chasser les mots qu'ils avaient tous les deux prononcés d'un geste de la main et de laisser leurs sentiments parler à la place. Et voilà qu'elle joignait le geste à la pensée, faisant glisser ses doigts sur les joues de Fergus, sa mâchoire, sa gorge.

— Coira…

Il s'écarta et lui prit les mains.

— Pardon, balbutia-telle.

Elle déglutit avec peine, mortifiée par la réaction de son époux.

— Je n'aurais pas dû faire cela, reprit-elle, je…

La porte de la salle s'ouvrit brusquement, et tous deux se retournèrent en sursautant.

— Oh !

Sur le pas de la porte, le garde semblait presque aussi gêné qu'elle.

— Toutes mes excuses. Je…

— Attendez !

Saisissant l'occasion de s'échapper, Coira bondit de sa chaise alors que l'homme s'apprêtait à faire volte-face.

— Ce n'est rien. Vous pouvez entrer. Nous avons terminé, à présent.

— Coira…

Fergus tendit une main pour la rattraper, mais elle l'évita de justesse, traversa la pièce à la hâte en soulevant ses jupes et franchit la porte.

Coira ignorait exactement quand et comment elle était passée devant les gardes et dans la basse-cour, et n'avait aucun souvenir d'avoir gravi les marches du donjon, ni d'avoir traversé le cabinet ou emprunté la galerie des ménestrels, mais elle devait bien l'avoir fait puisqu'elle se trouvait présentement debout au beau milieu de sa chambre à coucher, essoufflée et haletante, sans pour autant avoir réussi à semer son embarras !

Elle se prit la tête dans les mains en gémissant et se couvrit les yeux pour tenter, sans succès, de refouler son faux pas. C'était un comble ! Après ce que Kendrick lui avait annoncé ce matin et ce que Fergus et elle venaient de se dire, tant de pensées et d'émotions tourbillonnaient dans son esprit qu'elle peinait à garder les idées claires. Son unique certitude, c'était qu'elle venait de commettre une terrible erreur. Elle avait osé toucher Fergus ! À sa décharge, elle avait cru que c'était ce qu'il voulait. Qu'avait-il dit ? Qu'il avait eu l'impression d'être l'homme le plus chanceux du monde en la prenant pour épouse, qu'il serait venu la chercher, qu'il aurait souhaité pouvoir revenir en arrière et changer les choses, qu'il aurait défoncé les portes et l'aurait sauvée…

Pourtant il l'avait repoussée.

— Coira ?

— Non.

Elle ôta les mains de son visage et les leva devant elle à la vue de Fergus qui se tenait sur le seuil de la porte.

— S'il vous plaît… revenez plus tard. J'ai besoin d'être seule un moment.

— Vous ne m'avez pas laissé finir ma phrase.

— C'est inutile. Je comprends. Vous vouliez de moi il y a six ans, mais plus maintenant, et vous ne souhaitez vraiment pas que je vous touche. Je suis désolée pour tout ce qui vient de se passer. C'est derrière nous, il n'est plus nécessaire de le mentionner.

— Laissez-moi parler, bon sang !

Il fit un pas en avant et referma la porte derrière lui.

— Je n'ai jamais rien dit de tout cela.

— Mais vous pensez qu'il est trop tard pour nous, n'est-ce pas ? rétorqua-t-elle en secouant la tête, désespérée. Nous avons laissé passer notre chance.

— Honnêtement, je ne sais pas.

Il s'immobilisa au milieu de la chambre, son visage reflétant des expressions contradictoires.

— La vérité, c'est que je n'étais pas seulement en colère lorsque vous êtes partie. J'étais aussi blessé, sachant combien vous étiez chère à mes yeux et à quel point je comptais si peu pour vous. Je ne pouvais en parler à personne, ni même le montrer, mais cela m'a fait mal. Exactement comme vous l'avez décrit, comme si une partie de moi s'était desséchée ou était morte. Comme si mon cœur…

Il s'interrompit et fronça les sourcils.

— Je ne veux pas risquer de revivre la même chose.

— Mais cela n'arrivera pas, dit-elle en le dévisageant d'un air confus. Je ne m'enfuirai plus jamais.

— Quand j'ai entendu dire que vous étiez sortie du

château avec Kendrick ce matin, j'ai pensé qu'il était déjà trop tard.

Coira prit une profonde inspiration.

— Je suis désolée. Il ne m'est jamais venu à l'esprit que cela pouvait donner cette impression.

— Je sais, mais cela m'a rappelé à quel point c'était douloureux.

Il s'avança un peu plus.

— Coira, lorsque je suis venu ici pour vous épouser, je n'avais pas l'intention de rester. Je comptais accomplir mon devoir envers mon clan et repartir le plus vite possible.

— Repartir ?

Coira eut la sensation que son cœur dégringolait dans son estomac.

— Vous voulez dire que, pendant tout ce temps, vous aviez prévu de nous laisser à la première occasion ?

— *Aye*. J'avais l'intention de vous épouser, de faire le nécessaire pour vaincre les Campbell, puis de retourner au château Sween ou sous n'importe quel autre toit où Ross aurait eu besoin de moi.

Coira vacilla.

— Je vois. Et maintenant ?

— Maintenant, je pense qu'il me serait difficile de m'en aller, mais pas impossible. Cependant, si nous allons plus loin, si nous concrétisons ce mariage en bonne et due forme…

Il se frotta la mâchoire d'une main, et ses yeux s'attardèrent brièvement sur le lit.

— Ce n'est pas que je ne désire pas que vous me touchiez, Coira. J'en ai envie plus que jamais, croyez-moi, mais faire l'amour avec vous n'est pas suffisant pour moi. Je veux plus que cela.

— Vous parlez de nous aimer ?

— *Aye*, ou du moins d'essayer, répondit-il sans détacher son regard du sien. Vous avez raison, nous ne pouvons pas changer le passé, mais je veux que nous mettions de côté tout ce qui a eu lieu et que nous nous comportions comme cela aurait été le cas il y a six ans, si les choses avaient été différentes et que votre frère ne vous avait jamais réveillée cette nuit-là. Je ne dis pas que c'est possible, pour vous comme pour moi. Je ne fais ni n'exige aucune promesse, mais j'aimerais que nous tentions notre chance. Je sais que nous risquons à nouveau d'être blessés, vous comme moi, mais c'est un risque que je suis prêt à prendre, à condition que nous le prenions ensemble. Sinon, je préférerais que mon cœur demeure sec et que les choses restent telles quelles.

Il franchit la distance qui les séparait d'un pas et plongea le regard dans le sien comme s'il cherchait à sonder ses pensées en même temps que ses yeux.

— Qu'en pensez-vous ? Pourrions-nous essayer d'asseoir solidement notre union ? Avons-nous droit à une seconde chance ?

Coira déglutit avec difficulté, indécise. En serait-elle capable ? Elle avait essayé d'aimer Nevin, et cela ne lui avait valu que souffrance et tristesse. Elle s'était complètement fourvoyée à son propos. Sans parler de Kendrick. Et si elle se trompait également au sujet de Fergus ? Et si elle jugeait tout simplement mal les hommes ? Peu importait ce que son intuition lui disait, elle avait fait tellement d'erreurs. Dans ce cas, peut-être valait-il mieux ne rien changer et rester de chastes compagnons. À présent que Fergus connaissait toute la vérité, leur amitié ne pourrait en être que plus solide. C'était tout ce qu'elle avait souhaité au départ, sauf qu'elle savait maintenant qu'elle en désirait davantage, elle aussi. Elle l'avait compris au moment où Fergus avait mis des mots dessus.

Lentement, elle leva les mains et les porta à sa poitrine. Ses émotions étaient à vif, comme si parler de Nevin avait rouvert de vieilles blessures. Pourtant, cette fois, plutôt que de se dérober et de se cacher, de refouler son mal et de garder sa douleur pour elle, comme elle l'avait toujours fait par le passé, elle éprouvait le désir de se confier. D'ouvrir son cœur à nouveau.

— Je ne sais pas, répondit-elle enfin en se rapprochant de lui quand il baissa la tête d'un air déçu. Pour être honnête avec vous, Fergus, quand vous êtes arrivé au château, je n'espérais rien d'autre que de l'amitié. Je ne pensais pas être capable d'autre chose. C'était tout ce que j'attendais d'un époux. Mais à présent…

Elle serra les poings sur sa poitrine et prit une petite inspiration avant de poursuivre.

— J'ignore si je peux encore éprouver quelque chose pour un homme mais j'aimerais le découvrir. Alors, oui, si vous le désirez, c'est un risque que je suis prête à prendre avec vous.

Un son s'échappa du plus profond de la gorge de Fergus, semblable à un grognement, puis ses lèvres s'écrasèrent contre les siennes. Il l'embrassait si sauvagement qu'elle dut enfoncer les talons dans le sol pour ne pas basculer en arrière. Il l'enlaça avec force et elle ne s'inquiéta plus de tomber à la renverse, ni de quoi que ce soit d'autre, désormais en sécurité dans les bras d'acier de Fergus.

Timidement, elle glissa une main derrière sa nuque et enfouit les doigts dans sa chevelure. Une vague de désir déferla dans sa poitrine lorsqu'il plaqua les mains dans le creux de ses reins, l'attirant si étroitement contre lui qu'elle gémit à voix haute, incapable de se contenir.

— Coira ?

Fergus recula légèrement, comme s'il avait pris sa réaction pour une protestation, alors elle se hissa sur la pointe des pieds, ramenant sa tête vers la sienne et son corps contre le berceau de ses hanches, jusqu'à ce qu'il ne subsiste plus un seul souffle d'air entre eux et qu'elle soit collée à lui telle une branche de lierre accrochée à un grand arbre. Les battements sourds du cœur de Fergus lui parvenaient à travers leurs vêtements. La pulsation cognait contre sa poitrine, se propageant dans ses bras, ses jambes, son ventre…

— Êtes-vous sûre ? murmura-t-il d'une voix enrouée contre ses lèvres, comme effrayé par sa propre question.

— On ne peut plus.

Elle hocha la tête, rompant leur baiser pour qu'il voie la sincérité transparaître dans ses yeux. Elle ignorait si elle pouvait l'aimer, mais elle savait qu'elle tenait déjà suffisamment à lui pour essayer.

Il n'hésita pas plus longtemps, s'emparant de sa bouche avec une ferveur redoublée. Elle lui rendit son baiser avec la même ardeur, enfonçant les ongles dans les omoplates de Fergus et s'abandonnant à la pléthore de sensations qui couraient le long de ses nerfs, envahissant chacun de ses membres et faisant frémir, fourmiller et bouillir son sang. Elle ne reconnaissait plus son propre corps. Jamais elle n'avait connu une telle euphorie auparavant. Elle avait l'impression d'être à la fois lourde et légère.

— Venez.

Il lui prit la main pour l'entraîner vers le lit, et elle le suivit avec impatience, reprenant son souffle quand il fit passer sa tunique par-dessus sa tête. Puis il la rejoignit sur la couche et entreprit de dénouer les lacets de sa cotte-hardie, qu'il fit glisser le long de ses épaules.

— Vous êtes magnifique.

Quand il frotta son visage contre sa gorge, Coira émit un petit bruit plaintif qu'elle n'avait jamais entendu auparavant. Elle ignorait même qu'un tel gémissement était possible. Étrangement, cela fit sourire Fergus. Elle sentit ses lèvres remonter vers la naissance de son cou, puis le long de ses épaules, faisant vibrer sa peau et provoquant une douloureuse sensation de brûlure au creux de son ventre. Puis, lentement et avec une tendresse inattendue qui n'aurait probablement pas dû la surprendre, il l'allongea sur le lit, non sans parvenir par la même occasion à baisser sa robe jusqu'aux hanches.

— Je vous désire depuis si longtemps.

Il rampa au-dessus d'elle, couvrant son ventre de baisers par-dessus son fond de robe en coton.

— Je vous ai trouvée parfaite dès que j'ai posé les yeux sur vous.

— Parfaite ?

Elle retint son souffle, vaguement consciente de la vague de panique qui la gagnait au milieu d'un tourbillon de sensations. Elle n'avait pas peur de ce qu'ils s'apprêtaient à faire, mais elle avait donné naissance à deux enfants et certaines parties de son corps en attestaient. Si décidé soit-il, que penserait-il en les voyant ? Il retroussait déjà son fond de robe le long de ses jambes avec avidité, lui effleurant doucement les cuisses de ses doigts. S'il la désirait vraiment depuis si longtemps, il risquait d'être terriblement déçu. Comment pouvait-elle se montrer à la hauteur après avoir été qualifiée de parfaite ? Ne pouvaient-ils au moins ramener les couvertures sur eux ? Même si la température n'en finissait pas de grimper…

— Qu'y a-t-il ? s'enquit-il en remarquant immédiatement son changement d'humeur.

— Et si vous alliez être déçu ? laissa-t-elle échapper sans réfléchir. Et si je ne vous plaisais pas ?

Il releva la tête, les coudes de part et d'autre de son corps pour se maintenir au-dessus d'elle. Ses yeux brillaient avec ferveur.

— Cela va dans les deux sens. Je pourrais vous décevoir également.

— Ne soyez pas ridicule !

Elle laissa son regard errer sur son large torse robuste. L'idée qu'il puisse la décevoir était absurde. Il lui avait suffi de quelques baisers pour lui donner déjà cent fois plus de plaisir que Nevin ne l'avait jamais fait.

— Mon corps n'est plus le même qu'il y a six ans, ajouta-t-elle en déglutissant avec peine.

Il fronça les sourcils.

— Et ?

— Il faut que vous sachiez que j'ai des marques et que… certains endroits ne sont plus aussi fermes qu'avant.

— Pensez-vous vraiment que cela m'importe ?

— Nevin s'en souciait bien, lui.

— Ah.

Fergus baissa de nouveau la tête et l'embrassa tendrement pendant une bonne minute avant de s'écarter. Du bout du nez, il lui caressa le coin des lèvres.

— Je ne suis pas Nevin. Si vous avez des marques, alors je les trouverai avec plaisir. Quant aux endroits qui ne sont plus aussi fermes, en ce qui me concerne, plus il y en a, mieux c'est.

— Peut-être pourrions-nous tirer les volets ?

— Je le ferai si c'est ce que vous voulez mais, en toute honnêteté, je ne préférerais pas.

Il leva une main pour caresser la courbe de sa joue.

— Coira, à mes yeux, vous étiez la plus belle femme

de toute l'Écosse il y a six ans et vous l'êtes toujours aujourd'hui. Accordez-moi une heure pour vous le prouver et je vous promets d'effacer tous vos doutes. Me faites-vous confiance ?

Lui faire confiance ? Elle inspira profondément. Qu'elle lui accorde sa confiance était beaucoup demander. Pourtant, au fond, elle savait que c'était déjà le cas. La tendresse qu'elle lisait dans ses yeux l'avait convaincue et avait chassé jusqu'à la dernière de ses inhibitions.

Elle leva une paume vers sa poitrine, reprenant son souffle dans l'attente de ce qui allait suivre.

— Rien qu'une heure ?

Les yeux de Fergus flamboyèrent, diaboliques, et elle sentit ses entrailles trembler.

— *Aye*. Pour commencer.

Fergus fit doucement remonter ses doigts sur le ventre de Coira et prit l'un de ses seins en coupe dans sa main, son sang palpitant plus fort que jamais au contact de sa peau nue. L'espace d'un terrible instant, lorsqu'elle s'était raidie sous lui, il avait cru qu'elle avait changé d'avis et qu'il allait devoir se jeter dans le loch pour se rafraîchir, mais, heureusement, il ne s'agissait que de gêne concernant « certains endroits qui n'étaient plus aussi fermes ». Soulagé, il avait failli s'esclaffer à ces mots, même s'était contenu à temps.

Elle avait semblé profondément inquiète et il avait fait de son mieux pour apaiser ses craintes en lui disant la vérité : qu'elle serait toujours parfaite à ses yeux. La confiance qu'elle lui accordait à présent le touchait, mais il lui fallait ne pas précipiter les choses. Après les années qu'elle avait passées aux côtés de Nevin – une pensée qui l'envahissait toujours d'un sentiment de rage aussi intense que vain –, il devait se montrer doux et patient. Peu importait sa propre impatience.

Il effleura du pouce la pointe de son sein, puis enfouit la tête dans son cou. Coira se cambra sous lui et se mit à haleter. Dans un coin de sa tête, une petite voix le mit en garde. Coira lui avait dit qu'elle ne se croyait plus capable d'aimer ; elle avait déclaré à Grizel que l'amour était réservé aux imbéciles. Pourtant, il était là, prêt à ouvrir son cœur au risque qu'il ne se brise encore une fois en mille morceaux. Il avait beau être conscient du danger, il ne pouvait s'empêcher de le braver. Même s'il avait voulu s'arrêter, ce qui était loin d'être le cas, il la désirait tellement fort qu'il risquait d'exploser s'il ne la faisait pas sienne.

C'était un risque qu'ils prenaient ensemble, se rassura-t-il. Après tous les malentendus et les suppositions erronées du passé, sans compter ce qu'ils venaient de découvrir l'un sur l'autre aujourd'hui, c'était de bonne guerre. Tant qu'il se montrait prudent, et il le serait… C'était le plus important : être prêt à tomber amoureux sans pour autant succomber à la passion, et pas avant qu'elle ne l'aime en premier. Il ne dérogerait pas sur ce point.

Il écarta les cuisses de Coira et vint se placer entre ses jambes, puis retint son souffle pour lui laisser une dernière chance de revenir sur sa décision si elle le souhaitait. Lentement, sans la brusquer, il s'inséra en elle et s'enfonça jusqu'à la garde, poussant un grognement de satisfaction. Elle était étroite, ses muscles se tendaient et se contractaient autour de son membre. Le plaisir était encore plus intense que ce qu'il avait imaginé. Pendant un instant, il refusa presque de bouger, désireux de garder leurs corps unis, de prolonger la sensation aussi longtemps que possible.

Puis son corps prit le contrôle de son esprit, et il entama des mouvements de va-et-vient, glissant doucement et régulièrement d'avant en arrière.

— Fergus ?

Elle avait murmuré son nom comme une question mais ne semblait pas attendre de réponse, tout occupée qu'elle était à onduler sous lui, reflétant ses mouvements à la perfection. S'efforçant de conserver la tête froide, il se pencha pour attraper un téton entre ses lèvres et le suça doucement, mais cela n'eut pour effet que d'inciter Coira à soulever les hanches contre lui. Il réserva alors le même traitement à son autre mamelon, grognant à mesure que les mouvements de Coira se faisaient plus sauvages et frénétiques. Elle fit glisser les mains dans son dos en enroulant ses longues jambes autour des siennes et le serra tant et si bien qu'il manqua de perdre le contrôle.

Tous les muscles de son corps étaient tendus et il se retenait au prix d'un énorme effort. À en juger par ce qu'elle lui avait avoué à peine une heure plus tôt, Nevin n'avait jamais dû tenir compte du plaisir de son épouse ; lui au contraire voulait la faire jouir, mais elle lui rendait la tâche de plus en plus difficile.

Les dents serrées, il enfouit la tête dans le creux de l'épaule de Coira et pria pour qu'elle ne mette pas trop longtemps à atteindre l'apogée de son plaisir. Elle cria en même temps qu'il accédait à sa propre délivrance. Ses hanches se déchaînèrent une dernière fois, et elle cambra le dos tandis qu'il se déversait en elle en frissonnant de plaisir.

Plusieurs minutes s'écoulèrent avant qu'il ne recouvre suffisamment de bon sens pour rouler sur le côté, étourdi et repu, les paupières déjà lourdes. Le corps engourdi, il tendit la main pour s'emparer de celle de Coira, entrelaçant leurs doigts avant de sombrer dans un sommeil profond.

En dépit de tout ce qu'il s'était passé, faire l'amour avec elle avait valu la peine d'attendre.

Chapitre 15

— Bonjour.

Quand Fergus ouvrit enfin les yeux, il trouva Coira assise au bord du lit, occupée à se tresser les cheveux.

— Il fait déjà jour ?

Il se redressa sur un coude en se frottant le visage d'une main et jeta un regard par la fenêtre, surpris de voir la lumière du soleil entrer à flots dans la pièce. D'ordinaire, il était l'un des premiers du château à se lever, s'activant dès que pointaient les lueurs de l'aube, mais, pour une fois, il avait dormi tard.

— Visiblement, vous m'avez épuisé, milady, lança-t-il d'un ton taquin.

Elle lui adressa un sourire timide et se pencha pour lui déposer un baiser sur le front.

— Si je me souviens bien, l'éreintement était mutuel. Mais si vous êtes si fatigué, vous feriez mieux de vous reposer. Je vous verrai plus tard dans la grande salle.

— Oh ! non, pas question.

Il attrapa le cordon de cuir nouant l'une de ses tresses alors qu'elle s'apprêtait à s'éloigner, et ses cheveux s'étalèrent sur son épaule.

— Fergus, je viens de la faire !

— Je sais.

Il passa les doigts entre ses mèches, puis enroula son autre bras autour de ses épaules et l'attira contre lui.

— Revenez vous coucher.

Elle laissa échapper un petit cri perçant en se tortillant, mais il la serra encore plus fort contre lui.

— Fergus, je ne peux pas ! J'ai beaucoup à faire !

— Tout comme moi, mais nous avons tous deux travaillé dur dernièrement. Laissons les autres prendre les choses en main, juste aujourd'hui.

— Tout le monde va se demander où je suis.

— Croyez-moi, personne n'en fera rien. Pas après hier. À quelle heure sommes-nous montés ? Peu après midi ?

— Oui, mais…

Elle écarquilla les yeux, son visage trahissant sa stupeur et son embarras.

— Vous ne pensez pas qu'ils croient que… ?

Fergus s'esclaffa et la saisit par la taille pour la faire rouler sur le lit jusqu'à ce qu'elle se retrouve plaquée sous lui.

— Vous souciez-vous vraiment de ce que les autres pensent ?

— Non. Enfin, peut-être un peu, avoua-t-elle en grimaçant. Je préférerais que personne au château ne sache ce que nous avons fait.

— C'est pourtant quelque chose que nous aurions dû commencer à faire il y a six ans. Nous avons tant de jours et de nuits à rattraper, la taquina-t-il en promenant la langue le long du pavillon de son oreille. Mais si cela peut vous rassurer, je m'efforcerai de froncer les sourcils devant tout le monde plus tard.

— Hors de question ! s'exclama-t-elle en lui administrant une petite tape. Ils penseront que cela ne vous a pas plu !

— On dirait que je suis perdant dans tous les cas.

Il poussa un soupir exagéré et enroula les doigts autour de son sein. Elle retint son souffle et se cambra sous lui.

— J'aime ce que vous me faites.

— Moi aussi, mais ça me plaît encore plus quand rien ne fait obstacle.

De son autre main, il tira sur sa robe.

— Vous ne pensiez pas sérieusement que j'allais vous laisser vous habiller et vous échapper si facilement.

— Plus tard…

— Non, maintenant.

— Il fait plein jour ! J'ai déjà ouvert les rideaux.

— C'était aussi le cas hier. Si vous refusez que je vous voie nue, je vais vraiment finir par me fâcher.

Il fronça les sourcils, adoptant une expression si menaçante qu'elle éclata de rire.

— Maintenant, restez tranquille et laissez-moi vous déshabiller.

— Attendez.

Elle le repoussa des deux mains et roula sur le côté pour se relever.

— Coira ?

Cette fois-ci, il fronça véritablement les sourcils.

— Je suis désolé. Je ne voulais pas vous contrarier.

— Je ne le suis pas.

Elle sourit pour le rassurer, tout en passant les bras hors des manches de son surcot.

— Mais si vous insistez pour que je revienne me coucher, alors j'aimerais mieux que ma robe ne traîne pas par terre, expliqua-t-elle en lui lançant un regard espiègle. Si les vêtements étaient l'affaire des hommes, ils feraient plus attention au moment de les enlever.

— J'avais d'autres choses en tête, hier, grogna-t-il en

suivant ses mouvements des yeux. Dans ce cas, pourquoi ne pas m'apprendre à vous déshabiller correctement ?

— Que pensez-vous que je suis en train de faire ?

Elle se mordit la lèvre inférieure pour ne pas sourire.

— La cotte-hardie, comme vous le voyez, a des lacets sur les côtés. Si vous être trop brutal, il me faudra les enfiler de nouveau.

L'inquiétude l'envahit l'espace d'un instant.

— Ai-je été trop brutal, hier ?

— J'ai dit *si*. C'est pour les prochaines fois.

— Je vois.

Il s'allongea contre l'oreiller, un bras replié sous la tête, et profita du spectacle. Quelques instants plus tard, le surcot et la cotte-hardie de Coira reposaient côte à côte sur le couvercle du coffre en bois, et sa robe ne tarda pas à les rejoindre, la laissant presque entièrement nue. Nue, magnifique. Splendide. Après leurs ébats de la veille, il ne s'attendait pas à voir son propre corps réagir si rapidement et de manière aussi impérieuse, mais, visiblement, son désir pour elle n'avait pas faibli pendant la nuit.

— Attendez.

Il l'interrompit et se redressa alors qu'elle s'apprêtait à retirer ses bas.

— Laissez-moi faire.

Elle lui lança un regard surpris, puis monta sur le lit près de lui, s'allongeant, parfaitement immobile, pendant qu'il détachait les ficelles de ses jarretières et faisait glisser le tissu de laine sur ses jambes.

— Voilà qui est mieux, murmura-t-il tout en enroulant une main autour de sa cheville désormais libre de tout ornement pour la porter à ses lèvres.

Il sourit en l'entendant inspirer brusquement.

— Je suppose que j'ai le droit. Ou y a-t-il autre chose

que vous deviez d'abord m'enseigner sur l'art et la manière de vous déshabiller ?

— Non, c'est tout. Oh !

Elle poussa un râle quand il lui effleura le mollet du bout des lèvres.

— On ne m'a jamais embrassée là.

— Quelque chose me dit qu'il y a beaucoup d'autres endroits dans le même cas.

Il continua à monter lentement tout en léchant la peau tendre de sa cuisse.

— Et j'ai l'intention de les trouver tous.

— Qu'en est-il de vous ? s'enquit-elle, une note à la fois taquine et nerveuse dans la voix. Existe-t-il encore des parties de votre corps que personne n'a embrassées ? Ou bien avez-vous connu tellement de femmes qu'il ne me reste plus rien ?

— Elles n'ont pas été si nombreuses, non.

Il interrompit sa progression.

— Il n'y a jamais eu qu'une seule femme au monde pour moi. Et maintenant qu'elle est mienne…

Il releva la tête et plongea son regard dans celui de Coira avec intensité.

— Il n'y en aura jamais d'autre, je le jure.

— Fergus…

Elle lui caressa la joue d'une main en murmurant son nom, des larmes pointant au coin de ses magnifiques yeux bleu chardon.

— Chut, fit-il en baissant de nouveau la tête. Nous en parlerons plus tard. Pour l'instant, je dois poursuivre mon exploration.

— Venez vous promener avec moi, suggéra Fergus en lui tendant une main lorsqu'ils furent tous deux habillés.

Coira finit de nouer une ceinture autour de sa tunique.

— Maintenant ? Après avoir passé presque toute la journée au lit ?

— *Aye*. Si nous prenons un jour de congé, autant le faire correctement.

Il ajusta son tartan et désigna le plateau vide près du lit d'un signe de tête.

— C'était une délicate attention de la part de votre servante de nous avoir apporté à manger. Autrement, nous aurions maigri à vue d'œil.

Coira sentit ses joues s'échauffer. Grizel avait toqué doucement à la porte vers midi en murmurant quelques mots d'excuse, avant de se sauver tout aussi vite. Le repas avait été simple, principalement composé de pain et de fromage, mais ils n'en avaient pas laissé une miette tant ils étaient affamés. Un copieux civet de chevreuil n'aurait pas été plus rassasiant. De toute évidence, Grizel avait aussi deviné à quoi ils avaient occupé la majeure partie de ces dernières vingt-quatre heures.

— Qu'y a-t-il ? demanda Fergus en lui prenant le coude. Êtes-vous vraiment si gênée ?

— Non, mais je dois parler à Grizel. Je me suis toujours opposée si fermement au mariage et aux hommes, du moins depuis qu'elle me connaît… Je n'ose imaginer ce qu'elle pense de moi, à présent.

— Ce qu'elle pense pourrait vous surprendre.

— À mes yeux, elle est plus que ma servante. C'est aussi une amie très chère. Nous avons traversé beaucoup d'épreuves ensemble.

Fergus lui adressa un regard inquisiteur.

— À cause de Nevin ?

— *Aye*. Il s'est intéressé à elle dès son arrivée. C'était il y a quatre ans. Je l'ai trouvée en train de pleurer dans le cabinet un soir, mais elle a d'abord refusé de m'en faire connaître la raison. Elle craignait que je ne lui en veuille. J'ai fini par comprendre que Nevin tentait de la forcer quand elle était seule. Ce n'était pas surprenant de sa part. Nevin n'était pas un mari très fidèle. Grizel m'a suppliée de l'aider et c'est ce que j'ai fait.

— Comment ?

Coira haussa les épaules.

— J'ai dit à Nevin que si jamais il essayait encore de la toucher, je lui couperais sa virilité dans son sommeil.

— Voilà une menace digne de ce nom, dit Fergus, visiblement impressionné par sa réponse. A-t-elle été efficace ?

— *Aye*. Pour être honnête, je ne suis pas certaine que j'en aurais été capable, mais Nevin n'était pas prêt à courir le risque. Après cela, il était contrarié mais il a laissé Grizel tranquille.

Elle sourit, puis soupira.

— J'admets que je craignais de voir cette situation se reproduire avec vous.

— Que voulez-vous dire ?

— Grizel semblait vous plaire, à vous aussi. Je ne vous l'aurais pas reproché, s'empressa-t-elle d'ajouter quand il fronça les sourcils. C'est une jolie fille.

— Là n'est pas la question. C'est vous, ma femme.

Il croisa les bras, une expression de plus en plus hostile sur le visage.

— Pourquoi diable avez-vous imaginé une chose pareille ?

— Parce que vous m'avez posé des questions sur elle,

le premier soir. Et vous avez joué avec elle, Gregor et Blacky dans la basse-cour, le lendemain.

Elle bafouilla, se rendant soudain compte de la faiblesse de son raisonnement.

— Vous étiez donc jalouse, conclut-il.

Il sentit le sillon entre ses sourcils s'atténuer quelque peu.

— Peut-être un peu, admit-elle.

Il se détendit pour de bon et lui prit la main.

— Vous n'avez aucune inquiétude à avoir. Je vous l'ai dit, je n'ai jamais eu d'yeux que pour une seule femme. Quant à Grizel, c'est pour une raison particulière que je vous ai interrogée à son sujet, mais il faudra que vous en parliez avec elle.

Il sentit ses lèvres s'étirer en un sourire amusé.

— Et ne vous faites pas de soucis à propos de ce qu'elle pourrait penser de vous. Quelque chose me dit qu'elle en sera même heureuse. Maintenant…

Coira ouvrit la bouche pour en savoir plus, mais il posa un doigt sur ses lèvres pour la réduire au silence.

— Allons faire cette promenade. Les enfants vont se demander où vous êtes.

Ils récupérèrent Ailis auprès de Grizel, puis sortirent dans la basse-cour. Gregor était déjà dehors, occupé à s'entraîner au combat avec Euan pendant que Blacky jappait en trottinant autour d'eux.

— Veux-tu venir te promener, mon grand ? appela Fergus. On dirait que ce chiot a besoin de se dégourdir les pattes.

Gregor les rejoignit en courant.

— Je lui ai appris à se coucher ! s'exclama-t-il, le visage rayonnant. Regardez ! Couchée !

Son sourire s'évanouit quand la chienne resta immobile, se contentant de remuer la queue.

— Elle l'a fait tout à l'heure, dit Gregor d'un ton plaintif.

— Je te crois, mon garçon. Cela demande un peu d'entraînement, c'est tout. Viens donc te promener. J'ai deux dames à protéger ici, dit-il en désignant Coira et Ailis d'un geste du menton. J'aurais bien besoin de l'aide d'un autre homme.

Gregor bomba fièrement le torse.

— Je peux apporter mon épée en bois ?

— J'y compte bien.

C'était un après-midi ensoleillé, rafraîchi par une douce brise qui venait par moments troubler la surface lisse et verte du loch. Tout en descendant le sentier battu en direction de la plage, Fergus inspira profondément, emplissant ses poumons de l'air pur, avant de l'expirer avec contentement. Étant donné la menace que représentaient les Campbell, il était étrange de se sentir aussi heureux, mais il n'avait pas d'autre mot pour décrire son état. Un bras soutenant Ailis et l'autre entourant celui de Coira, il avait l'impression que les nuages gris sous lesquels il n'avait pas eu conscience de se trouver s'étaient finalement dissipés. Cette idée lui mettait du baume au cœur et lui donnait à penser qu'il avait enfin trouvé sa place dans ce monde. Sauf qu'il ne s'agissait pas d'un lieu mais d'une personne : Coira, la femme dont il avait eu raison de tomber amoureux six ans plus tôt, celle dont il pourrait facilement s'éprendre à nouveau, le moment venu.

Il tourna la tête à temps pour voir Blacky bondir dans le loch et éclabousser Gregor en pataugeant dans l'eau avec un plaisir typiquement canin. À côté de lui, Coira rit aux éclats. C'était un son joyeux, éclatant comme le soleil, et visiblement contagieux puisqu'il eut soudain envie de faire quelque chose qu'il n'avait pas fait correctement depuis longtemps : sourire.

Ses lèvres se retroussèrent, comme mues par leur propre volonté.

— Fergus ?

Coira cessa aussitôt de rire et le fixa d'un air ébahi.

— *Aye ?* Quelque chose ne va pas ?

Il arqua un sourcil, feignant l'innocence.

— Non, c'est juste que vous…

Elle laissa sa phrase en suspens et se contenta de lui rendre son sourire.

— Rien. C'est sans importance. Cela vous va bien, c'est tout.

— Je n'ai pas la moindre idée de ce dont vous parlez.

Il lui décocha un clin d'œil, puis baissa le bras pour lui prendre la main et reporta son attention sur l'eau qui s'étendait à l'horizon.

— Combien de temps faut-il pour en faire le tour ? demanda-t-il.

— Le loch tout entier ? Beaucoup trop. Il n'y a même pas de sentier, par endroits.

— C'est bien ce que je pensais. Dommage.

— Avez-vous envie de marcher ?

— Pas spécialement.

Il resserra sa prise autour des doigts de Coira et l'attira contre lui. Même quand elle se tenait à côté de lui, elle lui semblait trop loin.

— J'aimerais que cette journée ne s'achève jamais.

— Moi aussi.

Le regard de Coira passa de lui à Ailis, qui semblait occupée à vouloir lui arracher quelques cheveux, puis d'Ailis à lui, et son sourire s'élargit.

— Mais demain sera aussi une belle journée. C'est un nouveau départ pour nous.

— *Aye.*

Il frotta doucement le dos de la main de Coira du bout du pouce.

— C'est drôle, vous ressemblez de nouveau à celle que vous étiez autrefois.

— J'en ai l'impression.

Elle inclina la tête sur le côté et la posa sur son épaule.

— C'est comme si je m'étais débarrassée d'un fardeau. Celui de vivre avec Nevin était très lourd. Il m'a fait me détester presque autant que je le haïssais. La première fois qu'il m'a insultée, j'ai tenté de répliquer mais ça n'a fait qu'empirer les choses, alors j'ai fini par me laisser intimider et me taire. Après sa mort, je me suis promis que je ne me comporterais plus jamais de cette façon. J'ai décidé de m'affirmer, quoi qu'il en coûte.

Sa voix se durcit.

— Non pas que cela m'ait beaucoup servi avec Brody. Il a toujours déclaré que je n'avais pas ma langue dans ma poche. Quoi que je fasse, il est impossible de gagner contre le clan MacWhinnie.

— Vous pouvez toujours vous affirmer avec moi, dit Fergus en lui embrassant le crâne. Et vous n'aurez pas à vous détester non plus. Je veux que vous soyez vous-même, au détail près. C'est même crucial, car c'est vous, la plus intelligente de nous deux.

Elle se tordit le cou pour lui lancer un regard interrogateur.

— Pourquoi avez-vous une aussi faible opinion de vous-même ?

— Je ne fais qu'énoncer une vérité. Ross est plus malin que moi. Je suis bien aise que ce soit lui l'aîné.

— Vous ne devriez pas dire une chose pareille. Vous êtes aussi intelligent que n'importe qui.

À son ton indigné, Fergus sentit une boule de chaleur enfler dans sa poitrine.

— Peut-être suis-je astucieux d'une autre manière, mais quand il s'agit d'apprendre, je n'ai jamais été capable d'aller très loin. Je me souviens assez bien des faits et des détails, et je peux garder en tête des choses dites à voix haute, mais lire a toujours été compliqué pour moi. Les précepteurs ne manquaient pas et mes parents ont fait de leur mieux, mais dès que j'essayais de me concentrer sur un texte pendant mes leçons, les lettres semblaient se déplacer sous mes yeux, comme si mon esprit leur résistait.

Il haussa les épaules.

— Ross a bien tenté de m'aider, mais ça n'a jamais fonctionné. Je n'ai jamais été doué avec les mots. Je suppose que c'est pour cela que je ne suis pas très bavard.

— Au contraire, je vous trouve très doué avec les mots. Regardez-nous.

— Maintenant, oui. Il y a six ans, en revanche…

L'expression de Coira se troubla.

— Pensez-vous vraiment que je me suis enfuie car vous n'étiez pas loquace ?

— *Aye*, cela m'inquiétait. Je vous l'ai dit, je pensais ne pas vous mériter et je savais Nevin intelligent.

— Oh ! Fergus, Nevin *se croyait* intelligent. Vous possédez quelque chose de bien plus important.

Elle posa une main sur son torse.

— Un cœur. Peu d'hommes accepteraient de s'occuper de deux enfants comme vous le faites, surtout en sachant qui était leur père. Cela me touche énormément.

Il sourit pour chasser la tristesse dans les yeux de Coira.

— J'espère que c'est un bon entraînement pour quand nous aurons le nôtre.

Elle battit des cils.

— Vous y avez pensé ?

— L'idée m'est venue ce matin, puisqu'il ne nous reste peut-être plus que neuf mois à attendre.

Les joues de Coira rougirent légèrement.

— Je suppose que oui.

— Non pas qu'il me déplaise d'avoir un peu plus de temps pour les avoir.

— *Les ?*

— Deux garçons et une fille.

— Comme vous, Ross et Elspeth ?

— *Aye.* Je n'étais pas très proche de mon oncle, dans mon enfance, mais j'ai toujours su que je pouvais compter sur ces deux-là.

— Cela a dû être agréable. Je n'avais que Niall, et il… euh… Vous savez bien.

— Maintenant, oui, répondit-il en fronçant les sourcils. Et j'aimerais avoir une petite discussion avec lui à ce sujet, un de ces jours.

— Vous m'avez promis que vous n'en ferez rien, vous vous souvenez ? lui rappela-t-elle en lui administrant un petit coup de coude dans les côtes. À quoi bon, de toute manière ? Mon frère a peut-être mal agi, mais il pensait probablement que l'homme que j'épouserais n'avait pas d'importance. Je doute qu'il ait eu l'intention de me nuire.

— N'a-t-il jamais pris la peine de savoir comment vous vous portiez ?

— Non, admit-elle en secouant la tête, peinée. Lui et Nevin ont eu un différend juste après la naissance de Gregor. Nevin voulait plus d'argent pour compenser les difficultés de m'avoir prise pour femme et Niall a refusé. Je ne l'ai pas revu depuis.

Fergus serra les dents.

— D'accord, puisque j'ai promis, je n'irai pas à sa recherche, mais si jamais nos chemins se croisent…

— Alors je m'assurerai de me mettre en travers du vôtre. Je ne crois pas à la vengeance.

— Même après qu'il vous a mariée à un monstre ?

— Beaucoup de pères font la même chose à leur fille. Peu de femmes ont le droit de choisir leur époux, vous savez, soupira-t-elle. Je ne veux pas m'accrocher au passé. Je dois aller de l'avant.

— Si vous le souhaitez, concéda-t-il, mais si jamais vous changez d'avis, vous n'avez qu'un mot à dire.

— Je ne le ferai pas, mais c'est bon à savoir. Merci.

Il lui serra la main et se tourna vers le sentier sud.

— C'est l'endroit où nous nous sommes rencontrés, la deuxième fois.

— Peut-être devrions-nous la considérer comme la première ? Et tout ce qui s'est passé avant… Disons qu'il ne s'agissait pas de nous mais de deux inconnus qui se sont mal compris et ont commis beaucoup d'erreurs. Qu'en pensez-vous ?

— L'idée me plaît, dit-il en sentant une boule inhabituelle se former dans sa gorge. Du moment que les choses finissent bien pour eux.

À leur retour, Coira trouva Grizel occupée à balayer de vieux joncs dans la salle.

— Grizel, pourrais-je te voir un moment ?

— Bien sûr, milady. Quelque chose ne va pas ?

— Non, je voulais juste te parler de Fergus et de notre mariage.

Elle hésita un instant, se sachant trop comment commencer.

— Tu te demandes certainement pourquoi je… Je veux dire, pourquoi nous… hier et ce matin…

Elle s'éclaircit bruyamment la gorge.

— Bref, j'ai décidé que certaines idées que j'ai pu avoir à propos du mariage étaient… disons erronées, et que tout dépend de la personne concernée. Ma relation avec Fergus a changé, comme tu peux l'imaginer, et après tout ce que j'ai affirmé sur le fait de ne rechercher que de l'amitié, je me sens un peu ridicule, maintenant. Je ne voudrais pas que tu penses du mal de moi.

Elle grimaça.

— Est-ce le cas ?

— Que nenni ! s'exclama Grizel.

Elle avait à peine fini de poser sa question que son amie se jetait à son cou.

— Jamais je ne pourrais penser du mal de vous, milady ! J'espérais tellement que vous finiriez par vous apprécier, tous les deux.

— Merci.

Elle serra sa domestique dans ses bras en poussant un soupir de soulagement.

— Nous allons essayer de mettre le passé derrière nous et d'avancer vers l'avenir. J'ignore si cela aboutira à de l'amour, mais…

Elle s'interrompit, réprimant un frisson de panique à cette idée.

— Je me sens déjà dix fois mieux.

— Je m'en réjouis. Vous le méritez amplement.

— Et il y a autre chose dont je voulais te parler.

Coira recula d'un pas en haussant les sourcils, en proie à une vive impatience.

— Fergus pensait que tu te réjouirais pour nous pour une autre raison qu'il n'a pas voulu me dévoiler.

Grizel afficha soudain un air coupable.

— Pour tout dire, milady, Euan et moi aimerions nous marier.

— Vous marier ? répéta Coira stupéfaite. Mais je n'avais pas la moindre idée que vous vous plaisiez !

— Je sais. Nous avons gardé le secret. Je me sentais mal de vous cacher la vérité mais je savais ce que vous pensiez de l'amour et du mariage, alors j'ai préféré me taire pour ne pas vous contrarier.

— Tu veux dire que tu pensais que je n'approuverais pas ?

La domestique opina de la tête, pleine de regrets.

— Oh ! Grizel, je suis tellement désolée. Je n'ai jamais voulu te faire croire une chose pareille. Je me réjouis pour vous deux, vraiment. Tu peux épouser Euan dès que tu le souhaites.

Un large sourire éclaira le visage de Grizel.

— Vraiment ? Oh ! merci. J'aurais dû l'écouter.

— Euan ?

— Non, votre mari. Il nous a surpris ensemble, Euan et moi, dans l'armurerie l'autre jour, et il a affirmé que vous comprendriez.

— Il a dit cela ? fit Coira, à la fois émue et étonnée. Eh bien, c'est… Attends, que faisais-tu avec Euan dans l'armurerie ?

Les joues de Grizel s'empourprèrent.

— Si ça ne vous ennuie pas, milady, je préférerais ne pas répondre à cette question. C'est un peu embarrassant.

— Oh.

Coira sentit ses joues se colorer en réponse.

— Dans ce cas, il semble que nous ayons un autre mariage à préparer.

Chapitre 16

— Milady ?

Coira était occupée à raccommoder des vêtements dans le cabinet quand la barbe touffue de Malcolm apparut en haut de la cage d'escalier.

— Un visiteur vient d'arriver pour vous, milady.

— Oh ! non.

Coira releva les yeux de son ouvrage avec un mauvais pressentiment. Voilà plus d'une semaine que Kendrick était parti en colère, une période pendant laquelle Fergus et elle s'étaient rapprochés plus qu'elle ne l'aurait cru possible. Son prétendant non désiré n'était tout de même pas revenu de sitôt, si ? Elle qui pensait pourtant avoir mis les choses au clair…

— C'est une femme, annonça Malcolm. Elle veut parler à Fergus mais, puisqu'il est encore au village, elle vous a fait mander.

— A-t-elle donné un nom ?

— Non, milady. Elle n'a pas voulu me dire qui elle est, mais elle m'a montré une bague qui portait le sceau des MacMillan.

Il jeta un bref coup d'œil derrière lui et baissa la voix.

— Elle a aussi demandé à vous parler en privé. Son

escorte attend encore à l'extérieur, et quelques-uns de nos hommes se trouvent dans l'entrée.

— Bien sûr, faites-la monter.

Coira se leva, l'esprit en proie à de nombreux questionnements. La pluie était tombée à verse toute la journée, transformant les routes en un véritable bourbier. L'arrivée d'un visiteur par de telles conditions n'en était que plus surprenante. Fergus avait insisté pour se rendre au village malgré la météo, mais personne ne se serait risqué à voyager par un temps pareil à moins que l'objet de son déplacement ne soit réellement important. Une femme, avait dit Malcolm. Coira n'avait pas la moindre idée de qui il pouvait s'agir. Fort heureusement, elle n'eut pas à attendre longtemps pour le découvrir. Une minute à peine s'était écoulée quand de nouveaux pas se firent entendre dans la cage d'escalier, et une grande silhouette élancée vêtue d'une longue cape grise apparut en haut des marches, la tête recouverte d'une capuche.

— Bienvenue au château Barron, la salua Coira en s'approchant de l'inconnue en souriant. Je suis Coira Barron MacMillan. J'ai cru comprendre que vous vouliez me parler ?

— Coira, répéta l'invitée avant de repousser sa capuche, dévoilant une paire d'yeux verts étincelants et une longue tresse rousse qui lui descendait sur l'épaule jusqu'à la taille. *Aye*, je me souviens de vous.

— Elspeth !

Heureusement que sa mâchoire était bien attachée à sa tête, songea Coira, sinon elle se serait écrasée au sol. La petite sœur de Fergus était déjà une jolie fille du temps de son adolescence, mais elle était à présent devenue une jeune femme magnifique.

— Quel plaisir de vous revoir ! s'exclama Coira.

Elle fit instinctivement un pas vers Elspeth pour l'enlacer, mais s'arrêta, figée sur place par son regard glacial.

— Qu'est-ce qui vous amène par chez nous ? poursuivit-elle pour se donner bonne contenance.

— Je suis venue voir mon frère, répondit Elspeth d'une voix beaucoup plus dure que dans les souvenirs de Coira. Mais j'ai cru comprendre qu'il n'était pas là.

— Pas en ce moment, non.

Coira détourna les yeux, intimidée par le regard désapprobateur de son invitée. Elspeth avait peut-être été une gentille fille pleine d'entrain par le passé et Coira s'était réjouie à l'idée de devenir sa belle-sœur, mais, de toute évidence, Fergus n'était pas le seul MacMillan à lui en vouloir d'avoir convolé avec Nevin.

— Il ne va pas tarder. Je vous en prie, asseyez-vous, fit-elle en désignant un banc près du feu. Puis-je vous offrir un rafraîchissement ?

— Non, merci.

— Très bien.

Coira se rassit, le menton relevé pour dissimuler son malaise. Étant donné la situation avec les Campbell, l'arrivée d'Elspeth était certainement bien plus qu'une simple visite de courtoisie, mais son expression suffisait à décourager quiconque de lui poser des questions. Elle paraissait étrangement tendue et l'éclat un peu trop brillant dans ses yeux trahissait une certaine nervosité, suggérant davantage que de l'antipathie à l'égard de Coira.

— Comment s'est passé votre voyage jusqu'au château ?

— Sous la pluie.

— *Aye*, ça n'arrête pas depuis une semaine.

— Mmm.

— Aimeriez-vous vous changer ? Je peux vous prêter ma chambre à coucher, si vous le souhaitez.

— Non, je vous remercie. Mon manteau m'a suffisamment protégée sur la route. Ne vous dérangez pas pour moi, je peux attendre Fergus toute seule.

Coira se mordit la langue. Le ton était clairement méprisant. À bien y réfléchir, il n'était pas surprenant qu'Elspeth ne soit pas enchantée à l'idée de la revoir, mais la jeune femme était si froide que Coira n'aurait pas été étonnée de voir des stalactites se former au plafond.

Le plaisir qu'elle avait initialement ressenti en l'apercevant s'était rapidement envolé, laissant place à de la résignation. La famille de son premier mari lui en avait voulu pendant toute la durée de son mariage. Il ne faisait plus de doute que celle de son second époux n'était point différente. Elle aurait dû s'y attendre. Sa belle-sœur n'hésiterait certainement pas à rappeler à Fergus toutes les raisons pour lesquelles il devait lui en vouloir, lui aussi. Dire que Fergus et elle commençaient à peine à bien s'entendre. Elspeth n'aurait pas pu tomber plus mal.

— J'étais simplement en train de raccommoder une chemise de Fergus, dit Coira en reprenant son ouvrage. Nous pouvons l'attendre ensemble.

Si elles restaient là en silence, alors elle s'occuperait au moins les mains.

— À votre guise.

Elspeth marqua une courte pause avant de reprendre :

— Savez-vous dans combien de temps il sera de retour ?

— J'ai bien peur que non, mais, si c'est urgent, je peux envoyer un éclaireur le chercher.

Elspeth sembla hésiter et se mit à taper du pied sur le plancher.

— Non, je peux attendre.

Coira ne put s'empêcher de remarquer avec amusement à quel point Fergus et Elspeth étaient différents. Elle était svelte et rousse ; lui était bien bâti et arborait une chevelure sombre. Pourtant, le froncement de sourcils sur le visage de sa belle-sœur lui rappelait au détail près celui que Fergus affichait à son arrivée au château. Elle se garda néanmoins de faire le moindre commentaire. Cela n'aurait guère détendu l'atmosphère. D'ailleurs, une telle tâche semblait être mission impossible. Pourquoi les silences devaient-ils être aussi gênants ?

— Elspeth ?

Elles pivotèrent toutes deux la tête en entendant la voix de Fergus.

— Fergus ! s'exclama Elspeth d'un ton dans lequel perçait une pointe de soulagement.

Toute trace de mécontentement sur son visage se volatilisa. Elle se leva d'un bond et se précipita dans les bras de son frère.

— Les villageois m'ont dit que des cavaliers venaient d'arriver, expliqua-t-il en lançant un regard interrogateur à Coira par-dessus l'épaule de sa sœur. Jamais je n'aurais imaginé qu'il puisse s'agir de toi. Que fais-tu ici ? Quelle idée t'a prise de voyager par un temps pareil ?

— Il le fallait, commença Elspeth avant de s'interrompre.

Elle jeta un coup d'œil soupçonneux en direction de Coira avant de baisser d'un ton.

— Pourrions-nous discuter en privé ?

— Nul besoin. Il n'y a rien que tu ne puisses me dire en présence de Coira.

— Mais…

— Il n'y a pas de *mais* qui tienne, déclara Fergus d'une voix ferme en prenant Elspeth par le bras pour l'inviter à se rasseoir près du feu. C'est une MacMillan, à présent.

— Oh ! fit Elspeth en plissant le front. Très bien.

Elle obtempéra et prit place sur le banc, mais son regard

resta obstinément fixé sur Fergus, si bien que Coira ne la voyait que de profil.

— J'ai décidé que je serais plus en sécurité ici qu'à l'abbaye.

— Pourquoi cela ? Ne devais-tu pas rester là-bas jusqu'à ce que Leith MacLachlan revienne d'Édimbourg pour t'épouser ?

— *Aye*, c'était le plan initial, admit-elle d'une voix presque tremblante. Mais les rumeurs disent que les Campbell se rapprochent. J'ai jugé plus avisé pour ma sécurité de venir me cacher ici pendant quelques jours avant de prendre la route pour le domaine des MacLachlan.

— Te cacher ? répéta Fergus en venant se placer derrière la chaise de Coira, de sorte qu'Elspeth était désormais obligée de regarder dans sa direction. Cela veut-il dire que personne ne sait que tu es ici ?

— Je l'espère. À moins qu'on nous ait suivis, mais je n'ai rien remarqué.

Elle détourna la tête.

— Nous sommes partis tellement à la hâte que je n'ai même pas de femme de chambre.

— Qu'en est-il du château Sween ? Ross a-t-il besoin de moi là-bas ?

— Non. D'ailleurs, avant que je ne parte, il m'a dit que, si je te voyais, je devais te rappeler ta promesse de ne quitter cet endroit sous aucun prétexte, quelles que soient les circonstances et que, si l'idée te venait de lui désobéir, il te pousserait personnellement du haut des remparts du château Sween.

— C'est très fraternel de sa part.

— *Aye*, j'ai trouvé cela touchant.

— Le danger est-il si grand ? intervint Coira. N'y a-t-il donc rien que nous puissions faire pour l'aider ?

— Par exemple ? lâcha Elspeth en retrouvant son air froid. Auriez-vous une suggestion ?

— Non, je…

Coira laissa sa phrase en suspens, glacée par l'antipathie qu'elle décelait dans la voix de la jeune femme.

— Non, conclut-elle.

— C'est bien ce que je pensais.

— Nous pourrons en discuter plus tard, intervint Fergus en posant les mains sur les épaules de Coira pour les masser. En attendant, nous ferons ce que Ross nous a ordonné.

Coira se tordit le cou pour croiser son regard, à la fois émue par son geste et contente de l'expression choquée qu'elle discerna du coin de l'œil sur le visage d'Elspeth.

— En ce cas, je m'en vais préparer la chambre des enfants pour Elspeth. Ailis et Gregor dormiront dans le cabinet, ce soir.

— Non, déclara Fergus contre toute attente. Elspeth peut dormir ici.

— Mais c'est notre invitée !

— La méridienne est suffisamment confortable pour elle, dit-il en se tournant vers sa sœur d'un air interrogatif. N'est-ce pas, Elspeth ?

— À vrai dire, je préférerais…

Le regard de Fergus la stoppa net dans son propos. Elle croisa les bras sur sa poitrine.

— *Aye*, ce sera parfait… visiblement.

— Parfait, alors c'est décidé.

Coira les dévisagea l'un après l'autre, puis décida de prendre congé. L'atmosphère était bien trop tendue à son goût.

— Bon, je m'en vais m'occuper de vos hommes, Elspeth. Ils doivent être affamés après un tel voyage.

— Merci.

Fergus lui prit la main alors qu'elle s'apprêtait à quitter la pièce et la porta à ses lèvres souriantes pour lui déposer un baiser sur les phalanges.

— Nous discuterons du reste plus tard.

— Fergus ?

Elspeth attendit que Coira soit sortie du cabinet pour prononcer son nom avec une lenteur inhabituelle, comme si elle se demandait s'il s'agissait bien de lui.

— Que se passe-t-il ? demanda-t-elle.

Il s'assit sur la chaise désormais vacante de son épouse et croisa ses longues jambes devant lui, au niveau des chevilles.

— C'est-à-dire ?

— Coira et toi. Vous venez de… Enfin, Fergus, tu as presque souri.

— Presque ?

— Pour de bon, même !

— *Aye*.

— Et tu lui as massé les épaules.

— C'est vrai.

— Et tu lui as fait un baise-main.

— Je sais.

— Est-ce là tout ce que vous avez fait ?

— En public, nous ne sommes pas allés plus loin, répondit-il en arquant un sourcil moqueur. Pour le reste, cela ne te regarde pas. Et je te préviens : encore une interrogation de ce genre, et tu dormiras sur une botte de foin dans l'étable, ce soir.

— Incroyable ! rugit Elspeth en lui envoyant un coup de pied dans le tibia. Comment peux-tu ne serait-ce que rester dans la même pièce que cette femme après ce qu'elle t'a fait ?

— Je pensais la même chose que toi jusqu'à il y a peu, mais il s'avère que la situation n'est pas ce qu'elle semblait être.

— Vraiment ? Et j'imagine que c'est elle qui te l'a affirmé.

— *Aye.*

— Et tu l'as crue ?

— *Aye.*

— Imbécile, cracha-t-elle en levant les yeux au ciel d'un air sceptique. Elle te manipule.

— Me crois-tu si facile à manœuvrer ?

— N… non.

— Alors tu penses que je me laisse tromper la bouche en cœur ?

— Ne dis pas de sottises !

— Dans ce cas, aie confiance en mon jugement.

— Je te fais confiance, Fergus, du moins de manière générale, mais tu restes un homme, et les membres de la gent masculine ont beau s'imaginer intelligents, parfois il ne suffit que d'un…

— Je ne me suis jamais imaginé intelligent, tu devrais le savoir, rétorqua Fergus en se redressant. Néanmoins, je la crois. Je lui fais confiance, même. Tu peux rester ici aussi longtemps que tu le souhaites, mais, dans ce cas, je te prierai de bien vouloir traiter mon épouse avec le respect qui lui est dû.

— Le respect qui lui est dû ?

— *Aye*. Cela ne te ressemble pas de te comporter de manière aussi pincée. Que se passe-t-il ?

Pendant une fraction de seconde, Fergus crut que sa jeune sœur allait lui avouer quelque chose. Ses lèvres s'entrouvrirent et un éclair de vulnérabilité passa brièvement dans ses pupilles, avant qu'elle ne détourne brusquement la tête.

— Ce n'est rien, je suis simplement fatiguée.

— Si tu le dis, répondit-il en hochant la tête d'un air soupçonneux. Je fermerai les yeux pour cette fois, mais, si tu lui reparles de manière aussi impolie à l'avenir, tu feras face à mon courroux. Est-ce bien clair ?

— Comme de l'eau de roche, répondit Elspeth en affichant une moue mutine. Je serai courtoise envers elle, puisque c'est si important pour toi, mais ne t'attends pas à ce que nous devenions amies.

— Tu devrais lui donner une chance.

— Et tu devrais comprendre que j'agis de la sorte parce que je tiens à toi et que je ne veux pas te voir blessé de nouveau.

— J'en ai parfaitement conscience. Crois-moi, poursuivit-il en émettant un petit rire sans joie, si ce n'était pas le cas, tu serais déjà de retour chez Ross, Campbell ou non.

— Qu'avez-vous dit à votre sœur ? s'enquit Coira en observant Fergus d'un air inquisiteur quand il grimpa sur la couche à côté d'elle, quelques heures plus tard. J'ai cru que j'allais me transformer en glaçon tellement son regard était froid à son arrivée, mais elle s'est montrée plaisante toute la soirée. Elle m'a même remerciée de lui avoir passé la salière à table.

— Tant mieux.

— Certes, mais que lui avez-vous dit ?

— Rien que vous n'ayez besoin de savoir, répondit-il en la prenant par la taille pour l'attirer contre lui. Et rien dont je ne désire discuter en ce moment précis. J'ai des activités bien plus intéressantes en tête.

— Comme celle de dormir ? lança Coira d'une voix espiègle en battant des cils. Vous avez raison. Je suis exténuée.

— En ce cas, je ne serai pas long, si c'est là ce que vous souhaitez, dit-il dans un sourire en faisant glisser ses mains jusqu'aux hanches de Coira.

— Oh ! je n'ai jamais prétendu une telle chose.

Elle roula sur le côté pour venir s'allonger au-dessus de lui, le menton sur son torse, et plongea les yeux dans les magnifiques iris marron de Fergus.

— J'imagine que je devrais me montrer reconnaissante envers vous d'avoir eu cette discussion secrète avec votre sœur.

— Parfaitement. Vous êtes libre de me remercier de la manière qui vous plaira.

— De la manière qui me plaira…

Elle afficha une moue pensive pendant une seconde avant de descendre lui lécher un téton.

— Comme cela ?

Fergus grogna de plaisir.

— C'est un bon début.

Elle glissa sur le côté et réserva le même traitement à son second téton.

— N'y a-t-il vraiment rien que nous ne puissions faire pour aider votre frère ?

Il releva la tête, incrédule.

— Est-ce vraiment le bon moment pour me poser cette question ?

— Vous avez dit que nous en parlerions plus tard.

— Et je maintiens ma position. Beaucoup plus tard, même. Demain.

— Et si Ross était en danger ?

— Il l'est, mais il m'a ordonné de rester ici. Il veut aussi que je protège Elspeth, alors je vais obéir sans discuter. Croyez-moi, il sait ce qu'il fait. Maintenant ayez pitié de votre homme et remettez-vous à votre besogne avant que je ne doive vous supplier.

Coira sourit et posa une main sur son ventre. Les muscles de son abdomen se contractèrent sous ses doigts.

— J'ai du mal à vous imaginer faire cela.

— Il y a un début à tout.

— L'idée ne me déplaît pas.

Elle se redressa et s'assit à califourchon sur les hanches de Fergus.

— Est-ce étrange de ma part ?

— Je croyais que vous étiez censée me remercier.

— Peut-être pourrions-nous faire les deux en même temps ?

Elle se pencha vers lui juste assez pour que la pointe de ses seins lui effleure le torse.

— Merci, souffla-t-elle dans le creux de son oreille avant de lui embrasser le cou tout en se frottant contre lui. Merci pour tout.

Elle s'éloigna légèrement lorsqu'il releva les hanches pour se rapprocher d'elle.

— Mer…

— Il n'y a pas de quoi, grogna-t-il d'une voix rauque en lui attrapant les fesses pour la coller contre lui. Maintenant, cessez de me torturer, je vous en prie.

Coira gémit quand il s'inséra en elle et laissa la délicieuse sensation de son membre dur et chaud qui l'emplissait l'envahir. Elle se mit à onduler, déclenchant de petites vibrations jouissives dans le creux de son ventre à chaque mouvement.

— Non, laissez-moi faire, l'interrompit-elle en posant les mains sur son torse alors qu'il s'apprêtait à la faire basculer sur le dos.

Elle se redressa au-dessus de lui et se mit à bouger instinctivement, d'avant en arrière, sans vraiment réfléchir à ce qu'elle faisait. Les vagues de plaisir se firent plus fortes, gagnant en intensité au rythme de ses hanches, tant et si bien qu'elle ne put bientôt plus se contenir. La sensation explosa en elle, aussi brûlante que la lave d'un volcan, sillonnant chacun de ses nerfs tandis qu'elle poussait un cri de jouissance et que tous ses muscles se contractaient.

Elle s'effondra sur le buste de Fergus. Il la serra dans ses bras et donna quelques derniers coups de reins, avant d'atteindre la jouissance lui aussi.

— Fergus…, murmura-t-elle hébétée, incapable de bouger alors que les dernières décharges de plaisir lui traversaient les membres.

— *Aye*, répondit-il d'une voix déjà ensommeillée. Si c'est ainsi que vous me montrez votre gratitude, rappelez-moi de discuter plus souvent avec ma sœur.

Chapitre 17

Ces dernières nuits avaient été mémorables, songea Coira tandis qu'elle rangeait la chambre des enfants en fredonnant une mélodie. Sans parler de l'inimaginable, incroyable plaisir qu'elle ressentait chaque fois. Plusieurs heures plus tard, elle baignait encore dans la rémanence de multiples sensations. Son esprit peinait à se concentrer sur la moindre tâche tant ses pensées persistaient à revenir à ces moments d'extase. *Quatre* d'affilée rien que pour la nuit dernière, chacun plus délicieux que le précédent. C'était à se demander ce que lui révéleraient leurs prochains ébats. Si seulement elle avait pu accélérer le temps ! Les heures semblaient s'étirer à l'infini tout au long de la journée. Même après quinze jours passés à rattraper le temps perdu, elle ne pouvait s'empêcher d'attendre avec impatience l'instant où elle poserait de nouveau les yeux sur Fergus, mais il était sorti, occupé à ses affaires habituelles. Éprouvait-il les mêmes difficultés de concentration qu'elle ?

— Vous avez un bébé ?

Coira fit volte-face et se retrouva nez à nez avec Elspeth dans l'encadrement de la porte, qui fixait, ébahie, le berceau dans lequel Ailis dormait.

— *Aye*, répondit-elle en opinant, surprise de l'intérêt

d'Elspeth. Mais ce n'est presque plus un bébé désormais. Elle a déjà un an.

— Puis-je m'approcher ? Je promets de ne pas la déranger.

— Bien sûr. Elle ne devrait pas tarder à se réveiller pour manger, de toute manière.

Les traits d'Elspeth s'adoucirent.

— Elle est mignonne. Comment s'appelle-t-elle ?

— Ailis, comme ma mère.

— C'est beau. Un joli nom pour une jolie petite fille. Parfois, j'aimerais porter celui de ma mère, moi aussi. Je l'ai perdue si jeune. Cela m'aurait permis de garder un peu d'elle avec moi.

— C'est ce qui a motivé mon choix. Je voulais conserver ce lien. Et mon premier mari ne se souciait guère de nommer une fille.

Coira inclina la tête avant de poursuivre.

— De quoi est morte votre mère ?

— De la pestilence qui a ravagé ces terres, il y a maintenant des années.

— Je m'en souviens. Mes parents ont été emportés par la même affliction. Mon frère et moi avons survécu mais tant de gens ont péri. C'était horrible.

— *Aye*, acquiesça Elspeth en déglutissant avec peine. Mais Ailis est magnifique. J'ignorais que vous aviez une fille.

— Tout comme Fergus, à son arrivée.

Elspeth releva les yeux du berceau, surprise.

— Cela a dû être un choc pour lui.

— C'est vrai, mais c'est un véritable amour avec elle.

— Fergus ? Mon frère Fergus ?

— Celui-là même, s'esclaffa Coira devant l'expression sceptique de la jeune femme. J'ai été tout aussi étonnée que vous, mais il semble dans son élément naturel lorsqu'il est avec les enfants. Je commence à croire qu'Ailis le préfère à moi.

— Voilà qui est inattendu. Et lui et vous, vous…, hésita-t-elle un instant. Vous semblez heureux.

— *Aye.*

Coira fit semblant de s'affairer, consciente de la chaleur qui lui était montée aux joues. Qu'Elspeth voulait-elle dire par « heureux » ? Les avait-elle entendus, la nuit dernière ? Dans le feu de l'action, elle n'avait pas fait grand effort pour étouffer ses cris.

— J'admets que nous avons mis du temps à nous acclimater l'un à l'autre, mais à présent…

Coira redressa les épaules et chassa son embarras pour plonger son regard dans celui de sa belle-sœur.

— Je me rends compte que j'ai fait une terrible erreur, il y a six ans. Je l'ai mal jugé.

— En effet. Et gravement, renchérit Elspeth avec une étincelle dans les yeux. Mais j'imagine qu'il n'est pas étonnant pour quiconque n'a pas grandi avec lui de le trouver quelque peu intimidant. Et mal léché. Et strict. Tout bien considéré, l'erreur était facile.

— Merci.

— Contentez-vous de ne plus la refaire. Fergus s'imagine que Ross et moi ignorons ce qu'il ressentait pour vous, à l'époque, mais nous n'étions pas aveugles. Vous lui avez brisé le cœur.

Coira déglutit avec difficulté, la poitrine serrée.

— J'en ai conscience, maintenant. Si cela peut vous aider, j'ai eu une vie bien misérable après cela, moi aussi.

— Je vois, ça aide un peu, en effet, répondit Elspeth en toute honnêteté. J'en conclus que votre premier mari n'était pas gentil envers vous.

— C'est une façon de le dire.

— Alors vous m'en voyez désolée, vraiment, mais si jamais vous faites de nouveau du mal à Fergus…

— Cela n'arrivera pas. Nous souhaitons tous les deux tourner la page.

— Alors il semblerait que nous soyons d'accord.

Elspeth haussa les épaules comme pour marquer la fin de leur conversation.

— Et puis, il me fera dormir dans l'étable si je vous blesse, alors j'imagine qu'il est préférable pour moi de me montrer aimable envers vous.

— Dans ce cas, je…

Coira renifla l'air et baissa le regard sur le berceau. Les yeux grands ouverts, sa fille paraissait avoir écouté leur échange, mais l'air concentré qu'elle affichait indiquait qu'elle était désormais occupée à une affaire bien plus pressante.

— Avez-vous l'habitude de vous occuper des bébés ?

— Moi ? dit Elspeth en écarquillant les yeux. Je ne crois pas avoir jamais…

— Alors c'est l'occasion rêvée, déclara Coira en se penchant pour prendre sa fille dans ses bras. Vous allez pouvoir m'aider à nettoyer tout cela. Ailis, je te présente ta tante Elspeth.

— Ciel ! Que t'est-il arrivé ? s'enquit Fergus avec curiosité quand il pénétra dans le cabinet vers midi.

Avachie sur la méridienne, les bras de part et d'autre du matelas et les jambes par-dessus l'accoudoir, Elspeth était complètement échevelée.

— J'ignorais à quel point les bébés pouvaient être aussi

éreintants, expliqua l'intéressée d'une voix ensommeillée. Ils ont de l'énergie à revendre.

— Tu t'es occupée d'Ailis ?

— J'ai joué avec elle, je l'ai lavée, je l'ai changée…

Elle fronça le nez de dégoût à ce souvenir.

— J'ai encore l'odeur dans les narines. Tu n'imagines pas combien de fois un bébé peut se salir en une seule matinée.

— Je commence à avoir une petite idée sur la question, dit Fergus, amusé. Je suis ravi de voir que tu prends tes devoirs de tante au sérieux.

— Si tu essaies de faire de l'humour, alors tu peux aller te…

— Fergus !

Interrompant l'insulte qu'Elspeth était sur le point de lui lancer, Coira lui adressa un grand sourire depuis l'autre extrémité de la galerie des ménestrels qu'elle remontait tout en s'essuyant les mains dans un linge.

— Je ne vous attendais pas si tôt, dit-elle.

— J'espère que ce n'est pas un reproche.

Il la rejoignit en deux enjambées, la prit dans ses bras et l'embrassa comme s'ils ne s'étaient pas vus depuis un mois. Rester une matinée entière loin d'elle était un véritable défi auquel il était loin de s'être habitué. Quel que soit le sort qu'elle lui avait jeté, il semblait prendre de l'ampleur à mesure que les jours s'écoulaient.

— C'est bon, nul besoin d'en rajouter, lança Elspeth d'un ton agacé. Soit tu la laisses tranquille, soit tu l'emmènes dans un endroit plus intime. Je suis trop exténuée pour bouger et je n'ai vraiment pas envie d'être témoin de cela.

— Oh ! j'avais oublié que tu étais là, murmura Fergus d'un ton moqueur, ravi d'entendre l'indignation dans la voix de sa sœur.

— C'est ici que je dors !

— Ce n'est pas faux, concéda-t-il.

Il s'écarta de son épouse à contrecœur, bien que l'idée de l'emmener dans un endroit plus intime soit extrêmement tentante.

— J'étais juste venu m'assurer que vous vous entendiez bien, toutes les deux.

— Oh oui, nous avons passé une excellente matinée. N'est-ce pas, Elspeth ?

L'enthousiasme de Coira semblait un peu trop beau pour être vrai, et Fergus en conclut qu'elle avait dû prendre une petite revanche après le comportement impoli d'Elspeth la veille.

— Oui, si l'on fait fi du…

Elspeth ne termina pas sa phrase et secoua la tête.

— Je commence à me demander s'il n'est pas préférable d'annuler mes fiançailles avec MacLachlan. Il voudra certainement un héritier et je ne suis pas sûre d'être faite pour être mère.

— Tu t'es très bien débrouillée pour ton premier jour.

— J'aurais bien besoin d'une coupe de vin. Un fût entier, même, si tu en as un sous la main.

— J'irai voir dans la cave, répondit Fergus en s'esclaffant avant de se tourner vers Coira. Si je suis venu, c'était surtout pour vous annoncer qu'Iver est parti.

Coira battit des cils, surprise.

— Parti ? Comment cela, parti ?

— D'après Malcolm, il a quitté le château hier soir en prétendant avoir des affaires à régler au village mais il s'est dirigé dans la direction opposée.

— Oh ! fit Coira en fronçant les sourcils d'un air pensif. Vous ne m'en voyez pas fâchée.

— Moi non plus, mais cela ne me dit pas où il a bien pu aller et surtout pourquoi.

— Est-ce si important ?

— J'espère que non, mais je dois vous avouer que j'ai un mauvais pressentiment.

Il tendit la main pour s'emparer des doigts de Coira, qu'il caressa distraitement. Le départ d'Iver ne lui disait rien qui vaille. Il regrettait de ne pas avoir gardé un œil plus attentif sur l'ancien chef de la garde. Elspeth n'avait pas quitté le cabinet depuis son arrivée, mais le personnel savait qu'une femme s'était présentée aux portes du château et, étant donné les circonstances, il n'était pas bien difficile de deviner son identité.

— De toute manière, il est trop tard pour le pourchasser à présent. Quoi qu'il advienne, je m'en occuperai.

— Quoi qu'il advienne ? répéta Coira, le visage voilé par l'inquiétude.

— Ne vous tracassez pas. Je suis probablement trop prudent. J'ai simplement jugé bon de vous en informer. Il y a de grandes chances qu'il soit simplement allé embêter quelqu'un d'autre. Nul doute que l'idée de devoir se battre l'a effrayé.

— Comme j'aimerais que vous ayez raison. Cela vous paraîtra peut-être horrible, mais j'espère bien ne jamais avoir à recroiser cet individu.

Coira jeta un coup d'œil à Elspeth juste à temps pour apercevoir l'expression de détresse sur le visage de sa belle-sœur.

— Elspeth ? Que se passe-t-il ?

— Ce n'est rien, je…, balbutia-t-elle en se détournant de Coira, le teint pâle.

— Ce n'est pas rien, dit Fergus en s'accroupissant près d'elle. Explique-nous.

Elspeth renifla.

— C'est juste que… Tu disais que, quoi qu'il advienne, tu t'en occuperais, mais je ne voudrais pas te causer de problèmes, à toi aussi.

— À moi aussi ?

— *Aye*, admit-elle en se tordant les mains. J'aurais dû vous en parler hier, mais je ne supportais pas l'idée d'aborder le sujet. La vérité, c'est que l'abbaye a été attaquée. Les Campbell ont dû découvrir où je me cachais. Dieu soit loué, ce n'était qu'une escarmouche et personne n'a été grièvement blessé, mais j'ai considéré cette attaque comme un avertissement. C'est pourquoi je suis venue ici sans attendre, malgré la pluie. J'ai laissé mes servantes derrière moi, pour leur sécurité.

— Un avertissement ? répéta Fergus en se frottant la mâchoire d'une main. Cela n'a aucun sens. Si les Campbell savaient où tu te trouvais, pourquoi t'auraient-ils mise en garde au sujet de leurs intentions ? Ils auraient pu te capturer sur-le-champ.

— J'ignore ce qu'ils avaient derrière la tête. Je suis simplement heureuse d'avoir pu m'échapper à temps, dit Elspeth en serrant les poings. J'ai envoyé un messager apporter la nouvelle à Ross et j'ai chevauché d'une traite jusqu'ici. Chaque fois que j'y repense, je revois les hommes charger en direction de l'abbaye. J'étais impuissante, je n'ai rien pu faire. Si seulement je savais me battre ! Pour lors, j'aurais pu me défendre.

Ses yeux brillèrent de colère.

— Les femmes ne sont pas faites pour la guerre, dit Fergus avec calme.

— C'est ce que notre oncle disait toujours, mais qu'en savait-il, au fond ? Il ne m'a jamais laissé une chance de prouver mes capacités. Je veux apprendre à me battre !

— Elle a raison, intervint Coira. Une femme doit être en mesure de se défendre ainsi que ses proches.

— *Aye*, concéda Fergus. Si cela n'avait tenu qu'à moi, j'aurais accepté, mais MacLachlan ne voit peut-être pas les choses de cette manière.

— C'est fort probable, admit Elspeth en grimaçant. Il voudra certainement que je couse ses chemises, lui aussi. Sans vouloir vous offenser, Coira.

— Il n'y a pas de mal.

— Dans tous les cas, poursuivit Elspeth, il faut que je me rende auprès de lui. S'il n'est pas de retour d'Édimbourg à mon arrivée, alors il ne tardera pas à l'être. Il faut que je quitte le château Barron avant que les Campbell ne me retrouvent.

— Pas tant que la pluie ne se sera pas calmée, rétorqua Fergus en secouant la tête. Les routes sont inondées. Tu as eu de la chance d'être arrivée ici en un seul morceau.

— En attendant que le ciel se dégage et après tout ce que vous avez vécu, je suggère que vous ne restiez pas seule, dit Coira en posant une main sur l'épaule d'Elspeth. Descendez donc dîner avec nous ce soir. Vous êtes notre une invitée, et nous allons vous divertir.

— Une invitée *secrète*, précisa Fergus en lui décochant un regard d'avertissement.

— Les secrets ne le restent jamais bien longtemps dans un château, vous devriez le savoir, répliqua Coira. Maintenant qu'Iver est parti, je peux affirmer en toute franchise que j'ai confiance en tout le monde ici. Je vous en prie, Elspeth, permettez-moi de vous traiter comme une sœur.

— Comme une sœur ? répéta Elspeth tandis que ses traits se détendaient. *Aye*, ce sera avec plaisir.

— Vous n'aviez pas besoin d'en faire autant.

Fergus rapprocha sa chaise de celle de Coira à la grande table et leva les yeux vers la galerie où les ménestrels venaient de se mettre à jouer.

— Nous devons faire des provisions au cas où, ajouta-t-il.

— Il nous en reste encore suffisamment, répondit Coira en inclinant la tête vers lui en souriant. Elspeth a besoin de se changer les idées après ce qu'il lui est arrivé. Cela a dû être une épreuve terrible. Et puis, tout le monde est tendu ici. La menace des Campbell hante tous les esprits. Ce soir, c'est l'occasion de mettre les inquiétudes de côté, ne serait-ce que quelques heures, et de profiter du spectacle.

— Vous n'avez pas totalement tort, admit-il sans se défaire pour autant de son air renfrogné.

— J'ai même parfaitement raison.

Coira posa un doigt au milieu du front de Fergus et lissa le pli soucieux entre ses yeux.

— Maintenant, cessez de froncer les sourcils. Il y a encore de nombreux gardes postés dehors, n'est-ce pas ?

— *Aye.*

— Et ils nous feront signe s'ils voient ou entendent quelque chose de suspect.

— *Aye.*

— Alors que gagnez-vous à vous faire du mouron en restant assis là ?

— Je n'ai jamais eu l'intention de rester assis. J'avais plutôt prévu de m'allonger avec vous.

Coira rit aux éclats en rougissant.

— Si tentée que je sois d'accepter, Elspeth reste notre invitée et elle a besoin d'un peu de distraction. Nous ne pouvons pas aller nous coucher et l'abandonner à elle-même, n'est-ce pas ?

— C'est pourtant ce que nous avons fait hier soir.

— Elle était éreintée, pour lors. Aujourd'hui, c'est différent. Elle m'a acceptée en tant que sœur. C'est une victoire à célébrer, ne croyez-vous pas ?

— J'imagine, admit-il à contrecœur en s'autorisant à sourire.

Sa jeune sœur tournoyait sur la piste de danse, visiblement ravie. Même enfant, elle avait toujours donné le meilleur d'elle-même en toutes circonstances. Après tout ce qu'elle avait vécu ces derniers jours, il était impossible de ne pas admirer son esprit de résilience. Elle aurait probablement fait une bonne guerrière, si on lui avait donné une chance.

— Elle a l'air de s'amuser, fit-il remarquer.

— Grizel aussi, ajouta Coira en désignant discrètement sa servante du doigt. Comment ai-je pu ne pas remarquer qu'il se tramait quelque chose entre elle et Euan ? Regardez-les ! C'est gros comme une maison.

— *Aye*, dit Fergus en riant.

Euan en particulier profitait de l'occasion pour toucher sa partenaire en public. Si quelqu'un dans ce château ignorait jusqu'à présent la nature de leur relation, son comportement avait mis fin au moindre doute.

— Et vous ? demanda Coira en glissant sa main dans celle de Fergus sous la table. Dansez-vous ?

Il se contenta de renifler avec dédain.

— À votre avis ?

— Vous avez bien dû apprendre.

— *Aye*, mais je ne me suis jamais adonné à cette activité de mon plein gré.

— Vous ne refuseriez tout de même pas une danse à votre épouse, n'est-ce pas ?

— Coira…

— Surtout si elle vous promet de vous dédommager par la suite, proposa-t-elle en battant des cils.

Fergus se leva et s'inclina devant elle.

— Milady, me feriez-vous l'honneur de danser avec moi ?

— J'en serais ravie.

Elle lui offrit une révérence en glissant les doigts dans sa paume et contourna la table, Fergus sur ses talons.

— C'est la première et la dernière fois, vous m'entendez ?

Quand ils atteignirent les autres danseurs, il passa un bras dans son dos et posa son autre main sur sa taille en ignorant le regard médusé d'Elspeth qui manqua de trébucher sous l'effet de la surprise.

— Je ne compte pas en faire une habitude.

— C'est ce que vous croyez, répondit Coira en souriant avec malice. Il s'avère que j'adore danser.

— Vous n'avez qu'à demander à Malcolm d'être votre partenaire.

— Ne soyez pas ridicule, le sermonna-t-elle, amusée, en tournoyant sous son bras. Vous êtes le seul homme dont j'ai envie.

— Alors estimez-vous chanceuse, parce que vous me possédez déjà.

Il l'attira contre lui, bien plus que ne le requérait le pas de danse, et elle le dévisagea un long moment avant de s'écarter pour tourbillonner de plus belle. Légèrement surpris et vaguement alarmé, Fergus se demanda si ses propres mots n'avaient pas un autre sens que celui qu'il avait voulu leur donner. Il n'avait pas réfléchi en les prononçant mais ils n'en étaient pas moins véridiques. Nul besoin de prétendre le contraire. Il avait eu beau vouloir protéger son cœur, il était déjà trop tard. *Il l'aimait.* Il était retombé amoureux d'elle et il n'y avait plus moyen de faire marche arrière.

Devait-il s'en réjouir ou bien pleurer ?

Chapitre 18

Quelques jours plus tard, Coira croisait l'intendant dans la grande salle.

— Bonjour, Malcolm, dit-elle en souriant au vieil homme. Est-ce que tout va bien ? Vous êtes pâle comme un linge.

— Ce n'est rien, milady. Juste quelques rhumatismes, répondit Malcolm en se frottant la barbe avant de s'esquiver à petits pas pressés, la tête baissée. Dans quelques jours, ce ne sera plus qu'un mauvais souvenir.

Ailis sur une hanche, Coira le regarda s'éloigner avec inquiétude, puis alla retrouver Fergus. Adossé à une table, il agrippait si fort le bord du plateau que les phalanges de ses mains étaient blanches.

— Fergus ? commença-t-elle en lui effleurant l'épaule. Qu'y a-t-il ? Que s'est-il passé ? Je viens de croiser Malcolm, il n'avait pas l'air dans son assiette.

Fergus sembla revenir brusquement à lui.

— Oh ! les éclaireurs sont de retour.

— Et ? Ont-ils aperçu quelque chose ?

— Non, mais ils ont entendu des rumeurs au sujet du château Sween. Vous vous souvenez de l'escarmouche d'il y a quelques semaines dont nous a informés Ross ? Il semblerait que les Campbell aient de nouveau attaqué.

— Oh non, dit-elle en portant une main à sa gorge, horrifiée. Qu'allons-nous faire ?

— Rien du tout. Ross m'a ordonné de ne pas agir.

— Mais…

— Il devait se douter que cela arriverait, l'interrompit-il, sinon il n'aurait pas envoyé Elspeth dans cette abbaye. Cela veut dire qu'il a un plan. J'aimerais savoir lequel. Je déteste rester assis là sans rien faire pendant qu'il fait face au danger.

Il posa une main sur la taille de Coira et, de l'autre, chatouilla le menton d'Ailis, qui gazouilla gaiement.

— Je suis désolée, dit Coira en inclinant la tête contre son épaule. J'aimerais pouvoir faire quelque chose.

— Malheureusement, nous n'en savons pas plus pour le moment. Le message de Ross indiquait que les Campbell avaient probablement séparé leurs forces. J'ai ouï dire qu'une partie de leur armée se dirigeait présentement vers le nord.

— Après toute cette pluie ? Vous avouerez que c'est peu probable.

— Mais pas impossible, surtout si Alexander Campbell pense que nous ne nous attendons pas à le voir ici. C'est un homme brutal et sans pitié. Il ne se soucie guère de ce que ses hommes peuvent endurer. S'il veut attaquer, il attaquera.

— Mais pourquoi avoir divisé ses forces ?

— Il pensait peut-être ne pas avoir besoin de l'armée tout entière pour attaquer Sween. Ou bien il avait prévu de l'assiéger et de nous prendre par surprise en même temps, mais la pluie l'a ralenti. Ce n'est pas idiot de s'attaquer à la proie plus petite que nous sommes. Le mois d'octobre est presque là. S'ils ne parviennent pas à pénétrer dans l'enceinte de l'un des deux châteaux avant l'hiver, alors ils auront besoin d'un autre endroit où établir leur garnison et protéger leurs hommes du froid. À moins qu'ils ne retournent en Irlande.

— Qu'allons-nous faire ? Et qu'en est-il d'Elspeth ? Elle avait l'intention de prendre la route demain.

— C'est probablement la plus sage des idées. Il ne vaut mieux pas qu'elle se retrouve piégée ici avec nous. D'un autre côté, les hommes de Campbell sont peut-être déjà en route pour les terres de MacLachlan. Auquel cas, elle risque de se jeter dans la gueule du loup. J'aurais bien aimé l'escorter, mais je ne veux pas vous laisser seule avec les enfants. Dans tous les cas, le danger nous menace.

— Peut-être devriez-vous laisser Elspeth décider.

— J'ai déjà pris ma décision et je pars à l'aube, intervint Elspeth qui venait d'apparaître sur le seuil. J'ai entendu votre conversation et je suis d'accord avec vous : c'est dangereux, mais nous avons besoin d'alliés pour nous défendre contre les Campbell. C'est pourquoi je dois épouser MacLachlan le plus vite possible. Je suis déjà restée trop longtemps ici. J'avais prévu de ne pas m'attarder plus de quelques jours et cela fait presque une semaine.

— Peu importe, répondit Fergus d'une voix sombre. Je ne peux pas me dédoubler et t'accompagner chez MacLachlan tout en protégeant le château Barron.

— Alors j'irai avec les hommes de Ross qui m'ont escortée jusqu'ici.

— C'est loin d'être suffisant.

Elspeth était sur le point de le contredire quand il leva une main pour la faire taire.

— J'y réfléchirai. Je peux peut-être me séparer de quelques gardes qui pourront t'escorter. En premier lieu, je dois envoyer un messager à Brody. Si les Campbell sont en chemin, il faut qu'il se prépare à nous venir en aide. C'est notre seul espoir.

L'après-midi laissa place au crépuscule et les ombres s'allongeaient déjà lorsque Fergus réapparut enfin sur le seuil du cabinet.

— Bon, dit-il en fixant Elspeth dans les yeux. Tu peux prendre la route à la première heure demain matin, mais ce sont mes éclaireurs qui t'accompagneront. Ils ouvriront la voie pour s'assurer qu'elle est sûre. Au moindre signe de danger ou au moindre soupçon, je veux que tu fasses demi-tour et que tu reviennes ici derechef. Est-ce bien clair ?

— On ne peut plus, dit Elspeth en acquiesçant.

— Est-ce bien prudent ? demanda Coira, inquiète, en reposant son ouvrage de couture pour s'approcher de Fergus et l'enlacer.

— Non. Je n'aime pas l'idée de laisser partir Elspeth, mais elle a raison : nous avons besoin de cette alliance avec les MacLachlan.

— Dans ce cas, peut-être que…

Elle s'interrompit et tourna la tête vers la cage d'escalier en entendant des pas remonter les marches à la hâte.

— Euan ?

— Venez voir, vite ! s'exclama le jeune homme en faisant irruption dans la pièce sans même reprendre son souffle.

Fergus agrippa la main de Coira pour la pousser en sécurité derrière lui.

— Les Campbell sont là ? s'enquit-il.

— Toute une armée !

— Quoi ? glapit Coira en sentant une sueur froide lui parcourir l'échine.

Ils se précipitèrent à l'extérieur, dévalèrent les marches du donjon et traversèrent la basse-cour pour grimper sur le toit de la guérite. Malheureusement, Euan n'avait pas exagéré. Une armée se tenait bien à leurs portes. Des centaines d'hommes marchaient à l'horizon, trop nombreux pour être comptés, et s'apprêtaient à contourner le loch dans leur direction.

— De toute évidence, les Campbell ont choisi leur proie, annonça Fergus d'une voix dure. Nous devons envoyer un autre messager à Brody et lui dire de nous venir en aide sur-le-champ.

— J'ai déjà demandé à l'un des hommes de préparer sa monture, annonça Euan à bout de souffle.

— Parfait, dit Fergus en serrant la main de Coira dans la sienne. Je reviens dans une minute.

Coira déglutit avec difficulté en observant, au-delà des remparts, la lente mais inexorable progression des soldats ennemis qui se dirigeaient vers eux, leurs armes scintillant dangereusement à la lumière du soleil couchant. Leur objectif ne faisait plus aucun doute.

— Ils sont si nombreux, murmura Elspeth. Beaucoup trop pour que nous puissions les repousser.

— La supériorité numérique ne fait pas toujours tout, mais j'ai bien peur que vous n'ayez raison, admit Coira.

— Qu'allons-nous faire ?

— Premièrement, nous écouterons ce qu'ils ont à dire, déclara la voix de Fergus dans leur dos. Puis nous nous défendrons du mieux possible en espérant que les renforts de Brody arriveront à temps.

Juste à ce moment-là, un cavalier franchit les portes de

l'enceinte du château et s'élança au triple galop, comme s'il avait une meute de loups à ses trousses.

— Oh non ! s'écria soudain Coira, horrifiée. Ce n'est pas possible !

— Qu'y a-t-il ? demanda Fergus en venant se placer à côté d'elle.

— Je n'arrive pas à y croire. C'est Kendrick !

— Quoi ? Où ça ?

— En première ligne, à droite de l'homme aux cheveux noirs.

— C'est Alexander Campbell en personne, annonça Fergus en plissant les yeux pour mieux apercevoir l'ennemi. Je reconnaîtrais cette ordure n'importe où. Aucun signe de son fils Calum, en revanche.

— Kendrick et Campbell ? Que font-ils ensemble ? Comment ont-ils pu se rencontrer ? s'interrogea Coira.

Une idée la frappa soudain.

— Se pourrait-il qu'il agisse sous les ordres de Brody ? Pensez-vous que ce dernier ait pu changer de camp ?

Fergus fronça les sourcils, réfléchit un moment, puis secoua la tête.

— J'en doute. Une grande partie du territoire de Brody appartenait autrefois aux Campbell. Il a autant à perdre que nous si les Campbell sortent vainqueurs de ce conflit.

— Peut-être a-t-il passé un accord avec eux ?

— Brody est bien trop malin pour commettre une telle erreur. Il sait qu'il peut compter sur le soutien des MacMillan et des MacLachlan, tant qu'il se montre ferme. Pourquoi risquer autant auprès d'un forcené aussi instable qu'imprévisible comme Campbell ?

— Alors qu'est-ce que Kendrick fiche ici ? Cela n'a aucun sens.

— En effet. J'ignore la raison de sa présence mais j'ai bien l'intention de la découvrir.

Fergus fit un pas en arrière quand les premiers soldats ennemis s'alignèrent devant les murs du château.

— Je vais sortir leur parler.

— Je viens avec vous.

— Non, dit-il en posant une main sur l'épaule de Coira. C'est trop dangereux. Si Kendrick a passé un accord avec les Campbell contre les ordres de son père, alors nous ne pouvons pas lui faire confiance. Je refuse que vous vous approchiez à moins de dix pas de lui.

Coira serra les dents mais acquiesça d'un signe de tête, laissant sa raison l'emporter sur son désir de rester aux côtés de Fergus.

— Très bien, mais je ne veux pas que vous y alliez seul.

— Entendu. Euan ?

— D'accord, répondit le jeune homme sans la moindre hésitation.

— Parfait. Gardez la main sur la poignée de votre épée. Elspeth, restez hors de vue. Les autres…

Fergus balaya du regard les gardes qui avaient déjà tendu la corde de leur arc.

— Tenez-vous prêts, mais ne tirez pas tant que je n'en aurai pas donné l'ordre. Il nous faut retarder le combat le plus possible en attendant que des renforts arrivent.

— Attendez !

Coira lui agrippa le bras alors qu'il s'apprêtait à tourner les talons. Elle aurait voulu dire quelque chose mais les mots lui manquaient. Ses pensées se bousculaient dans son esprit, ses émotions se heurtant les unes aux autres. Que faire dans une telle situation ? Il n'y avait pas assez de temps et trop de monde autour d'eux. Et elle était terrifiée à l'idée que son époux soit blessé.

— Soyez prudent, Fergus. Je vous en prie.

— C'est promis.

Il lui caressa la joue, et ses traits s'adoucirent, rien que pour elle.

— Faites-moi confiance.

Fergus attendit que les portes de l'enceinte du château Barron se soient refermées derrière lui avant d'aller à la rencontre de Campbell et de Kendrick. Les deux hommes se tenaient l'un à côté de l'autre, mais il n'était pas bien difficile de voir qui était aux commandes. Alexander Campbell n'était pas particulièrement grand. Pourtant, il donnait l'impression d'être gigantesque, attirant tous les regards sur lui par la force de sa personnalité. S'il n'en savait pas autant sur lui, Fergus aurait eu pitié de Kendrick tant ce dernier faisait pâle figure à côté.

— MacMillan ! le salua Campbell comme s'ils étaient de vieux amis.

— Campbell. Cela faisait longtemps.

— *Aye*. Combien de temps, maintenant ? fit mine de se demander Campbell en se frottant le menton comme s'il avait du mal à se rappeler.

— Ça remonte au jour où vous avez tué mon oncle, répondit Fergus d'une voix dure.

— Ce sont des choses qui arrivent, sur un champ de bataille. Je suis sûr qu'un guerrier tel que vous ne m'en tiendra pas rigueur.

— Si c'est ce que vous croyez, alors vous vous trompez lourdement, riposta Fergus en tournant son attention vers Kendrick. Ai-je dit quelque chose qui vous a déplu ? Ou bien notre hospitalité n'était-elle pas à votre goût ?

— Vous savez parfaitement pourquoi je suis là, répondit

Kendrick en relevant le menton comme pour lui montrer qui était le chef. Je suis venu au secours de Coira. Elle mérite mieux que vous.

— Elle ne veut pas qu'on la sauve et elle vous l'a déjà fait comprendre, rétorqua Fergus en refoulant un accès de colère instinctif dont l'intensité le surprit.

— Parce qu'elle est terrorisée, voilà tout ! N'importe quel imbécile s'en rendrait compte.

— Alors je dois être idiot. Vous avez tort, Kendrick. Elle n'est pas intéressée par vous. Elle ne l'a jamais été.

— Je l'aime ! s'écria Kendrick, les pupilles étincelant de colère. Plus que vous ne le pourrez jamais. Elle ne le comprend pas encore, mais je ferais tout pour elle.

— Comme assassiner son premier mari ?

— Quoi ? glapit Kendrick, soudain blanc comme neige. Nevin a été éventré par un sanglier au cours d'une partie de chasse. Nul ne l'ignore.

— *Aye*, mais est-ce vraiment tout ce qu'il s'est passé ? rétorqua Fergus d'un ton délibérément provocateur. Les gens disent que vous vous trouviez juste à ses côtés, au moment fatidique.

— Cela ne veut pas dire que je l'ai tué !

— Vous admettrez tout de même que sa mort tombait à pic pour le cousin qui était amoureux de son épouse. Ou peut-être n'était-ce pas aussi calculé ? Peut-être avez-vous simplement saisi votre chance en le poussant en travers du chemin de la bête pendant que les regards étaient tournés ailleurs.

Une expression coupable traversa les traits de Kendrick.

— C'est cela, n'est-ce pas ?

— Non ! J'ai juste…

— Juste quoi ?

— *Aye*, très bonne question, intervint Campbell, les

yeux soudain brillants, comme si cette conversation l'amusait au plus haut point. Je ne voudrais pas que vous me cachiez des informations, MacWhinnie.

Kendrick serra les dents.

— Il ne s'est rien passé du tout. Nevin a mal calculé son attaque et le sanglier l'a renversé. Il a été blessé et ne pouvait plus bouger. C'est pour cela qu'il m'a appelé à l'aide.

Ses yeux se perdirent au loin, comme s'il se repassait la scène dans son esprit.

— Il a tendu la main mais l'animal a chargé.

— Et vous n'avez rien fait. Vous avez prétendu l'aider mais vous l'avez laissé se faire étriper.

— Pour Coira ! Tout ce que j'ai fait, c'était pour elle. Vous n'avez pas vu la façon dont il la traitait, dont il l'humiliait. Moi, si !

— Alors vous auriez dû le défier comme un homme honorable, pas comme un lâche.

— Je n'ai pas à me justifier auprès de vous, cracha Kendrick entre ses dents, le visage d'abord dur puis inquiet. Comment l'avez-vous découvert ?

— Je n'ai rien découvert. J'avais simplement des soupçons, ajouta-t-il sans chercher à dissimuler son mépris. Vous n'êtes pas aussi malin que vous l'imaginez, Kendrick. Tout comme votre cousin.

— Coira est-elle au courant ?

— Pas encore. J'avais pensé lui épargner cette épreuve, mais je vais peut-être changer d'avis.

— Peu importe, déclara Kendrick en relevant la tête d'un air de défi. Elle le détestait.

— *Aye*, tout comme je vous déteste, mais cela ne veut pas dire que je souhaite votre mort. Du moins, pas pour le moment, ajouta Fergus en tournant la tête vers les remparts derrière lui. Mais si l'on devait en venir aux armes, sachez que vous seriez le premier homme que je chercherais sur le champ de bataille.

— Assez ! les interrompit Campbell. Je ne suis pas venu ici pour vous entendre vous disputer comme deux vieilles mégères. Je suis venu pour la femme. Faites-la venir.

Fergus lui décocha un regard glacial.

— Vous imaginez-vous vraiment que je vais vous laisser capturer mon épouse aussi facilement ?

— Pas elle, l'autre, fit Campbell en lui décochant un regard mauvais. Votre sœur.

— Elspeth ? dit Fergus en feignant la surprise. De quoi parlez-vous ?

— Cessez de faire l'imbécile. Nous savons tous les deux qu'elle se trouve ici. Elle est arrivée il y a quelques jours, nul besoin de prétendre le contraire.

Fergus serra les dents. Si Campbell voulait Elspeth, c'était parce qu'il pouvait se servir d'elle comme d'une arme contre les MacMillan. Comment avait-il découvert où elle se cachait ? Et surtout, comment Kendrick et lui en étaient-ils venus à joindre leurs forces ? Qui avait pu les renseigner ? La seule personne à avoir quitté le château depuis l'arrivée d'Elspeth était…

— Iver ! rugit-il en direction des soldats. Montrez-vous !

Campbell éclata de rire.

— Vous êtes plus malin que ce que l'on raconte à votre sujet, MacMillan. Malheureusement pour vous, cela ne vous sera d'aucune aide aujourd'hui. Faites venir votre sœur et nous repartirons sans livrer bataille.

— Dites à votre espion que quand j'en aurai fini avec vous, je le retrouverai, lança Fergus en jetant un regard dédaigneux à Kendrick avant de se retourner vers Campbell. Vous pensez vraiment que je vais vous croire sur parole ?

— *Aye*. Loin de moi l'idée de vous insulter, mais je

préfère de loin mettre la main sur Sween que sur Barron, et votre sœur est le meilleur moyen d'y parvenir.

— Si c'est elle que vous voulez, alors pourquoi ne pas l'avoir capturée à l'abbaye ?

— L'abbaye ? répéta Campbell d'un air véritablement surpris. De quoi parlez-vous ?

— N'avez-vous pas attaqué l'abbaye, il y a peu ?

— Contrairement à ce que l'on raconte, je ne suis pas dénué de scrupules, répondit Campbell. Maintenant, ne restez pas planté là. Faites-la venir.

— Vous arrivez trop tard. Elspeth était là, c'est vrai, mais elle est repartie. Ce matin, si vous voulez tout savoir.

— Vraiment ? dit Campbell avec un éclair de suspicion dans les yeux. Et pour aller où ?

— Chez les MacLachlan, pour se marier.

— Vous mentez.

— Et vous perdez votre temps.

— Si j'avais la moindre chance de la rattraper, vous ne me l'auriez pas dit, poursuivit Campbell d'un ton narquois. Et puis, je ne suis pas d'humeur à chevaucher, aujourd'hui. Je préfère détruire ce château pierre par pierre pour découvrir si vous me dites la vérité.

— Vous perdrez des hommes.

— Les soldats, cela se remplace. Et vous voir, vous et MacWhinnie, vous battre pour une dame, je pense que cela en vaut la peine. Elle doit être spéciale, commenta-t-il d'un air concupiscent. Peut-être devrais-je vous laisser vous entre-tuer et la garder pour moi, qu'en dites-vous ?

— Elle est mienne ! s'exclama Kendrick, le visage déformé par la colère. Nous avions un accord.

— *Aye*, c'est vrai. Dans ce cas, cette conversation est terminée, déclara Campbell en levant les mains devant lui. Vous avez de la chance que je sois fatigué, MacMillan.

Je vous laisse jusqu'à demain pour changer d'avis au sujet de votre sœur. Ouvrez vos portes à l'aube ou bien nous trouverons un autre moyen de pénétrer dans votre château, qu'elle s'y trouve ou non.

Il lança un dernier regard calculateur en direction des remparts et fit volte-face, laissant Fergus en compagnie de Kendrick.

— J'en conclus que votre père n'a aucune idée de votre présence ici, déclara Fergus en le transperçant du regard. Trahir votre propre clan, voilà qui vous ressemble bien.

— Mon père n'a aucune idée de ce que je ressens.

— Votre père ne comprend pas Coira non plus... Visiblement, les malentendus sont monnaie courante, chez vous, dit-il avant de désigner du menton Campbell qui s'éloignait. Je suppose que vous savez qu'il n'est pas digne de confiance. Il se retournera contre vous dès que vous ne lui serez plus d'aucune utilité.

— Alors je suggère que nous parvenions à un accord, vous et moi, proposa Kendrick sur le ton de la connivence en jetant un coup d'œil par-dessus son épaule. Donnez-moi Coira et j'éviterai le bain de sang.

— Vous pensez vraiment que Campbell vous laissera vous retirer de la bataille aussi facilement ?

— Non, mais je peux changer de camp dès le début et le frapper par-derrière pendant que vous le repoussez depuis les remparts. Je dirai à mon père qu'il s'agissait d'un coup monté pour vous aider et personne n'en saura jamais rien.

— Très astucieux mais, si vous vous imaginez que je vais vous offrir Coira sur un plateau, alors vous avez perdu la raison. Je crains que la compagnie de Campbell n'ait une mauvaise influence sur votre santé mentale.

— MacWhinnie ! beugla Campbell au loin. Assez parlé !

— Réfléchissez-y, marmonna Kendrick à l'intention de Fergus avant de tourner les talons. C'est votre seul espoir si vous voulez vous en sortir vivant. Dans le cas contraire, je vous verrai à l'aube.

— Alors ? Qu'avez-vous appris ?

Coira et Elspeth se précipitèrent hors de la guérite dès que les portes de l'enceinte se furent refermées derrière Fergus. L'espace d'un instant, il envisagea de leur mentir, mais c'était inutile. Aucune d'entre elles n'était assez idiote pour croire que l'arrivée d'Alexander Campbell seulement quelques jours après celle d'Elspeth était une coïncidence. Et la présence de Kendrick ne pouvait signifier qu'une seule chose. Un simple coup d'œil au visage de Coira suffit à confirmer qu'elle avait déjà compris.

— Campbell te cherche, fit-il en se tournant d'abord vers sa sœur.

— Quoi ? s'exclama Elspeth en portant les mains à sa bouche, horrifiée. Vous voulez dire qu'il est venu ici pour me capturer ?

— Je leur ai déclaré que tu étais déjà repartie.

— Et ils t'ont cru ?

— Non.

— Comment ont-ils su qu'Elspeth se trouvait ici, seulement quelques jours après son arrivée ? demanda Coira en posant une main sur l'avant-bras de Fergus.

— Iver, marmonna Fergus en étouffant un juron. Je ne serais pas surpris d'apprendre qu'il vous espionnait pour le compte de Campbell depuis un moment.

— Ce fils de chien ! jura-t-elle entre ses dents. Qu'allons-nous faire ?

— Ils nous ont donné jusqu'à l'aube pour leur laisser Elspeth. Sinon, nous nous battrons.

Elspeth blêmit.

— Pour moi ? Vous ne pouvez pas faire ça !

— Si, les hommes sont prêts et les murs sont solides.

— Mais…

— Il n'y a pas de *mais* qui tienne, l'interrompit Fergus, la mâchoire serrée. Tu es ma sœur. Oublie immédiatement ce que tu as à l'esprit.

— Je ne veux pas que des gens meurent à cause de moi.

— Moi non plus, mais je ne te laisserai pas entre les mains d'un monstre comme Campbell, quelle qu'en soit la raison. Maintenant, si tu veux bien m'excuser, je dois aller parler à mes hommes.

Furieuse, Elspeth s'éloigna à grands pas, et Fergus se tourna vers Coira.

— Gardez un œil sur elle. Ne la laissez pas se mettre en danger.

— Promis, dit-elle avant de lui décocher un regard sombre. Kendrick est là pour moi, n'est-ce pas ? Il a trahi son clan.

— *Aye*, fit-il en lui prenant les mains pour les embrasser l'une après l'autre. Mais je ne le laisserai pas vous avoir, vous avez ma parole.

— Je sais.

Elle fit un pas en avant et posa la joue sur le torse de Fergus pour qu'il ne voie pas son visage.

— Vous êtes un bon mari, Fergus.

Chapitre 19

— Je dois me rendre !

À peine entrée dans le cabinet, Elspeth se mit à faire les cent pas. Coira referma fermement la porte derrière elles.

— *Non*. Vous avez entendu Fergus. C'est hors de question.

— Campbell veut m'utiliser comme monnaie d'échange avec Ross. Il ne me fera aucun mal.

— Peut-être pas au début, mais qui sait ce dont il est capable pour convaincre votre frère de lui laisser son château ?

— Ross n'abandonnera jamais Sween.

— Pour lors, imaginez ce que Campbell vous fera subir, répondit Coira. Vous mettriez Ross dans une situation impossible en l'obligeant à choisir entre vous et sa forteresse, entre sa sœur et son peuple.

— Fergus se trouve dans le même cas de figure en ce moment même !

— Je sais, et ni l'un ni l'autre ne souhaitent vous sacrifier.

Elspeth ouvrit la bouche pour la contredire, mais aucun mot n'en sortit.

— J'ai horreur de me sentir aussi impuissante alors que je suis la seule à pouvoir faire quelque chose. Avez-vous vu la taille de leur armée ? Ils sont deux fois plus nombreux que nous. S'ils attaquent…

— Fergus sait ce qu'il fait. Si quelqu'un peut les vaincre, c'est bien lui.

Coira se prit la tête dans les mains.

— Je n'arrive pas à croire que Kendrick ait rejoint leurs rangs ! poursuivit-elle.

— Qui est ce Kendrick ? s'enquit Elspeth en cessant son va-et-vient.

— Le cousin de mon premier mari. Il affirme être amoureux de moi.

— Non ! s'exclama Elspeth en écarquillant les yeux. Il est vraiment venu rien que pour vous ?

— *Aye*. Je lui ai dit que le sentiment n'était pas réciproque et que je suis heureuse avec Fergus, mais il refuse de croire la moindre de mes paroles. Comme si j'étais incapable de penser par moi-même.

— Les hommes ! fulmina Elspeth en se remettant à marcher de long en large dans la pièce. Ils sont presque tous comme cela. Mes frères ne sont pas aussi bougres que d'autres, mais ils s'imaginent toujours tout savoir mieux que moi. Campbell veut mettre la main sur moi, Kendrick sur vous, et cet imbécile de Fergus est prêt à laisser ses hommes mourir pour nous défendre.

— Ne dites pas cela ! gronda Coira, les poings sur les hanches. Il n'est pas bête, loin de là.

À la surprise de Coira, le visage d'Elspeth s'adoucit.

— Vous avez raison. C'est un homme honorable. Un honorable idiot.

— J'ai bien peur que nous ne puissions pas faire grand-chose.

— C'est ce que nous verrons, dit Elspeth en se mordillant la lèvre inférieure, l'air pensive. Premièrement, nous devons découvrir ce qu'ils se sont dit exactement. Ils ont parlé pendant longtemps. Il doit bien exister un moyen de nous en sortir que Fergus n'a pas souhaité nous dévoiler. Qui est ce garde qui l'accompagnait ? Il est probablement au courant, lui.

— Euan ? Il ne nous dira rien.

Un petit sourire s'étira au coin des lèvres de Coira.

— Mais je sais qui nous parlera.

— J'ai l'information, milady, murmura Grizel en pénétrant dans le cabinet. Vous aviez raison. Nous avons jusqu'à l'aube pour leur donner Lady Elspeth, sinon ils attaquent.

— Pouvons-nous négocier ?

— Il y a bien un moyen…

— Lequel ?

— *Vous.* Euan était à quelques pas de votre mari quand Kendrick lui a avoué qu'il n'était là que pour vous, expliqua Grizel en baissant la voix. Il affirme que, s'il parvient à vous récupérer, alors il changera de camp dès le début du combat et frappera Campbell par-derrière.

Coira se laissa choir sur une chaise.

— Kendrick a dit cela ?

— *Aye.*

— Donc si je vais le retrouver, notre armée sera plus grande que celle de Campbell ? Ou tout du moins de taille égale ?

— Cela ne change rien à la situation, s'exclama Elspeth en balayant cette idée d'un geste de la main. Vous ne pouvez pas vous rendre.

— Pourquoi pas ?

— Parce que si Fergus refuse de me laisser partir avec

Campbell, alors il ne vous abandonnera pas non plus aux mains de ce Kendrick.

— Pourquoi serait-ce à lui de décider ? déclara Coira en relevant le menton d'un air résolu. Vous n'êtes pas la seule à pouvoir éviter un bain de sang.

— Oh non, dit Elspeth d'un ton catégorique. Vous ne pouvez pas m'empêcher de me sacrifier et aller vous jeter dans la gueule du loup à ma place.

— Ce n'est pas la même chose. Il y a tout un monde, entre Campbell et Kendrick.

— Et pourquoi ?

— Kendrick n'a pas l'intention de m'utiliser pour manipuler quelqu'un d'autre. Il ne me fera aucun mal.

— Vous ne pouvez pas en être certaine, milady, intervint Grizel d'une voix où pointait l'inquiétude. Euan dit qu'ils ont parlé de quelque chose que Kendrick aurait fait pour nuire à Nevin. Fergus l'aurait accusé, et Kendrick aurait eu l'air coupable.

— Sait-il de quoi il s'agissait ?

— Non, il n'a pas bien entendu de là où il se tenait, mais cela devait être sérieux parce que même Campbell a semblé surpris.

Coira pinça les lèvres. Fergus faisait probablement référence au fait que Kendrick était tombé amoureux de la femme de son cousin. Peu importaient les détails de leur conversation. Kendrick ne la maltraiterait pas, elle en était certaine. Mieux valait que ce soit elle qui se rende, et non Elspeth.

Elle se releva et s'approcha de la fenêtre. Le soleil avait presque disparu à l'horizon, baignant le paysage d'un éclat orangé qui jurait avec le danger mortel qui les guettait. Au loin, les soldats semblaient minuscules et inoffensifs, leurs lances de métal pas bien plus dangereuses que des piques en bois, mais ce n'était qu'une illusion. Si elle ne faisait pas quelque chose rapidement, l'aube se lèverait sur la terrible vérité.

— Je ne sais pas pourquoi nous en discutons, dit Elspeth. J'admets que cela semble être une option moins dangereuse, mais Fergus ne vous laissera jamais franchir ces portes.

— Il n'a pas besoin de le savoir, car je ne franchirai pas les portes, répondit Coira en se tournant vers sa belle-sœur avec une résolution redoublée. Il existe une autre sortie : un tunnel secret qui débouche dans les bois sur la colline.

— Vraiment ? fit Elspeth, impressionnée. Et cet homme qui vous a trahie ? S'il connaît ce souterrain, il se peut que des hommes aient été postés de l'autre côté du passage pour vous attendre. Auquel cas, ils vous captureront dès que vous aurez mis un pied dehors et se serviront de vous pour gagner accès au château.

— Je doute qu'Iver soit au courant de son existence. Malcolm me l'a montré un jour, mais il n'a pas été utilisé depuis des années et personne n'en a jamais fait mention depuis lors. Qui plus est, il est verrouillé de ce côté-ci. Dès que j'aurai franchi la porte, vous pourrez refermer à clé derrière moi.

— Tout cela ne me dit rien qui vaille, intervint Grizel en échangeant un regard inquiet avec Elspeth. Et si le tunnel s'était effondré en son milieu ? Vous vous retrouveriez prisonnière à l'intérieur.

— C'est un risque à prendre, déclara Coira en redressant les épaules. Il n'y a pas d'autre moyen de sortir du château et, si je rejoins Kendrick ce soir, alors Fergus ne découvrira rien avant l'aube.

— Pour lors, il me tuera pour vous avoir laissée partir

et tout cela n'aura donc servi à rien, dit Elspeth en levant les yeux au ciel.

— Vous savez parfaitement qu'il ne lèvera jamais la main sur vous. Il sera en colère mais il ne fera de mal à personne. Tandis que si je ne fais rien, nous serons submergés par l'ennemi.

— Et si Kendrick ne tenait pas parole ? hasarda Grizel.

— C'est possible, admit Coira après quelques secondes de silence tendu. Il sait que Fergus ne fermera pas les yeux sur cette affaire, même s'il change subitement de camp, mais une fois qu'il m'aura récupérée, quand bien même il n'attaquerait pas Campbell comme il l'a promis, il n'aura plus aucune raison de rester ici pour se battre. Il pourra reprendre la direction des terres des MacWhinnie et quémander la protection de son père.

— Mais il a désobéi aux ordres de son clan. Et si Brody MacWhinnie refuse de l'aider ?

— Ce sera sa parole contre celle de Fergus. Kendrick prétendra certainement qu'il s'agissait d'un plan pour me secourir. Ce qui compte, c'est que s'il déserte Campbell, nous aurons moins d'hommes à repousser. Et une fois que tout sera fini, Fergus pourra venir me chercher.

— En supposant que Fergus gagne, fit remarquer Elspeth d'un air sombre.

— Il gagnera. Il le faut.

— Que va-t-il vous arriver entre-temps ? Si Kendrick affirme être amoureux de vous et que vous vous enfuyez avec lui… Si vous voulez vraiment le persuader d'abandonner Campbell, alors vous devrez prétendre l'aimer en retour.

Elspeth grimaça.

— Je sais, l'idée ne me plaît guère. Ne vous inquiétez pas, je gérerai le moment venu, répondit Coira en déglutissant avec difficulté. Quel que soit l'angle d'approche, c'est notre seule chance.

— Vous avez sans doute raison, milady, admit Grizel en hochant la tête, l'air toutefois peu convaincue. C'est le moins mauvais d'une série de choix tous plus terribles les uns que les autres. Mais ne partez pas tout de suite. Nous avons envoyé deux messagers à Brody MacWhinnie et les nouvelles vont vite dans la région. Il est encore possible qu'il nous envoie des renforts à temps.

— Je l'espère, mais c'est à huit heures de chevauchée de sa forteresse et il fait déjà presque nuit.

— Ce n'est pas impossible.

— D'accord, dit Coira. Je ne partirai qu'à l'aube. Pour l'instant, il nous faut descendre dîner dans la grande salle et faire comme si de rien n'était.

— *Non*, s'écria Elspeth en lui agrippant le bras. Je ne vous laisserai pas vous sacrifier pour moi, surtout après la manière dont je vous ai traitée. Je vous ai vue avec Fergus, je sais combien vous tenez à lui.

— Je l'aime, déclara Coira tout en souriant.

Toutes ses pensées et ses émotions confuses venaient soudain de s'éclaircir pour se résumer en cette simple déclaration. *Elle l'aimait.* Elle voulait rester auprès de lui et vieillir à son côté mais, si elle n'allait pas retrouver Kendrick, le château Barron serait envahi et Fergus risquait d'être tué. Elle n'avait pas le choix ; elle devait s'enfuir avec un autre homme, une fois de plus, au risque de briser le cœur de son mari. Pourvu que, cette fois, il comprenne les raisons qui l'animaient.

— Vraiment ? fit Elspeth, les larmes aux yeux.

— *Aye*, de tout mon cœur, répondit-elle en retirant gentiment les doigts de sa belle-sœur de son bras. C'est pourquoi je ne peux laisser nos ennemis vous capturer et se servir de vous contre le frère de mon époux.

— Tout de même, je pense que…

— Et j'aime mes enfants, poursuivit Coira. J'ai besoin de les savoir en sécurité. Si je suis en mesure de réduire le nombre de soldats qui vont nous attaquer, alors je dois le faire.

Elspeth sembla retenir son souffle un long moment, puis elle opina.

— Très bien. Dans ce cas, je vous promets que si nos défenses sont percées et que nous sommes envahis, alors je me rendrai. Je vous jure sur ma vie que rien n'arrivera à vos enfants.

— Je les conduirai à travers le tunnel en personne s'il le faut, milady, ajouta Grizel.

— Merci, dit Coira en leur adressant un regard plein de gratitude. Alors c'est décidé. C'est la meilleure chose à faire. Du moins, espérons-le.

Ce soir-là, border les enfants fut beaucoup plus difficile que Coira ne l'avait escompté. Ailis semblait s'accrocher à elle plus que d'ordinaire et Gregor avait souri avec une telle tendresse lorsqu'elle lui avait caressé les cheveux qu'elle avait failli revenir sur sa décision. Elle était restée à leur côté jusqu'à ce qu'ils soient tous les deux profondément endormis, puis était sortie sur la pointe des pieds en refoulant les larmes qui menaçaient de lui couler sur les joues. Elle n'avait pas d'autre choix que de les laisser derrière elle, pour leur propre sécurité et pour celle de tous les habitants du château Barron, mais son cœur n'en était pas moins en miettes.

Elspeth lui adressa un hochement de tête silencieux quand

elle la croisa dans le cabinet. L'un des coffres renfermait quelques habits et des chaussures prêts pour son départ à l'aube, et sa belle-sœur avait insisté pour rester éveillée et l'aider à se préparer. Il ne restait plus qu'à patienter.

Après avoir pris une profonde inspiration, Coira ouvrit la porte de la chambre à coucher et pénétra dans la pièce. Fergus se tenait près du feu, la tête dans les mains, mais il se redressa en l'entendant arriver.

— Voulez-vous boire quelque chose ? demanda-t-elle en s'approchant de lui, la poitrine serrée à la vue de l'expression tourmentée sur le visage de son mari.

— Non, répondit-il en l'attirant sur ses genoux. J'ai juste besoin de vous.

— Je suis là.

Elle se pelotonna contre lui, enfouissant la tête dans son cou et s'imprégnant de l'odeur musquée de sa peau.

— Est-ce là ce que l'on appelle le calme avant la tempête ?

— *Aye*, dit-il. C'est toujours le pire des moments.

Il resserra les bras autour d'elle un peu plus fort.

— Mais nous sommes prêts. Le mur a été réparé et les hommes sont préparés au combat, déclara Coira en répétant les mots qu'elle avait entendus si souvent, dans l'espoir de rassurer Fergus.

— Ce n'est pas suffisant, fit-il d'un ton lugubre. Les soldats de Campbell sont des combattants aguerris, des mercenaires. Ne le dites à personne, mais notre seul espoir est de les contenir suffisamment longtemps en attendant que Brody vienne à notre rescousse.

Il leva les mains et lui prit le visage en coupe, repoussant une mèche de cheveux qui était tombée sur son front.

— Coira, s'il m'arrivait quelque chose…

— Chut, ne dites pas cela.

— Il le faut. Si Campbell franchit ces portes…

— Non ! s'exclama-t-elle d'une voix plus forte en s'écartant de lui. Je refuse d'en parler.

— Très bien. De toute manière, je sais que vous ferez ce qu'il faut.

— Vraiment ?

— *Aye*. J'ai confiance en vous, dit-il en s'adossant contre son siège, un demi-sourire sur le visage. Pour être honnête, j'espérais presque que vous auriez trouvé une solution pour nous sortir de ce bourbier.

— J'ai bien peur que non, murmura-t-elle en baissant les yeux, mal à l'aise, avant de lui tendre la main. Venez vous allonger. Vous avez besoin de repos.

— Quelque chose me dit que le sommeil ne viendra pas, cette nuit.

— Alors venez dans mes bras.

Il lui prit les doigts et lui caressa les phalanges de son pouce.

— Voilà qui est déjà plus alléchant.

Ils grimpèrent sur le dessus-de-lit sans prendre la peine de se déshabiller. Fergus s'allongea sur le dos et Coira se lova contre lui.

— Quoi qu'il puisse arriver, je suis content d'avoir eu la chance de passer ce court moment avec vous, fit-il d'une voix rauque.

— Moi aussi.

— Vous me rendez heureux, Coira.

— Vous aussi, Fergus. Bien plus que je n'aurais pu l'espérer. Souvenez-vous-en demain, dit-elle en enfouissant son visage contre son torse pour étouffer un sanglot.

— Tant qu'il me restera un souffle de vie, je ne l'oublierai pas, promit-il en glissant un doigt sous le menton de Coira pour lui relever la tête et l'embrasser tendrement.

— Fergus…

Elle aurait voulu lui dire qu'elle l'aimait. Elle avait les mots sur le bout de la langue, mais elle les ravala. Si elle le lui avouait maintenant et qu'il se réveillait sans elle au matin, il n'en serait que davantage meurtri. Même s'il comprenait les raisons de son geste, et elle espérait de toutes ses forces que ce serait le cas, il serait rongé par l'inquiétude alors qu'il avait besoin de se concentrer pour défendre le château et les enfants. S'il devait lui arriver quelque chose en allant se livrer à Kendrick… Son estomac se noua à cette pensée. Mieux valait que Fergus n'ait jamais su à quel point elle tenait à lui. Il s'en remettrait plus facilement. Elle lui avait déjà causé suffisamment de soucis par le passé et ne supporterait pas de le savoir à nouveau blessé. S'ils survivaient et parvenaient à se retrouver, elle lui avouerait alors ses sentiments. En attendant, elle devrait se contenter de les éprouver en son for intérieur.

Elle releva la tête et l'embrassa avec plus de fermeté cette fois, glissant la langue entre ses lèvres avant de grimper à califourchon sur ses hanches. Sans plus attendre, elle défit les liens de ses braies.

— Coira…, souffla-t-il en glissant les mains sous ses vêtements pour la prendre par les hanches quand elle introduisit son membre en elle.

Ils poussèrent un grognement de plaisir à l'unisson, puis elle se mit à onduler, une main sur le torse de Fergus pour le tenir en place. Lentement, des vagues de plaisir la traversèrent, de plus en plus intenses. Elle rejeta la tête en arrière en tentant de les contenir mais, l'instant d'après, Fergus la faisait basculer et s'enfonçait si profondément en elle qu'elle eut l'impression que leurs deux corps ne faisaient plus qu'un. Elle poussa un cri de jouissance, vaguement consciente de celui de Fergus qui lui répondit en écho tandis qu'il se déversait en elle.

— Fergus, souffla-t-elle en enroulant les bras et les jambes autour de lui aussi fort que possible.

Elle aurait voulu ne jamais le lâcher.

— Je vous aime, Coira, murmura-t-il dans le creux de son cou en s'allongeant à côté d'elle.

Les yeux fermés, Coira laissa les larmes couler du coin de ses paupières. Avec un peu de chance, il croirait qu'elle s'était déjà endormie et ne l'avait pas entendu.

Le silence s'éternisa, puis la respiration de Fergus se fit plus lente et il finit par sombrer dans le sommeil.

Commença alors une longue nuit de veille.

Chapitre 20

— Je commençais à croire que vous vous étiez endormie.

Assise à côté de Grizel, Elspeth était sur le pied de guerre lorsque Coira pénétra dans le cabinet après s'être faufilée hors de la chambre et avoir traversé la galerie des ménestrels sur la pointe des pieds.

Incapable de prononcer le moindre mot en réponse, elle se contenta de secouer la tête. À présent que le moment était venu de quitter le château, son cœur était soudain empli d'angoisse et de culpabilité.

— Coira ? reprit Elspeth en la dévisageant. Si vous avez changé d'avis, vous n'avez qu'un mot à dire et vous retournerez vous coucher.

— Ce n'est pas cela, c'est juste que…

Elle jeta un regard inquiet par-dessus son épaule, puis en direction de la chambre des enfants.

— C'est douloureux mais nous n'avons pas le choix, fit-elle en redressant les épaules.

— Allons-y, dans ce cas, conclut Elspeth en sortant les vêtements du coffre pour les lui tendre. Avez-vous la clé du tunnel ?

— Non, elle se trouve dans une cachette au sous-sol en cas d'urgence, expliqua-t-elle en enfilant ses chaussures. Je suis prête. Vous resterez ici.

— Et qu'est-ce qui vous fait croire que nous allons accepter d'attendre ici sagement ? lança Elspeth en levant les yeux au ciel. Qui plus est, il risque d'y avoir plus de gardes que d'habitude. Vous aurez probablement besoin de nous pour créer une diversion.

Une diversion ? Et comment comptait-elle s'y prendre ?

— Je pourrais faire semblant de m'évanouir, répondit Elspeth face au regard interrogateur de Coira. Ils ne seront probablement pas surpris, venant d'une femme.

Coira sourit malgré elle et se mit à descendre les marches. Un rapide coup d'œil par-dessus la cage d'escalier lui confirma que tout le monde dormait, hormis deux soldats qui montaient la garde devant la porte principale. Impossible de passer devant eux pour se rendre au sous-sol sans se faire remarquer.

— Je m'en occupe, chuchota Elspeth en tendant sa lampe à Grizel. Dépêchez-vous de passer une fois que la voie sera libre.

— Merci, dit Coira en posant une main sur l'épaule de sa belle-sœur.

À sa grande surprise, celle-ci répondit en la prenant dans ses bras.

— Faites attention à vous. Fergus ne me le pardonnerait jamais si vous veniez à être blessée.

— Je ferai de mon mieux.

Coira retint son souffle et échangea un bref regard avec Grizel quand Elspeth révéla sa présence et se mit à discuter avec les gardes.

— Le sommeil m'échappe, dit-elle d'une voix hautaine. J'ai besoin de prendre l'air.

— Je crains que ce ne soit pas une très bonne idée aujourd'hui, milady, répondit l'un des hommes.

— Il fera bientôt jour. Rien ne pourra m'arriver tant que vous resterez à mes côtés.

— Certes, mais…

Coira tira Grizel par la manche. Elles descendirent les marches en rasant le mur pendant qu'Elspeth continuait de distraire les gardes et passèrent devant l'entrée de la grande salle sur la pointe des pieds.

— Je ne crois pas qu'ils nous aient vues, murmura Coira en poussant la porte qui conduisait au sous-sol.

Elle se faufila par l'entrebâillement et s'arrêta pour soulever une dalle sur la gauche, sous laquelle se trouvait la clé.

— Hâtons-nous avant que Fergus ne se réveille, dit-elle à Grizel.

Elles pressèrent le pas, longèrent une rangée de barriques et de fûts stockés contre le mur, puis Coira décala une pile de vieilles caisses, révélant une petite porte en bois couverte de poussière et de toiles d'araignées qui lui arrivait au niveau de la taille.

— Nous y sommes.

— Mais c'est minuscule ! s'exclama Grizel, consternée.

— C'est vrai, admit Coira.

Dans son souvenir, le passage était bien plus grand. Elle inséra la clé dans la serrure avec précaution et la tourna. Ou du moins, elle essaya, car la clé resta indéniablement immobile malgré ses efforts.

— Oh non, je n'arrive pas à l'ouvrir, gémit-elle en sentant la panique s'emparer d'elle.

— Laissez-moi essayer, dit Grizel en tendant la main.

La domestique tenta de faire pivoter la clé, mais sans succès.

— Elle doit être rouillée, déclara-t-elle en relâchant sa prise.

Coira posa les deux mains sur la clé. Elle ne se laisserait pas décourager si facilement. La sécurité de son mari, de ses enfants et des habitants du château dépendait d'elle. Elle ouvrirait cette porte, même si elle devait s'en briser les phalanges.

Les yeux fermés, la mâchoire serrée, elle poussa de toutes ses forces – jusqu'à ce qu'un clic retentisse.

— J'ai réussi !

Grizel l'aida à pousser la porte.

— Tenez, dit la servante en lui passant la lampe.

— Merci. Referme derrière moi et remonte à l'étage.

— Non, fit Grizel en secouant la tête d'un air déterminé. Je ne vous enfermerai pas là-dedans avant que vous n'ayez eu le temps de ressortir de l'autre côté. Rien ne nous dit que le tunnel ne s'est pas effondré avec le temps.

— Et Elspeth ?

— Elle est au courant. Nous nous sommes mises d'accord, confia Grizel en souriant. Pourquoi croyez-vous que je porte une cape ? Je resterai dans le froid aussi longtemps qu'il le faudra pour m'assurer que vous ne finirez pas piégée dans ce passage.

— Tu es trop bonne, dit Coira en prenant son amie dans les bras pendant une poignée de secondes. Bonne chance et… Non, je refuse de te dire au revoir.

— Je sais. Bonne chance à vous, milady. Prions pour que notre plan fonctionne.

Coira hocha la tête, puis se courba pour se faufiler par la petite ouverture. Elle avança à tâtons dans l'obscurité. L'air à l'intérieur du tunnel était glacial et malsain. Au-dessus de sa tête, deux rangées de poutres servaient de plafond. Par endroits, le bois était tellement fissuré ou pourri qu'elle craignait qu'il ne s'effrite si elle osait y porter les doigts. L'endroit devait grouiller de vers de terre et autres insectes peu ragoûtants. Elle remonta sa jupe jusqu'à la taille et avança à quatre pattes. Elle n'avait pas d'autre choix. C'était le seul moyen de sortir discrètement du château.

Elle continua sa progression pendant ce qui lui sembla être des heures, mais ne durait certainement que depuis quelques minutes. Soudain, la lampe vacilla, et Coira se figea, terrifiée à l'idée que la flamme puisse s'éteindre et la plonger dans l'obscurité la plus totale. Dans ce passage bas et étroit, la perspective d'avancer dans le noir lui donnerait trop l'horrible impression d'être enterrée vivante. Les poings serrés, elle tenta de contrôler sa peur. La flamme finit par se stabiliser, et Coira tourna la tête sur le côté pour pousser un soupir de soulagement. Elle avancerait lentement et avec prudence, se dit-elle en poursuivant sa progression. Elle eut une pensée pour Grizel, à l'autre bout du tunnel, qui refusait de l'abandonner tant que…

Coira s'arrêta brutalement devant un mur de terre. Un cul-de-sac ? Une sueur froide lui remonta le long de l'échine. Où était la sortie ? Il devait bien y avoir une porte. Prise de panique, elle plaça les deux mains devant elle et poussa la paroi, mais cette dernière ne bougea pas d'un pouce. Les poutres porteuses étaient moins nombreuses à cet endroit, remarqua-t-elle, comme si le tunnel s'arrêtait là sans avoir été terminé ou qu'il avait été condamné de l'autre côté. Coira sentit son cœur se mettre à battre très fort dans sa poitrine et une chape de désespoir était sur le point de s'abattre sur elle quand, soudain, un souvenir lui revint. Le passage débouchait dans les bois, lui avait expliqué Malcolm, cela voulait donc dire que la sortie était une trappe dans le sol. Elle leva les bras au-dessus de sa tête et ses doigts rencontrèrent une matière lisse, semblable à du cuir. De toutes ses forces, elle poussa dessus.

Pendant un instant, rien ne se passa. Puis il y eut un

craquement, suivi d'un long couinement quand le bois céda. La trappe était lourde mais, en utilisant ses épaules, elle pourrait peut-être parvenir à la soulever. Lentement, elle usa de tout son corps et se dressa sur ses pieds. La planche de bois claqua sur le sol avec un bruit sourd.

Une fois debout, elle s'ébroua pour chasser la poussière qui s'était accumulée dans ses cheveux et sur ses vêtements, et balaya les environs du regard. Elle se trouvait bien au milieu des bois, comme le lui avait dit Malcolm. L'aube commençait à percer, à peine visible à travers la cime des arbres. Sans perdre de temps, elle souffla sur sa lampe et referma la trappe derrière elle. Elle la recouvrit de branchages pour dissimuler ses traces avant de se rendre compte que l'endroit était tellement broussailleux qu'elle n'était même pas certaine de pouvoir le retrouver, si nécessaire. Puis elle se dirigea vers le camp ennemi. La veille au soir, elle s'était assurée de noter la position des tentes des hommes de Kendrick depuis la fenêtre de sa chambre. La dernière chose dont elle avait envie, c'était bien de tomber sur Campbell à la place. Kendrick était amoureux d'elle ; avec un peu de chance, elle pourrait le persuader de ne pas engager le combat. Campbell, en revanche… À en croire les rumeurs, l'amour ne faisait pas partie de son vocabulaire. L'idée même de se retrouver devant lui suffisait à lui donner des sueurs froides. À présent, il n'y avait plus qu'à jouer la comédie devant Kendrick. Et surtout, se montrer crédible.

— Coira ?

Kendrick resta bouche bée lorsque Coira fut poussée sans ménagement à l'intérieur de sa tente, quelques minutes plus tard. Il avait le regard vaseux, comme s'il venait tout juste de se réveiller, mais ses yeux s'illuminèrent dès qu'il les posa sur elle.

— Lâchez-la ! ordonna-t-il d'un ton sec à l'intention du garde qui la tenait fermement par l'épaule.

Il l'attira dans ses bras.

— Suis-je en train de rêver ?

— Non, vous ne rêvez pas, dit Coira en le laissant l'enlacer à contrecœur.

— Est-ce MacMillan qui vous envoie ?

— Fergus ? Non, je suis ici de mon plein gré.

— Vous voulez dire que vous vous êtes échappée pour venir me retrouver ? demanda-t-il en affichant un sourire jusqu'aux oreilles.

— *Aye*, répondit Coira.

Elle sentit une pointe de culpabilité lui traverser le cœur à ce mensonge. Toute la nuit durant, elle avait fixé le plafond en se demandant quelle était la meilleure manière de se comporter devant Kendrick. Si horrible que cela puisse paraître, elle en était arrivée à la conclusion qu'il valait mieux prétendre l'aimer. Si elle lui faisait des reproches ou critiquait ses actions ou, pire, lui avouait combien elle tenait à Fergus, il risquait d'attaquer le château Barron sous le coup de la colère. Elle devait lui faire croire qu'elle l'avait choisi, lui, et qu'elle était venue le rejoindre de son propre chef en dépit du fait qu'elle lui avait juré le contraire deux semaines plus tôt. Seulement ainsi pourrait-elle le convaincre de ne pas se battre.

— Je suis passée par un passage secret dont Fergus ignore l'existence.

— Mon amour, murmura Kendrick en lui caressant la joue de ses doigts froids. J'aurais dû me douter que vous trouveriez un moyen de venir à moi. Pardonnez-moi de ne pas vous avoir sauvée plus tôt.

Coira s'écarta un peu, le regard fuyant. L'expression sur le visage de Kendrick la terrifiait. Trop féroce, trop intense. Elle aurait voulu prendre ses jambes à son cou.

Il l'embrassa sur la tête puis la souleva dans ses bras.

— Venez.

— Que faites-vous ? glapit-elle alors qu'il se dirigeait vers le lit de camp. L'attaque... Nous devons nous préparer. Il fera bientôt jour.

— Nous avons le temps.

— Mais il est trop tôt. Nous ne pouvons pas...

— J'attends ce moment depuis des années.

— Mais..., balbutia-t-elle en prenant un air de mijaurée. Tout ceci est bien trop soudain. C'est pour cela que je ne vous ai pas répondu tout de suite lorsque vous m'avez avoué vos sentiments. J'ai mis un moment à comprendre la force de mes propres émotions. À présent que nous sommes réunis, j'ai envie de vous autant que vous avez envie de moi, mais j'ai besoin de temps pour m'habituer.

— Je comprends, dit-il en la reposant au sol. Pardonnez-moi, mon amour. Je ne veux pas vous brusquer, mais je ne pourrai pas attendre longtemps.

— Moi non plus, murmura-t-elle en faisant fi de ses réticences pour porter une main au visage de Kendrick. Mais vous devez vous préparer. L'attaque va bientôt commencer.

Il hocha la tête d'un air sombre.

— Cela me fait de la peine que nous en soyons arrivés là. Je ne veux pas détruire votre demeure. C'est l'héritage de Gregor, après tout.

— Vous n'allez pas faire cela, tout de même ? s'exclama-t-elle, surprise. Pas maintenant que je vous ai rejoint. Vous vous battrez au côté du château Barron, n'est-ce pas ?

— Me battre au côté de votre époux ? Pourquoi ferais-je une chose pareille ?

— Parce que vous lui avez dit que vous changeriez de camp s'il renonçait à moi.

Kendrick s'esclaffa d'un rire dur.

— Mais il n'a pas renoncé à vous puisque c'est vous qui vous êtes échappée. Et puis, je ne suis pas assez fou pour trahir Campbell. Il me réduirait en bouillie.

— Alors fuyons ! dit-elle en agrippant sa chemise. Laissons-les s'étriper entre eux. Votre père nous protégera.

— *Nay*, mon amour. Le vainqueur me pourchasserait. Si le château Barron tombe, MacMillan sera tué et nous pourrons enfin être libres, en tant que mari et femme.

Coira le dévisagea, horrifiée. La conversation avait pris un tour inattendu. Tous ses plans étaient réduits à néant.

— Vous allez trahir votre clan, une fois de plus ? Désobéir aux ordres de votre père et rompre votre promesse ?

— C'est pour vous, Coira. Pour l'amour que je vous porte. Pourquoi croyez-vous que je sois ici ?

— Quel genre d'homme êtes-vous donc ? s'emporta-t-elle en le repoussant. Vous êtes fou !

— Fou ? répéta-t-il en grimaçant de colère. Est-ce pour cela que vous êtes venue me rejoindre ? Pour me convaincre de changer de camp ?

Il l'attrapa par la nuque et l'attira contre son torse.

— C'est MacMillan qui vous envoie, n'est-ce pas ? Il veut me persuader de rebrousser chemin !

— Pas du tout, répondit-elle en tentant d'échapper à sa poigne. Il ne sait rien de tout cela.

— Mais vous êtes venue dans l'espoir de me fourvoyer. Après tout ce que j'ai fait pour vous, vous essayez de me rouler !

— Ce que vous avez fait pour moi ? s'exclama-t-elle en lui décochant un coup de pied dans les chevilles. Je nous croyais amis, et vous vous apprêtez à détruire l'héritage de mon fils !

— Espèce d'ingrate ! rugit-il en la serrant encore plus fort contre lui. Sans moi, vous seriez encore entre les mains de Nevin, condamnée à passer le restant de votre vie sous les insultes et les humiliations. C'est pour vous que je me suis débarrassé de lui !

Coira sentit son sang se glacer dans ses veines.

— Quoi ? Vous avez… tué Nevin ?

— Je vous ai *sauvée* ! Et en retour, vous essayez de me trahir ! Vous prétendez avoir des sentiments pour moi pour me faire abandonner cette bataille avant de retourner entre les bras de votre époux, c'est bien cela ? Vous préférez vraiment ce crétin à moi ?

Sans même réfléchir, Coira lança son poing en avant et frappa Kendrick en plein visage. Il tituba en arrière sous la force du coup, ce qui lui permit de se libérer de son étreinte. Elle avait presque atteint le rabat de la tente quand elle sentit les doigts de Kendrick se refermer sur sa robe et l'attirer au sol.

— Ah ! gémit-elle.

Sa tête cogna par terre et des étoiles dansèrent devant ses yeux.

— Il vous a retournée contre moi, gronda Kendrick dans le creux de son oreille. Mais vous finirez par plier, je m'en assurerai personnellement, et j'y prendrai grand plaisir. En attendant, j'ai un château à attaquer et vous allez observer le spectacle.

Désespérée, Coira ferma les yeux. Son plan avait bel et bien échoué. Kendrick n'abandonnerait pas la bataille. Elle avait fait tout cela pour rien. Pour la deuxième fois de sa vie, elle avait laissé tomber Fergus et, cette fois, les conséquences seraient encore plus graves.

Son estomac se noua tandis qu'elle songeait à son époux. Qu'allait-il penser ?

Fergus battit des paupières et ouvrit les yeux. Il avait mal dormi, se tournant et se retournant maintes fois dans le lit à la recherche d'un moyen d'éviter le bain de sang qui s'annonçait. Chaque fois, la main de Coira sur son front ou le son de sa voix dans son oreille l'avait apaisé. Il avait fini par trouver le sommeil, mais ses rêves avaient été si troublés qu'il aurait préféré ne pas avoir fermé l'œil de la nuit. Il s'était réveillé l'esprit à peine plus clair que la veille, avec la désagréable impression que quelque chose n'allait pas. Quelque chose qu'il ne parvenait pas à identifier, comme une ombre dans son esprit. Il tendit le bras de l'autre côté du lit mais trouva la place de Coira vide et froide, comme si elle l'avait quittée plusieurs heures plus tôt. Il s'assit et balaya la chambre du regard. *Coira n'était pas là.* Il s'empressa de se vêtir et sortit à la hâte. Sa sœur l'attendait, debout au milieu du cabinet, les mains croisées devant elle et le visage bien trop rigide à son goût. Il s'arrêta net. Un terrible pressentiment lui serra la poitrine.

— Elspeth ? Qu'y a-t-il ?

— Fergus, promets-moi de garder ton calme.

— Que se passe-t-il ?

— *Promets-moi.*

— Que se passe-t-il ? répéta-t-il d'un ton sec.

Elspeth prit une grande inspiration.

— Nous avons fait ce qui nous a semblé être le plus juste.

— Coira ! appela-t-il à pleins poumons en se dirigeant à grands pas vers la chambre des enfants.

Elspeth se plaça en travers de son chemin.

— Elle est partie rejoindre Kendrick.

Fergus se figea sur place, incapable de bouger la moindre partie de son corps hormis ses lèvres, comme gelé par un courant d'air hivernal qui lui glaça les os jusqu'au cœur.

— Elle s'est enfuie ?

— Oui. Enfin non ! Pas de cette manière. Cela n'a rien à voir avec la première fois, balbutia Elspeth en secouant la tête.

— Elle est partie avec un autre homme au beau milieu de la nuit et tu me dis que cela n'a rien à voir avec la première fois ? rugit-il en la contournant.

— Oui, parce que… Attends !

Ignorant Elspeth, il la dépassa et dévala les marches. Sa plus grande peur venait de se matérialiser. Coira s'était enfuie avec un autre, après qu'ils eurent fait l'amour avec une telle passion la veille au soir ! Et dire qu'il avait cru qu'elle commençait à tenir à lui. Alors qu'il venait tout juste de se rendre compte qu'il tenait à elle ! Elle avait percé ses défenses, lui avait donné l'impression qu'il pouvait avoir confiance en elle. Il aurait dû le savoir ! L'histoire se répétait, comme six ans auparavant. Non seulement elle l'avait quitté, mais elle avait également laissé ses enfants derrière elle…

Fergus s'arrêta si brusquement en bas de l'escalier qu'Elspeth qui le talonnait lui rentra dedans. Elle laissa échapper un petit cri de douleur quand son menton s'enfonça dans le dos de son frère.

— Elle n'aurait jamais abandonné ses enfants, murmura-t-il en faisant lentement volte-face.

— Évidemment ! dit Elspeth en l'agrippant par le

pan de sa tunique comme pour l'empêcher de s'esquiver de nouveau. Et elle ne t'aurait pas laissé non plus, grand bêta ! Elle t'aime. Ses sentiments pour toi ne sont un secret pour personne ! Tout comme les tiens à son égard. Et n'essaie pas de me contredire, je ne te croirais pas. Elle est partie pour toi, pour nous, pour tout le monde. Pour nous protéger !

— Je ne comprends pas, fit-il en fixant sa sœur, le cœur empli d'espoir. Pourquoi m'abandonnerait-elle pour me sauver ?

— Elle est partie pour convaincre Kendrick de changer de camp, comme il a promis de le faire !

— Quoi ?

Il porta une main à son front, le temps de digérer les paroles d'Elspeth. D'un côté, il était heureux et soulagé, mais, de l'autre, il avait envie d'envoyer son poing dans le mur le plus proche.

— Comment es-tu au courant de cela ?

— Peu importe. Ce qui compte, c'est que Kendrick a affirmé qu'il changerait d'allégeance si nous…

— C'est un meurtrier ! rugit Fergus. On ne peut pas lui faire confiance !

Les bras d'Elspeth retombèrent le long de son corps.

— Que veux-tu dire ? Coira n'a jamais mentionné quoi que ce soit à ce…

— Coira ne le sait pas, l'interrompit-il en se prenant la tête dans les mains. Je ne voulais pas le lui dire, du moins pas tout de suite.

— Oh ! non, murmura Elspeth en reculant. Elle disait que nous pouvions le croire sur parole et qu'il ne lui ferait jamais de mal.

Fergus poussa un tel chapelet de jurons qu'Elspeth grimaça.

— Comment est-elle sortie du château ?

— Par un tunnel secret au sous-sol. Elle est partie il y a une heure, répondit Elspeth, le visage livide. Coira pensait que, même s'il vous avait menti en affirmant être prêt à trahir Campbell, il abandonnerait le combat une fois qu'elle l'aurait rejoint et rebrousserait chemin en direction des terres des MacWhinnie.

— Il ne le fera pas.

— Pourquoi cela ?

— Parce qu'il sait que, s'il s'enfuit, quiconque sortira vainqueur de la bataille d'aujourd'hui le poursuivra pour l'achever.

Fergus serra les dents. Les images se bousculaient dans son esprit. Il imagina ce que Kendrick pourrait bien infliger à Coira quand elle serait à sa portée… Si ce n'était pas déjà fait.

— Mais son père…

— Brody serait bien incapable de protéger Kendrick de mon ire. À côté de moi, Campbell aura l'air d'un chaton sans défense.

— Qu'allons-nous faire ? gémit Elspeth en le fixant, impuissante.

— Il n'y a qu'une seule solution.

Il redressa les épaules et fit craquer son cou, un coup à gauche, un coup à droite. La dernière fois que Coira s'était enfuie, il était resté sans agir. Il avait supposé le pire et ne l'avait pas protégée, et elle en avait subi les conséquences. Cette fois, il ne resterait pas sans rien faire. Il soulèverait ciel et terre pour la récupérer. Il combattrait une armée entière à lui seul s'il le fallait.

— Je vais aller la retrouver et je ne reviendrai pas sans elle.

Chapitre 21

— MacMillan ! Quelle surprise ! J'ai cru que j'allais devoir vous envoyer un messager.

Debout devant les portes du château, Fergus plissa les yeux d'un air soupçonneux devant l'attitude enjouée de Campbell qui se dirigeait vers lui.

— J'en conclus que vous avez pris votre décision.

— Pas encore, répondit Fergus en croisant les bras sur sa poitrine. Je dois d'abord m'entretenir avec votre allié.

Il jeta un regard par-dessus l'épaule de Campbell en direction de Kendrick, qui se tenait au milieu d'un groupe de soldats.

— Il détient mon épouse.

— Vraiment ? s'exclama Campbell à la fois surpris et amusé, avant de se tourner vers Kendrick. Comment est-ce possible ? Vous semblez me cacher beaucoup de choses, MacWhinnie.

— Je n'ai pas eu le temps de vous en informer, voilà tout, rétorqua Kendrick, sur la défensive. Elle s'est présentée devant ma tente au petit matin.

— Vous êtes un homme chanceux, dit Campbell avec un petit sourire en coin. Mais j'ai comme l'impression que son mari veut la récupérer.

— Il est trop tard. Elle est mienne, désormais, dans tous les sens du terme.

Fergus resta campé sur ses jambes et serra les dents pour résister à l'envie de se précipiter vers Kendrick pour lui envoyer son poing dans la figure.

— Je ne vous crois pas. Si vous voulez la garder, alors vous devrez me battre en duel, de manière honorable, cette fois. Sinon, connaissant vos méthodes, je risquerais de finir avec la lame d'un couteau entre les omoplates ou bien abandonné aux bons soins d'un sanglier…

Il fit une pause pour laisser l'insulte faire son effet.

— Vous me pensez peut-être aussi vil que votre cousin, reprit Fergus, mais jamais je ne lèverais la main sur Coira ni ne l'insulterais de quelque manière que ce soit. Mais tout cela vous importe peu, n'est-ce pas ? Vous me tueriez à la première occasion de toute façon.

— Elle aurait dû être mienne ! siffla Kendrick. Je prévoyais de demander à mon père de nous unir au bout d'un an. Après tout ce que j'ai fait pour elle, elle devait me revenir !

— Mais ce n'est pas le cas. Même si je trépasse en ce jour, elle ne sera jamais vôtre.

— Allez, MacWhinnie ! s'exclama Campbell avec une joie non dissimulée. Cet homme vient de vous défier. Aurez-vous le courage de vous battre en duel ou êtes-vous aussi froussard qu'il le prétend ?

Une expression incertaine traversa les traits de Kendrick.

— C'est un piège. Il cherche à gagner du temps. Il s'imagine que mes hommes ne combattront pas s'il parvient à me blesser.

— Oh ! ne vous faites pas de souci pour cela. Ils se battront, je vous l'assure, peu importe qui l'emporte, rétorqua Campbell, les yeux étincelants, avant de faire un signe de la main en direction de ses soldats. Allez donc me quérir cette femme ! Voyons qui elle préfère. Après tout, une dame a le droit de choisir son champion.

— Quoi ?

Kendrick pivota brusquement, mais le garde se dirigeait déjà vers sa tente.

— Qu'a-t-elle donc de si spécial ? poursuivit Campbell, un grand sourire aux lèvres. Pourquoi êtes-vous si déterminés à vous battre pour elle ?

Fergus retint son souffle en apercevant Coira que l'on tirait sans ménagement à travers la foule de soldats. Ses vêtements étaient sales et froissés, ses cheveux détachés et en bataille, et sa joue et son front portaient des marques rouges, comme si elle avait été frappée, mais elle se battait vaillamment pour échapper à l'homme qui la retenait contre son gré. Les doigts serrés sur la poignée de son épée, Fergus lutta pour garder la tête froide.

— Milady, salua Campbell en s'inclinant devant elle. Nous sommes honorés que vous ayez daigné vous joindre à nous en ce beau matin.

Coira releva le menton et entrouvrit la bouche pour lui répondre, mais se figea en apercevant son époux. Rien ne sortit de ses lèvres, mais Fergus la vit clairement articuler son nom.

— Auriez-vous l'obligeance de bien vouloir départager ces deux hommes ? continua Campbell d'un ton toujours aussi enjoué. De ces deux messieurs, lequel a votre faveur ?

— Fergus, répondit-elle sans hésiter en se libérant de l'étreinte du garde pour faire un pas vers lui. Je suis désolée, poursuivit-elle pour lui seul. Je n'aurais pas dû m'enfuir. J'essayais simplement de vous aider. Je n'ai jamais voulu vous faire du tort.

— Je sais.

— Vraiment ? J'avais tellement peur que vous pensiez que…

— C'est ce que j'ai cru pendant un instant, l'interrompit-il. Je vous l'ai dit, Coira. J'ai confiance en vous.

Une expression de soulagement traversa les traits de Coira, puis elle se tourna vers Campbell.

— Mon choix se porte sur mon époux, Fergus MacMillan. Je l'aime.

Malgré les circonstances, Fergus sentit son cœur se réchauffer à ces mots. *Elle l'aimait.* Elspeth le lui avait affirmé, mais il ne l'avait pas vraiment crue. Pourtant, la vérité était indéniable.

— Non ! s'exclama Kendrick, les yeux écarquillés de colère. Vous ne pouvez pas l'aimer !

— Je l'aime, répéta Coira, de toutes les fibres de mon être. Je suis navrée, Kendrick. Je n'ai jamais désiré votre amour et je ne vous ai pas non plus demandé de faire du mal à Nevin.

— Si je ne peux vous avoir, alors personne ne vous aura !

— Coira !

Fergus bondit vers l'avant en voyant Kendrick sortir une dague de sa ceinture, mais il était trop tard. Il était trop loin de Coira et Kendrick trop proche d'elle. Jamais il ne l'atteindrait à temps. Elle allait être tuée sous ses yeux… Mais, soudain, le bras de Kendrick s'interrompit dans sa course, son corps fut pris d'un violent soubresaut et il s'écroula brutalement sur le sol, le couteau de Campbell fermement planté dans le flanc, juste sous les côtes.

Les yeux de Coira s'écarquillèrent d'horreur.

— Kendrick ? gémit-elle.

Fergus la prit par le bras et l'attira vers lui, en sécurité.

— Vous l'avez tué, dit-il en décochant un regard noir à Campbell.

— *Aye*, il commençait à devenir trop imprévisible, répondit ce dernier en haussant les épaules avec nonchalance, avant de se baisser pour récupérer son arme. Et un homme qui, de sang-froid, laisse son cousin mourir n'est pas digne de confiance. Je parle en connaissance de cause. Et puis, j'ai été marié, il fut un temps. J'aurais attaqué quiconque aurait osé m'enlever mon épouse.

Une brève expression de tendresse traversa ses traits, puis son visage se referma.

— C'était une grande dame et elle est morte en gueuse à cause de votre famille et de la sienne, dit-il en désignant Kendrick.

— Vous avez été exilé pour vos crimes, rétorqua Fergus en serrant les doigts sur la poignée de son épée. Ce qu'il s'est passé ensuite relève de votre propre responsabilité. Et maintenant, qu'avez-vous l'intention de faire ?

— Rien n'a changé. Du moins, rien de très important, répondit Campbell en retournant le corps de Kendrick du bout de sa botte. Amenez-moi votre sœur.

— Je vous ai dit qu'elle n'était pas là. Et même si elle l'était, je ne vous laisserais pas la capturer.

— Elle non plus ? lança Campbell en s'esclaffant d'un rire sans joie. Nous tournons en rond, MacMillan. Vous ne pouvez pas tout avoir. De combien de femmes avez-vous donc besoin ?

— Jamais je n'abandonnerai quelqu'un qui se trouve sous ma protection.

Campbell soupira bruyamment. Son regard noir se tourna vers les remparts, analysant chacun des archers qui pointait sa flèche vers lui.

— Vous ne me laissez pas le choix. Je compte jusqu'à

cent. Après cela, vous, votre épouse, votre sœur et toutes les âmes de ce château feront bien de prier pour que des renforts arrivent rapidement. Cent secondes, MacMillan, pas une de plus. Je ne le répéterai pas.

— Je ne m'attends pas à ce que vous le fassiez. Si vous me permettez, j'ai une autre idée : vous pourriez vous battre contre moi, à la place.

— Quoi ? gémit Coira dans son dos.

— Faites-moi confiance, murmura-t-il en se tournant vers elle.

Elle semblait à la fois horrifiée et perdue.

— Je vous défie, Campbell ! dit Fergus d'une voix forte en reportant son attention sur son adversaire. Résolvons ce conflit d'homme à homme.

Les poings sur les hanches, Campbell affichait un air intrigué.

— Et pourquoi ferais-je une chose pareille ?

— Parce que vous venez de tuer ce froussard de Kendrick au prétexte qu'il a refusé un duel. Êtes-vous fait du même bois que lui ? Laisseriez-vous vos hommes mourir pour éviter d'avoir à vous battre en personne ?

Campbell jeta un bref regard à ses soldats par-dessus son épaule, et Fergus s'efforça de dissimuler un sourire naissant. Son annonce avait été entendue dans tout le camp et plusieurs guerriers s'étaient rassemblés autour d'eux et écoutaient avec attention.

— Vous êtes plus malin que je ne le pensais, MacMillan, dit Campbell d'un ton presque impressionné. Très bien. Si c'est un duel que vous voulez, vous l'aurez, mais si je gagne…

Il pointa son poignard ensanglanté en direction de Coira.

— Elle m'ouvrira les portes du château et me laissera entrer sans résister.

— Entendu. Et si je gagne, vous levez le camp et faites demi-tour.

— Cela me semble raisonnable, répliqua Campbell en hochant lentement la tête. Marché conclu. Heureusement pour moi, je ne perds jamais.

Tout sourire, Campbell exsudait la confiance. Cet homme cherchait probablement à le déstabiliser, songea Fergus, mais son attitude fanfaronne ne fit que renforcer sa détermination. Il ne perdrait pas aujourd'hui. Il y avait trop en jeu.

— C'est parce que vous ne m'avez jamais affronté auparavant, rétorqua-t-il.

Puis, adressant un bref regard à Coira par-dessus son épaule, il lui ordonna :

— Retournez à l'intérieur.

— Non. Je resterai à vos côtés, déclara-t-elle sans bouger.

— Nous ne pouvons pas lui faire confiance.

— Je ne vous laisserai pas seul, Fergus.

— Coira, s'il vous plaît, c'est la seule et unique fois que je vous demanderai de vous éloigner de moi, dit-il en faisant quelques pas en arrière pour la rejoindre. Il ne se battra pas à la loyale, et je ne veux pas lui donner une chance de se servir de vous contre moi.

Coira hésita, visiblement indécise, puis acquiesça d'un bref hochement de tête.

— Très bien, mais sachez que je pensais réellement ce que j'ai dit. Je vous aime, Fergus.

— Je sais. Je vous aime aussi, répondit-il en lui déposant un baiser sur le front. C'est bien pour cela que je vais gagner ce duel.

— Alors, c'est pour aujourd'hui ou pour demain ? beugla Campbell tandis que Coira se précipitait vers le château. Avez-vous l'intention de lui réciter un poème, pendant que vous y êtes ?

— Je suis prêt. Bouclier et épée uniquement ?

— Ce ne serait pas drôle, répliqua Campbell en tournant autour de Fergus. Je n'aime pas les règles.

— Entendu, pas de règles.

Coira franchit les portes qui s'ouvrirent devant elle sans prendre la peine de saluer les gardes et se hâta de gravir les marches conduisant aux remparts. Plusieurs archers y étaient déjà postés, ainsi que Malcolm et Elspeth qui se tenaient accroupis pour ne pas être aperçus mais ne perdaient pas une miette de la conversation. L'échange verbal venait toutefois de toucher à sa fin et seul le bruit des épées en métal qui s'entrechoquaient leur parvenait, accompagné des grognements des deux combattants et des cris d'encouragement lancés par les soldats de Campbell.

Retenant son souffle, Coira jeta un coup d'œil par-dessus le mur au moment où Fergus assenait un violent coup sur le bouclier de Campbell, l'obligeant à reculer de quelques pas. Il saisit cette occasion pour lui décocher un coup puissant dans les genoux. Campbell laissa échapper un rugissement de douleur et tomba au sol, non sans décrire un large demi-cercle de son épée, forçant Fergus à renoncer à cette ouverture pour bondir en arrière. L'instant d'après, Fergus plongeait de nouveau vers son adversaire, qui s'était déjà redressé sur ses pieds et ripostait avec fureur, comme si son moment de faiblesse lui avait donné un regain d'énergie.

— Que se passe-t-il ? chuchota Elspeth. Qui gagne ?

— Je ne sais pas, répondit Coira en secouant la tête avec désespoir.

Il était impossible de déterminer un vainqueur. Les deux hommes saignaient à plusieurs endroits et haletaient sous l'effet de la fatigue. Fergus semblait boiter légèrement et le bras gauche de Campbell manquait visiblement de force, mais aucun des deux ne paraissait avoir un avantage significatif sur son adversaire. Fergus était plus jeune et plus vigoureux que Campbell, mais ce dernier avait vingt ans d'expérience derrière lui.

— Maman ?

Coira pivota brusquement en entendant la voix de Gregor. Le garçonnet apparut en haut des marches des remparts, tout essoufflé.

— Que fais-tu ici ?

Elle l'attira contre ses jupes et le fit s'accroupir derrière le mur pour qu'il ne voie pas ce qu'il se passait à l'extérieur de l'enceinte.

— J'ai échappé à la surveillance de Grizel. Elle a dit que vous deviez vous absenter un moment mais je vois que vous êtes déjà de retour !

— *Aye*, je suis là, répondit-elle en le serrant contre elle une seconde avant de le tenir à bout de bras en le fixant dans les yeux avec sérieux. Mais il faut retourner dans le donjon, à présent. C'est trop dangereux.

— J'entends des gens qui se battent. Ai-je le droit de regarder ?

Elle ouvrit la bouche pour refuser puis se raidit. Les hommes de Campbell avaient cessé de s'exclamer. Les archers autour d'elle s'étaient tus et leurs visages trahissaient une grande tension. À côté d'elle, Malcolm semblait s'être changé en statue de pierre.

— Non, je te l'interdis, s'écria-t-elle en poussant son fils vers Elspeth.

Alors elle se redressa, le cœur battant, et baissa les

yeux sur la scène au pied des remparts. Fergus était encore debout, il surplombait Campbell désormais accroupi au sol, la moitié du visage ensanglantée. Coira déglutit avec peine. Le temps sembla se figer. Pendant plusieurs secondes, rien ne bougea, pas un son ne lui parvint et pas un brin d'air ne souffla. Puis le corps de Campbell vacilla et s'effondra sur le flanc dans un nuage de poussière.

— Il a gagné ! s'exclama-t-elle en se jetant au cou de Malcolm. Tout va rentrer dans l'ordre !

— Pas encore, milady.

— Quoi ?

Désemparée, elle reporta son attention sur les deux combattants. Comment était-ce possible ? Le combat avait cessé, Campbell était mort. Il avait promis que ses hommes quitteraient les lieux s'il perdait, mais, à en juger par les visages pleins de colère qui s'alignaient désormais devant Fergus, le pire pouvait encore arriver.

— Soyez prêts à tirer ! cria Euan dans son dos.

Horrifiée, Coira vit Fergus faire un pas en avant vers les soldats ennemis.

— C'est fini ! déclara-t-il d'une voix forte en soulevant son épée comme pour défier l'armée de Campbell tout entière. Votre chef est mort. Vous pouvez ramener sa dépouille à son fils, mais vous ne gagnerez rien à rester ici, désormais.

Il y eut un moment de silence pesant pendant lequel tout le monde sur les remparts retint son souffle, puis une rumeur traversa les rangs des soldats qui baissèrent leurs armes et firent demi-tour.

Chapitre 22

— Vous avez réussi !

Fergus tituba sous le poids combiné de sa femme, de sa sœur et de son beau-fils qui se jetèrent à son cou comme un seul homme.

— Êtes-vous blessé ?

— C'était vraiment stupide de votre part !

— Ils m'ont empêché de regarder !

— Pas tous à la fois ! s'esclaffa-t-il en essayant de les enlacer tous l'un après l'autre. J'ai la jambe amochée et quelques entailles, mais rien de grave, Coira. *Aye*, c'était une idée stupide, Elspeth, mais ça a marché. Et ils ont bien eu raison, Gregor. Tu es trop jeune pour être témoin de ce genre de chose.

— Mais vous avez gagné !

— Non, répondit-il au jeune garçon en souriant. Nous avons tous gagné.

— Alors les Campbell sont vaincus ?

— L'un d'entre eux, tout du moins. Il faudra que j'écrive à Ross pour lui annoncer la nouvelle. En attendant, restons sur nos gardes.

— Assez parlé des Campbell, déclara Coira en lui prenant la main. Venez avec moi que je panse vos blessures. Vous avez vraiment le visage dans un sale état.

— Pas encore. Je dois m'assurer que les hommes de Campbell décampent bien.

— Malcolm et Euan peuvent s'en charger.

— Il faut aussi que je retrouve Iver. Je vais lui faire regretter d'être…

— Hors de question ! l'interrompit-elle d'une voix ferme en s'arrêtant pour le fixer droit dans les yeux. Je comprends que vous ayez envie de le pourchasser, mais il y a eu suffisamment de violence pour la journée.

— N'ai-je pas mon mot à dire dans l'histoire ? demanda Fergus en haussant un sourcil amusé face à son ton impérieux.

— Absolument pas. Et puis, connaissant Iver, il est sûrement déjà loin. Quant à vous autres, dit-elle en balayant la basse-cour des yeux d'un air menaçant, personne, et j'ai bien dit *personne*, ne doit nous déranger à moins que ce ne soit absolument nécessaire.

Une demi-heure plus tard, Fergus s'allongea sur son lit, un bras replié derrière la tête, et se promit de ne plus jamais aller à l'encontre des ordres de sa femme.

— Si j'avais su que c'était là ce que vous entendiez par « panser mes blessures », je vous aurais suivi sans rechigner.

— Ce n'est pas ce que j'ai voulu dire, du moins pas uniquement, répondit-elle en lui caressant le torse. Et je vous ai soigné, avant cela.

— C'est vrai. Vous n'avez rien laissé passer. J'aurais presque souhaité avoir davantage de coupures.

— Cessez de plaisanter, le sermonna-t-elle en frissonnant d'effroi. J'ai eu si peur.

— Et moi donc ! dit-il en enroulant un bras autour

de ses épaules pour l'attirer contre son flanc. Quand j'ai découvert que vous étiez partie, ce matin… Je n'ai jamais été aussi terrifié de toute ma vie. Ne me refaites plus jamais un coup pareil.

— Je suis désolée. Je pensais vraiment vous aider.

— Il s'avère que cela a fonctionné. Tout est bien qui finit bien, même si je ne suis pas certain de savoir comment nous y sommes parvenus.

— Dans ce cas, c'était planifié et mon plan a marché à la perfection.

— J'ai toujours dit que vous étiez la plus intelligente de nous deux, dit-il en riant. Néanmoins, vous me donnerez la clé de ce tunnel, à compter de maintenant.

— Je ne l'ai pas.

Fergus posa un regard sceptique sur Coira, qui se redressa sur un coude.

— Je vous l'assure. C'est Grizel qui a refermé derrière moi.

— Alors je demanderai à Euan de la récupérer. Je suis sûr qu'il se fera un plaisir d'obéir.

Coira pouffa.

— Certainement. Il est grand temps que nous organisions leurs noces.

— Chaque chose en son temps. Nous avons peut-être remporté la bataille d'aujourd'hui, mais notre combat contre les Campbell est loin d'être terminé. Alexander a encore un fils et, s'il ressemble un tant soit peu à son père, il ne tardera pas à chercher à se venger.

— Vous ne croyez tout de même pas qu'il va nous attaquer, lui aussi ?

— Je ne saurais prédire l'avenir mais, quoi que Calum Campbell ait l'intention de faire, les MacMillan, les MacWhinnie et les MacLachlan lui feront face tous ensemble. Et nous venons de leur prouver que nous ne sommes pas aisément vaincus.

— Je ne suis pas certaine que Brody nous soutienne, soupira Coira d'un air sombre. Il va falloir que nous allions lui annoncer la mort de Kendrick et que nous lui racontions le rôle que ce dernier a joué dans le trépas de mon premier mari. Pauvre de lui ! Je ne l'aimais pas, mais je n'ai jamais souhaité qu'il lui arrive une chose aussi horrible. Je ne pensais pas Kendrick capable de commettre un acte aussi fourbe. Il s'est toujours montré si prévenant envers moi. Il semblait véritablement perturbé par la mort de son cousin. Je n'ai pas eu le moindre soupçon. Au fond, ni l'un ni l'autre n'étaient ce qu'ils paraissaient au premier abord.

Elle leva une main et caressa la joue de Fergus.

— Tout comme vous, ajouta-t-elle. J'avais tort à votre sujet. Vous êtes bien mieux que je ne l'ai cru lorsque je vous ai rencontré.

— Certaines personnes savent dissimuler leur véritable nature. D'autres, comme moi, sont particulièrement douées pour donner une première impression erronée.

— Et contrairement à moi, vous avez vu clair dans le petit jeu de Kendrick.

— Non, j'étais simplement jaloux de tout homme qui osait vous adresser la parole. Si Malcolm avait été plus jeune, je me serais sans doute méfié de lui également.

— *Aye*, c'est un bel homme sous sa barbe touffue.

— Ne dites pas un mot de plus ou je le bannis de ce château, répondit-il en souriant. Dans tous les cas, rien de tout cela n'est votre faute.

— J'aimerais en être aussi certaine que vous, soupira Coira en roulant sur le ventre. Je ne cesse de me demander si je n'ai pas encouragé Kendrick sans m'en rendre compte. Pourquoi m'aurait-il voué des sentiments aussi forts, s'il n'avait pas perçu chez moi une once d'espoir ? Peut-être ai-je été trop amicale ou bien trop…

— Ou peut-être que Kendrick n'a vu que ce qu'il voulait bien voir, l'interrompit-il. Si ce n'était pas votre intention, alors vous n'avez rien à vous reprocher.

Il lui caressa les cheveux et fit glisser sa main dans le dos de Coira pour l'attirer de nouveau contre lui.

— Vous ne gagnerez rien à vous faire du souci de la sorte. Les sentiments d'autrui ne sont pas de votre ressort. Kendrick était maître de ses actions.

— Et si Brody ne nous croyait pas ? Il ne me porte déjà pas dans son cœur. Il pensera peut-être que nous lui racontons des mensonges.

— Brody a des yeux et des oreilles partout. Il est probablement déjà au courant. Et s'il ne l'est pas, les hommes de Kendrick le lui diront bien assez tôt. Ils doivent déjà être en route vers sa forteresse au moment où nous parlons. Je ne serais pas surpris d'apprendre que beaucoup d'entre eux étaient réticents à l'idée d'attaquer le château Barron, étant donné que Gregor fait partie de leur clan. Quoi qu'il en soit, je me rendrai chez Brody demain pour lui raconter tout ce qui s'est passé.

— Non, nous irons ensemble.

— Coira…

— Nous irons *ensemble*, répéta-t-elle plus fermement. Et vous ne me convaincrez pas du contraire. Nous lui ferons face et nous lui apprendrons la vérité tous les deux.

Elle fronça les sourcils, soudain pensive.

— Vous avez certainement raison au sujet des yeux et des oreilles de Brody. Je me demande s'il se doutait des sentiments que Kendrick éprouvait pour moi. Cela expliquerait pourquoi il était si pressé de nous marier, vous et moi, pendant que Kendrick était occupé ailleurs.

Peut-être craignait-il que son fils ne commette la même erreur que son neveu.

— Ne dites pas cela.

— Pas quoi ?

— Vous n'êtes pas une erreur. Nevin était trop bête pour comprendre la chance qu'il avait de vous avoir pour épouse, répliqua Fergus en déposant un baiser sur le bout du nez de Coira. Mais vous avez certainement raison au sujet de Brody. Cela expliquerait beaucoup de choses.

— Ne risque-t-il pas de vous en vouloir d'avoir défié son fils en duel ?

— Non. C'était une demande tout à fait raisonnable étant donné les circonstances, et puis c'est Campbell qui a assené le coup fatal.

— Je ne suis pas près d'oublier cette scène, murmura-t-elle en frissonnant. Pensez-vous qu'il soit réellement nécessaire de lui dire ce que Kendrick a fait à Nevin ? Je n'aime pas particulièrement Brody, mais je ne veux pas alourdir sa peine. Peut-être devrions-nous garder cela pour nous ?

— Si c'est là votre souhait.

— Ça l'est, dit-elle en hochant la tête avec fermeté. Cela restera notre secret, sauf en cas d'extrême nécessité.

— Entendu. Tout ce qui importe, c'est que nous soyons de nouveau réunis et que le château et les enfants soient en sécurité.

Elle leva les yeux vers lui.

— Parfait. Avez-vous eu le temps de récupérer ?

— Depuis longtemps, répondit-il en esquissant un sourire. J'ai cru que vous n'alliez jamais cesser de parler.

— Au revoir.

Debout sur les marches du donjon, Elspeth enlaça à nouveau Coira.

— Je vous demanderais bien de prendre soin de mon frère, mais quelque chose me dit que ce n'est pas nécessaire.

— Je vous promets néanmoins de le faire, répondit Coira en la prenant dans ses bras en retour.

Pour la première fois depuis des semaines, le soleil matinal brillait dans le ciel et ses rayons réchauffaient les visages.

— Êtes-vous certaine de vouloir partir si vite ? Il reste peut-être encore des hommes de Campbell dans les environs.

— C'est probablement plus sûr ainsi. Quand Calum Campbell apprendra ce qu'il s'est passé, il risque d'y avoir des échauffourées. Plus vite je serai aux côtés des MacLachlan, mieux ce sera. Vous avez déjà joué votre rôle dans ce conflit. C'est mon tour, à présent.

— Soyez prudente sur la route.

— Entendu. Au revoir, grand frère, dit Elspeth en souriant à Fergus, qui approchait en tirant le cheval de sa sœur derrière lui. Promets-moi de ne plus te battre tant que ton visage n'aura pas retrouvé son apparence habituelle.

— Et moi qui m'attendais à ce que tu me dises que j'avais déjà meilleure mine.

— J'y ai songé mais j'ai pensé que ma belle-sœur n'apprécierait peut-être pas le commentaire. Elle est très protectrice lorsqu'il est question de toi.

Elspeth les regarda l'un après l'autre, le visage rayonnant de bonheur, puis grimpa sur sa haquenée.

— J'ai horreur de l'admettre mais Ross avait raison : vous étiez faits l'un pour l'autre.

Fergus leva les yeux au ciel.

— Je suis sûr qu'il viendra nous le rappeler en personne d'ici peu, répondit-il. J'espère qu'il en sera de même pour toi et MacLachlan.

Le sourire d'Elspeth s'effaça.

— Avec un peu de chance, mon mariage suffira à écarter Calum Campbell de nos frontières à jamais. Prions pour que ce soit la dernière fois que nous mentionnons son nom.

Coira inclina la tête sur l'épaule de son mari en regardant Elspeth et son escorte s'éloigner.

— Pourvu qu'elle trouve le bonheur.

Fergus glissa un bras autour de ses hanches et posa la joue sur la tête de son épouse.

— *Aye*, mais j'ai du mal à imaginer cela possible avec Leith MacLachlan.

— Vous ne l'aimez pas ?

— Ce n'est pas cela. C'est juste que je ne pense pas qu'ils soient faits l'un pour l'autre.

— Contrairement à nous ?

— *Aye*, acquiesça-t-il en la serrant par la taille.

— C'est bien dommage.

— Il reste encore une ombre au tableau.

— Laquelle ?

— Campbell a affirmé qu'il n'avait rien à voir avec l'attaque de l'abbaye où Elspeth s'était réfugiée.

— Et vous l'avez cru ?

— Il semblait réellement surpris. C'est bien le plus étrange. S'il s'agissait de Calum, n'aurait-il pas fait part de son plan à son père ? Hormis lui, je ne vois pas de qui il peut s'agir, et surtout pour quelle raison. J'ai l'impression qu'il manque une pièce à cette énigme.

— Maman !

Gregor traversait la cour en courant, Blacky trottinant sur ses talons.

— Qu'y a-t-il ? demanda Coira en souriant, heureuse de la distraction que son fils lui offrait.

— Regardez ! Couché !

Gregor pointa un doigt vers la chienne, qui s'allongea docilement par terre.

— J'ai suivi les conseils de Fergus et elle a fini par comprendre, s'exclama-t-il tout sourire. Elle sait faire d'autres choses aussi. Blacky, donne la patte !

— Beau travail, mon garçon, s'exclama Fergus quand l'animal obéit. Il y a au moins une femelle dans ce château qui fait ce qu'on lui dit.

— *Pardon ?* protesta Coira en s'écartant de lui, outrée.

— S'enfuir avec un autre homme, sortir faire un tour à cheval contre mes recommandations, concocter des plans sans m'en informer, ramper dans un tunnel au beau milieu de la nuit…

Il sourit et l'attira de nouveau contre lui.

— Heureusement, après mûre réflexion, j'ai décidé que je vous préférais ainsi.

Chapitre 23

— Comment osez-vous ?

Brody MacWhinnie agrippa les accoudoirs de sa chaise et se redressa d'un bloc, surplombant Fergus de toute sa hauteur, le visage rouge de colère.

— Comment *osez-vous* venir chez moi et répandre des mensonges au sujet de mon fils ?

— Ce ne sont pas des mensonges, rétorqua Fergus sans fléchir. Les hommes de Kendrick doivent déjà être de retour. Posez-leur la question et ils vous diront que votre fils s'est rangé du côté de Campbell. C'est lui qui les a conduits jusqu'au château Barron dans l'espoir de réussir à capturer ma sœur.

Un muscle tressaillit dans la mâchoire de Brody, signe qu'il était déjà au courant.

— On m'a aussi dit que vous l'aviez défié en duel.

— Je n'avais pas d'autre choix, mais c'est Campbell qui l'a tué.

— Vous l'auriez fait si Campbell ne s'en était pas chargé avant vous.

— Possible. Nous ne le saurons jamais.

Brody fit un pas en avant, les yeux plissés.

— Vous pensez vraiment que je vais vous croire lorsque vous affirmez que mon fils s'était amouraché de votre épouse ?

— *Aye*, répondit Fergus en relevant le menton. Je crois même que vous le saviez déjà. C'est pour cela que vous avez sauté sur l'occasion de m'unir à Coira dès qu'elle s'est présentée. Puis vous avez envoyé Kendrick en mission au sud pour qu'il n'apprenne la nouvelle que lorsqu'il serait trop tard.

Les pupilles de Brody étincelèrent d'une lueur coupable, puis il balaya les environs du regard comme pour s'assurer que personne ne les écoutait.

— Ce n'était pas la seule raison. Je savais que vous étiez ma meilleure chance de défendre le château Barron jusqu'à ce que Gregor soit en âge de le faire. J'admets néanmoins qu'éloigner Coira de Kendrick a pesé dans la balance, ajouta-t-il en fronçant les sourcils. J'ai bien vu qu'elle resserrait ses serres autour de lui, comme elle l'a fait avec mon neveu. Nevin m'a raconté comment elle l'avait séduit, puis convaincu de trahir sa propre famille et de convoler avec elle, la veille de votre mariage. Tout cela parce qu'elle voulait épouser un laird. Et quand elle en a eu terminé avec lui, elle s'est crue digne de mon fils. La harpie !

— Elle n'était pas digne de lui mais elle était assez bien pour moi, c'est cela ?

Fergus releva le menton un peu plus haut et poursuivit :

— Vous avez tort au sujet de Coira. Elle n'a séduit personne et n'a jamais eu de serres. Nevin s'est enfui avec elle à la suite d'un arrangement avec le frère de Coira. C'était un menteur, un lâche et une brute. Il s'est retourné contre son clan pour l'argent. Quant à Kendrick, Coira le voyait comme un ami, rien de plus. Elle ignorait tout des sentiments qu'il lui vouait.

— Pouah ! cracha Brody en retroussant les lèvres avec dédain. J'ai pensé que l'unir à vous serait un bon moyen de venger mon neveu après tout cela, mais je vois que vous avez avalé ses salades, vous aussi.

— Voyez ce qui vous chante mais, si je vous entends le répéter une fois de plus, je vous défierai en duel, le menaça-t-il.

Brody soutint son regard pendant quelques secondes, puis ses épaules s'affaissèrent et son air belliqueux s'effaça.

— J'avais ordonné à Kendrick de ne pas s'approcher du château Barron. J'ai menacé de le déshériter s'il revoyait cette femme. Jamais je n'aurais imaginé qu'il me désobéirait et rejoindrait l'armée de Campbell. Mon propre fils…

Sa voix se brisa sur ses mots. Ses yeux se perdirent dans le vague pendant quelques secondes. Puis, se redressant, il ajouta :

— Je veux que tout le monde sache qu'il est mort en combattant Campbell pour défendre le château Barron, conformément à mes ordres. Que tous ceux qui étaient présents en soient informés.

— À votre guise, répliqua Fergus en hochant la tête d'un air solennel. Mais à une condition : que vous et votre famille traitiez mon épouse avec le respect qui lui est dû en tant que veuve de Nevin et mère de Gregor. Quiconque médira d'elle aura affaire à moi, et je serai sans pitié. Tenez-vous-le pour dit.

— *Aye*, fit Brody en reniflant avec mépris. Très bien. Si c'est le prix à payer, alors vous avez ma parole.

— Parfait. En ce cas, vous pouvez commencer tout de suite, annonça Fergus en tournant la tête vers Coira, qui se tenait dans un coin de la grande salle, le corps tendu dans une posture rebelle et les yeux plissés. Elle est impatiente de voir qui de nous deux va mettre l'autre à mort.

Un éclair d'amusement traversa brièvement les traits de Brody, puis il ouvrit la bouche et s'exclama d'une voix si forte que tous les témoins présents dans la salle se tournèrent vers lui, choqués.

— Ma chère nièce !

Coira sursauta et jeta un coup d'œil par-dessus son épaule comme s'il avait pu s'adresser à quelqu'un d'autre.

— Venez par ici !

Brody tendit une paume et lui prit les mains quand elle s'approcha de lui avec hésitation.

— Votre époux et moi avons passé un accord.

— Vraiment ? demanda-t-elle en les dévisageant l'un après l'autre, visiblement partagée entre l'inquiétude et l'espoir.

— *Aye*, il vous défend bien. Il semblerait que j'aie été… disons, mal informé de certaines choses. Je vous demande pardon.

— Pardon ? répéta Coira, aussi incrédule que s'il venait de lui offrir son château sur un plateau d'argent. Je veux dire, bien sûr, mon oncle, je vous pardonne.

— Merci, répondit Brody en lui faisant un baise-main. À présent, dites-moi comment va mon petit-neveu ?

— Gregor se porte à merveille.

Elle pinça les lèvres une seconde, comme pour retenir les mots qu'elle avait à l'esprit.

— Et Ailis également.

— Ailis ?

— Votre petite-nièce, répondit Fergus en apercevant l'éclair dans les yeux de Coira. Une beauté. Elle deviendra aussi charmante que sa mère en grandissant.

— Ah ? fit Brody en arquant un sourcil. Dans ce cas, il faudra que vous nous rendiez tous visite en famille.

— Cela signifie-t-il que nous pouvons rentrer chez nous ? s'enquit Coira avec une pointe d'espoir non dissimulée dans la voix.

— *Aye*, au matin, répliqua Brody en esquissant un léger sourire. Ce soir, vous resterez dîner en tant qu'invités d'honneur.

— Invités d'honneur ? répéta Coira comme si elle n'en croyait pas ses oreilles.

— Invités d'honneur, confirma Fergus en lui prenant la main avant qu'elle ne s'effondre sous le choc. Et nous serons ravis d'accepter votre invitation.

— Combien de temps encore ? murmura Fergus à l'oreille de Coira, en profitant de l'occasion pour glisser une main sur sa cuisse.

— Fergus ! souffla-t-elle scandalisée en s'agitant sur sa chaise, mal à l'aise quand les doigts de ce dernier remontèrent un peu plus haut. Combien de temps avant quoi ?

— Avant que nous puissions quitter la table pour que j'aille vous retirer cette robe.

— Chut, on va vous entendre ! le sermonna-t-elle en repoussant sa main, les joues en feu.

— Qu'importe. Ce soir, nous sommes les invités d'honneur.

— C'est bien pour cela que nous ne pouvons pas encore prendre congé. C'est la première fois que l'on me traite autrement qu'avec mépris et dédain sous ce toit. Et cela risque de ne pas durer, alors laissez-moi en profiter.

— Croyez-moi, cela durera. Tant que je vivrai, plus personne ne vous maltraitera ni ne médira de vous dans ce château.

— Fergus, ne me dites pas que vous avez menacé Brody, murmura-t-elle en lui décochant un regard en biais.

— Pas directement.

— *Fergus ?*

— C'est la vérité. Parfois, il suffit de choisir les bons mots. Et de les accompagner d'un froncement de sourcils. Je suis expert en la matière.

Coira s'esclaffa.

— Vous avez l'air tellement féroce ! Mais cela ne marche plus avec moi.

— Vous m'en voyez ravi.

— J'en suis même venue à les aimer, vos froncements de sourcils. Ils font partie de vous. Et je vous aime.

— Je vous aime aussi.

— Mais nous ne pouvons pas encore quitter la table. Nous risquerions d'offenser notre hôte.

Fergus soupira.

— Très bien. Mais je vous préviens, j'ai des choses de prévues, après le repas.

— Vraiment ? Quel genre de choses ?

Fergus se pencha vers elle et lui murmura sa réponse à l'oreille. Quand il eut terminé, la température avait augmenté de quelques degrés dans la pièce.

— Oh. Tout cela m'a l'air… très chronophage.

— Quand c'est bien fait, ça l'est. Et je me fiche que nous nous couchions tard. Vous ne pourrez pas m'échapper, cette fois.

— J'ai l'impression que nous ne fermerons pas beaucoup l'œil de la nuit, commenta-t-elle en soutenant son regard. Cela tombe bien car je n'ai pas l'intention de vous échapper. Plus jamais.

— Est-ce une promesse ?

— *Aye*, dit-elle en s'emparant de la main de Fergus qui remontait de nouveau le long de sa cuisse. Promis.

— Tant mieux. Deux fois, c'est déjà trop.

Il pressa ses lèvres contre celles de Coira et se leva en

tenant son gobelet à bout de bras, sans jamais la quitter des yeux.

— À Coira MacMillan ! La plus belle femme et la meilleure épouse de toute l'Écosse !

— À Coira MacMillan ! répondit l'assemblée en chœur.

Elle sourit en entendant son nom résonner en écho dans la salle et ferma les yeux pour repousser les larmes qui y montaient. Certaines acclamations sonnaient faux, mais elle s'en fichait. Fergus la regardait avec amour et c'était tout ce qui comptait. Elle était Coira MacMillan désormais et, pour la première fois depuis six longues années, elle était, enfin, réellement heureuse.

Vous avez aimé ce livre ?
Découvrez très bientôt la suite de votre série
« Alliances dans les Highlands »,
dans votre collection Les Historiques.

Retrouvez prochainement,
dans votre collection

Les Historiques

Capturée par un Highlander, de Madeline Martin - N°984

SÉRIE : ALLIANCES DANS LES HIGHLANDS - TOME 3

ÉCOSSE, XIVE SIÈCLE

Dans une Écosse déchirée par les guerres de clans, Calum est prêt à prendre en main son destin. Nouveau laird du clan Campbell, il doit rétablir la paix dont est privé son peuple qui meurt à petit feu, exilé en Irlande. Afin de récupérer ses terres en Écosse, une seule solution : enlever la sœur de son plus grand ennemi pour faire pression sur lui. Sa mission accomplie, Calum déchante cependant. Alors qu'il imaginait sa prisonnière comme étant une frêle créature sans défense, elle se révèle courageuse, intelligente, et belle à se damner ! Or, il le sait, Elspeth appartient à la famille rivale de la sienne, et il lui est impossible de céder au désir qu'elle lui inspire…

La tentation du vicomte, de Ann Lethbridge - N°985

LONDRES, XIXE SIÈCLE

On dit qu'elle a une véritable cour de soupirants et d'admirateurs. Ses longs cheveux blonds et ses yeux d'un bleu envoûtant font tourner la tête de tous les hommes d'Angleterre. Mais cette femme aux allures de déesse aurait un cœur de glace… Lorsqu'il entend les rumeurs à propos de Lady Cynthia Finch, qui a ruiné le mariage de sa chère cousine, Marcus, vicomte de Thorne, sent la rage l'envahir. Bien décidé à venger sa parente humiliée, il promet d'enquêter sur la coupable sitôt arrivé à Londres. Mais, lorsqu'il la rencontre enfin lors d'un bal mondain, il réalise qu'il lui faudra, pour mener à bien sa mission, lutter contre l'attirance qu'exerce sur lui la belle tentatrice…

La rançon du désir, de Merline Lovelace - N°986

ANGLETERRE, 1188

Lady Madeline de Courcey ne peut croire à son malheur : pupille du roi quelques heures plus tôt, voilà qu'elle se retrouve assujettie au comte Ian de Canmore, qui ne fait pas mystère du mépris qu'elle lui inspire. Ian n'hésite pas à l'humilier par ses insinuations, l'accusant à demi-mot de jouer de ses charmes pour servir ses intérêts. Furieuse et désespérée à l'idée de dépendre de cet homme si arrogant, Madeline refuse de s'y soumettre. Si le comte la croit capable de manipuler les hommes, elle espère bien lui prouver qu'il ne fait pas exception à la règle !

La maîtresse du Viking, de Julia Byrne - N°987

Angleterre, 904

Enlevée par un Viking lors d'une violente invasion, Lady Yvaine ignore si elle doit se plaindre ou se réjouir de son sort. Certes, les Vikings sont les ennemis de son peuple, des barbares dont on lui a toujours dit de se méfier. Pourtant cet homme, au regard brûlant et à la voix sensuelle, semble différent des autres. Après tout, n'a-t-il pas pris sa défense contre son cruel époux qui menaçait de la tuer ?

Les Historiques

HARLEQUIN